Nora Roberts est le plus grand auteu[illegible]ure féminine contemporaine. Ses romans ont reçu de nombreuses récompenses et sont régulièrement classés parmi les meilleures ventes du *New York Times*. Des personnages forts, des intrigues originales, une plume vive et légère… Nora Roberts explore à merveille le champ des passions humaines et ravit le cœur de plus de quatre cents millions de lectrices à travers le monde. Du thriller psychologique à la romance, en passant par le roman fantastique, ses livres renouvellent chaque fois des histoires où, toujours, se mêlent suspense et émotions.

Dans l'océan de tes yeux

NORA ROBERTS

Les frères Quinn - 1

Dans l'océan de tes yeux

Traduit de l'anglais (États-Unis)
par Sophie Dalle

J'AI LU

Titre original
SEA SWEPT

Jove Book are published by the Berkley Publishing Group,
a member of Penguin Putnam, Inc., N. Y.

Prologue

Cameron Quinn n'était pas tout à fait soûl. Il aurait pu atteindre l'ivresse totale s'il l'avait voulu mais, pour l'instant, il se complaisait dans cet état un peu flottant qui la précède, et qui lui permettait, pensait-il, d'avoir la chance de son côté.

Il vouait une confiance illimitée à sa bonne étoile. La veille, il avait gagné le championnat du monde offshore d'hydroptère, battant tous les records de vitesse.

Auréolé de sa gloire et muni d'une coquette somme d'argent, il était venu à Monte-Carlo taquiner le hasard. Celui-ci avait bien fait les choses.

Quelques parties de baccara, deux ou trois roulements de dés, un tour de passe-passe aux cartes, et son porte-monnaie avait pris du poids. Quant à sa publicité, grâce aux paparazzi et à un reporter du journal *Sports illustrated*, il n'avait eu aucun souci à se faire.

La fortune avait continué de lui sourire au bord de la Méditerranée. Un ravissant mannequin aux jambes interminables, aux yeux d'un bleu étincelant et à la moue boudeuse avait posé sur lui un regard qui ne trompait personne, et il avait décidé sur-le-champ de prolonger son séjour.

Elle lui avait clairement fait comprendre que même en faisant très peu d'efforts, il serait un homme comblé.

Oui, décidément, la chance était avec lui en ce moment…

Lorsqu'ils sortirent du casino dans la nuit tiède de mars, un journaliste se rua sur eux pour les photographier. La jeune femme moulée dans un fourreau rouge se fâcha, sans doute par principe, mais prit sans hésiter la pose, rejetant ses magnifiques cheveux blonds. Cameron rit tout bas.

— Ce sont des pestes, susurra-t-elle, en laissant Cameron l'entraîner dans la rue mouchetée par le clair de lune. Partout où je me trouve, il y a toujours un appareil photo. J'en ai plus qu'assez d'être considérée comme un sex-symbol.

Tu parles ! songea-t-il, en la prenant dans ses bras.

— Et si nous lui donnions l'occasion de se rincer l'œil, trésor ?

Il l'embrassa. Le goût de ses lèvres excita son imagination. Dieu merci, l'hôtel n'était pas loin !

Elle sourit. Elle aimait les hommes avec beaucoup de cheveux, et ceux de Cameron étaient épais et noirs. Son corps était tout en muscles. Elle choisissait toujours avec soin ses amants, et celui-ci lui semblait on ne peut plus à la hauteur.

Peut-être ses mains étaient-elles un peu rudes. Des mains de travailleur.

Il avait un visage intéressant. Pas beau. Jamais elle ne se serait acoquinée, encore moins laissé photographier, avec quelqu'un de plus séduisant qu'elle. Ses traits étaient nets, son teint bronzé. Et il avait des yeux gris, couleur de silex, pleins de mystère.

Elle appréciait d'autant plus les hommes secrets qu'ils ne tardaient jamais à se confier à elle.

— Tu es un vilain garçon, Cameron, chuchota-t-elle en posant l'index sur sa bouche.

— On me l'a déjà dit, en effet…

Comment s'appelait-elle, déjà ? Ah, oui ! Diana.

— Peut-être que je te laisserai me montrer jusqu'à quel point.

— J'y compte bien, ma chérie, répliqua-t-il en l'observant à la dérobée.

Avec son mètre quatre-vingts, elle avait presque sa taille.

— Ma suite ou la tienne ? ajouta-t-il, car ils étaient parvenus devant l'hôtel.

— La tienne, roucoula-t-elle. Et si tu commandes une bouteille de champagne, peut-être t'autoriserai-je à me séduire…

Cameron haussa un sourcil, puis alla demander sa clé à la réception.

— Vous me monterez une bouteille de Cristal, deux verres, et une rose rouge, commanda-t-il, le regard posé sur Diana. Le plus vite possible.

— Bien, monsieur Quinn. Je m'en charge.

— Une rose ! glousse-t-elle alors qu'ils se dirigeaient vers les ascenseurs. Comme c'est romantique !

— Ah, tu en voulais une, toi aussi ?

Le sourire perplexe de Diana le mit en garde : l'humour n'était pas son fort. Tant pis pour les fous rires et les conversations, décida-t-il. Inutile de tergiverser, il irait droit au but.

Dès que les portes de l'ascenseur se refermèrent sur eux, il l'attira contre lui et réclama ses lèvres. Il avait été trop occupé ces derniers temps, obsédé par son bateau, sa course, pour s'autoriser la moindre galipette. À présent, il avait envie de peau douce, de courbes harmonieuses. Il lui fallait une femme, n'importe laquelle, du moment qu'elle était consentante et expérimentée.

Diana remplissait toutes ces conditions.

Elle émit un gémissement qui n'était pas complètement feint, puis s'arqua vers lui.

— Tu es un rapide.

Il caressa l'étoffe soyeuse de son fourreau.

— C'est ainsi que je gagne ma vie. Je vais vite. Toujours. Partout.

Sans la lâcher, il la conduisit le long du couloir jusqu'à sa chambre. Elle avait le cœur battant, le souffle court...

Dès qu'il eut refermé la porte, il la plaqua contre le mur. Il repoussa les fines bretelles et, sans la quitter des yeux, explora ses seins magnifiques.

Son chirurgien esthétique méritait une médaille.

Elle enroula une jambe autour de sa taille, et il ne put s'empêcher d'admirer son sens de l'équilibre.

— J'ai envie de toi, murmura-t-elle, haletante.

À cet instant précis, on frappa discrètement. Déjà ? Le service était particulièrement zélé.

— Laissez tout dehors ! aboya Cameron en s'apprêtant à posséder la somptueuse Diana.

— Monsieur Quinn, je vous prie de m'excuser, mais un fax vient d'arriver pour vous. C'est urgent.

— Dis-lui de partir, supplia Diana. Qu'il aille au diable et prends-moi.

— Une minute.

Il la repoussa et, après avoir vérifié sa tenue, entrouvrit la porte.

— Je suis vraiment désolé de vous déranger.

— Pas de problème. Merci.

Cameron fourra une main dans sa poche en quête d'un billet, le tendit à l'employé et prit l'enveloppe.

— Ce fax idiot t'intéresse plus que moi, se plaignit-elle en ôtant sa robe.

En silence, Cameron félicita de nouveau le chirurgien.

— Pas du tout. J'en ai pour deux secondes.

Pressé de se plonger dans les tourbillons de l'extase, il déchira l'enveloppe.

Puis il lut la missive, et le monde s'arrêta de tourner.

— Merde !

Le vin qu'il avait consommé au fil de la soirée lui monta tout à coup à la tête. Il dut s'adosser contre la porte pour ne pas tomber.

Cameron, nom de nom, pourquoi n'as-tu pas répondu à tous nos appels ? Nous essayons de te joindre depuis des heures. Papa est à l'hôpital. C'est grave. Dépêche-toi de venir.

Phillip

Cameron leva une main, celle qui avait piloté tant de bateaux, d'avions et de voitures de course, celle qui pouvait donner tant de plaisir à une femme : elle tremblait.

— Il faut que je rentre chez moi.

— Tu y es, murmura Diana en se lovant contre lui.

— Non, c'est sérieux... Va-t'en, s'il te plaît, j'ai des coups de fil à passer.

— Tu me renvoies ?

— Navré. Ce sera pour une autre fois.

Distraitement, il sortit de sa poche une liasse de billets.

— Tiens, prends un taxi, lui conseilla-t-il, oubliant qu'elle logeait dans le même hôtel que lui.

— Espèce de goujat !

Furieuse, elle se jeta sur lui. S'il avait été dans son état normal, il aurait esquivé le coup, mais la gifle partit très vite.

Sans un mot, il la souleva de terre, ramassa au passage la robe, puis jeta la femme et le bout de satin dehors.

Les hurlements de Diana résonnèrent dans le couloir.

— Salaud ! Je me vengerai. Tu ne t'en sortiras pas comme ça. Pour qui te prends-tu ? Tu n'es rien ! Rien du tout !

Indifférent à ses cris, il poussa le verrou et rassembla ses affaires.

La chance venait de tourner

1

Cameron usa de toutes ses relations, supplia les copains et promit de l'argent tous azimuts. Se rendre de Monaco à la côte est du Maryland à une heure du matin n'était pas une tâche facile.

Il prit sa voiture jusqu'à un petit aéroport près de Nice. Là, un ami avait accepté de le conduire en avion jusqu'à Paris, moyennant la modeste somme de mille dollars. Ayant réussi à négocier un billet à demi-tarif sur une ligne régulière, il passa ensuite plusieurs heures au-dessus de l'Atlantique dans un état de fatigue et d'angoisse éprouvant.

Son avion atterrit à l'aéroport Washington-Dulles, Virginie, juste après six heures, heure locale. Une voiture de location l'y attendait, et il poursuivit son trajet jusqu'à la baie de Chesapeake dans la fraîcheur de l'aube.

Lorsqu'il emprunta le pont, le soleil s'était levé, faisant miroiter les bateaux déjà sortis. Il avait souvent navigué par là, et connaissait chaque rivière, chaque anse de cette partie du monde. L'homme au chevet duquel il se précipitait lui avait appris beaucoup plus que les termes de « bâbord » et « tribord ». Tout ce que Cameron possédait aujourd'hui, tout ce qu'il était, tout ce dont il pouvait être fier, il le devait à Ray Quinn.

Voyou en herbe, il n'avait que treize ans lorsque Ray et Stella Quinn l'avaient sauvé de la délinquance. Son casier judiciaire était déjà chargé : vols à l'étalage, cambriolages, consommation illégale d'alcool, escroqueries, agressions diverses, vandalisme...

Adolescent dégingandé, maigre comme un haricot, il avait les membres couverts d'hématomes, souvenir de la dernière punition de son père un jour où il n'y avait plus de bière à la maison.

Ce soir-là, Cameron s'était juré de ne plus jamais retourner à la caravane, à cette existence odieuse auprès d'un homme auquel on le renvoyait inlassablement. Il irait ailleurs. N'importe où. Pourquoi pas au Mexique, ou en Californie ?

Il était muni en tout et pour tout de cinquante-six dollars, de quelques vêtements, et d'une volonté farouche. Il ne lui manquait plus qu'un moyen de transport.

Il avait sauté dans un train de marchandises à la sortie de Baltimore. Il ne savait pas où il allait, et ne s'en souciait guère ; l'essentiel était de partir le plus loin possible. Recroquevillé dans le noir, le corps meurtri à chaque cahot, il s'était promis de mourir, plutôt que de vivre avec son père.

Lorsqu'il était descendu du wagon, une odeur d'eau salée et de poisson l'avait assailli. Son estomac criait famine. Étourdi, désorienté, il s'était mis à marcher.

Il n'y avait pas grand-chose à voir. Il se trouvait dans une petite ville perdue, dont tous les lampadaires étaient éteints la nuit. Quelques embarcations gémissaient le long d'un quai affaissé. S'il avait eu toute sa tête, Cameron aurait peut-être songé à pénétrer par effraction dans une des boutiques alignées sur le port. L'idée ne lui vint qu'une fois sorti de l'agglomération, lorsqu'il se retrouva en bordure d'un marais.

L'endroit donnait des frissons, avec ses ombres mystérieuses et ses bruits étranges. Le soleil commençait à poindre à l'horizon, inondant les herbes hautes d'une lumière dorée. Un immense oiseau blanc avait jailli des roseaux, et Cameron s'était figé, le cœur battant. Il n'avait encore jamais vu de héron. Il avait pensé que c'était une créature mythique.

L'oiseau s'était pourtant bel et bien envolé et, sans trop savoir pourquoi, Cameron l'avait suivi jusqu'à ce qu'il disparaisse dans l'épaisseur des bosquets.

Il ne savait ni où il était, ni où il allait, mais son instinct lui dictait de suivre une étroite route de campagne. Si un véhicule de police passait, il lui suffirait de se cacher dans les hautes touffes d'herbe.

Il était impatient de trouver un abri où dormir. Dormir pour oublier la faim et les nausées. Plus le soleil montait dans le ciel, plus la chaleur devenait étouffante. Sa chemise lui collait à la peau. Il avait mal aux pieds.

Tout d'abord, il avait aperçu la voiture : une somptueuse Corvette blanche, tout en puissance et en grâce, un vrai bijou. À ses côtés était garée une vieille camionnette rouillée.

Cameron s'était accroupi derrière un énorme hortensia en fleur pour l'examiner. La convoiter.

Un bolide pareil le conduirait sans problème jusqu'au Mexique ou ailleurs. Avec une machine comme celle-là, il aurait déjà parcouru bien du chemin avant qu'on ne se rende compte de sa disparition !

Il avait changé de position, cligné des paupières, fixé son attention sur la maison. Il était toujours très impressionné lorsqu'il se trouvait devant une demeure bien entretenue. Volets fraîchement peints, jardin soigné, fauteuils à bascule dans la véranda… c'était un véritable palais peint en blanc et bleu.

Les maîtres des lieux étaient sûrement fortunés, avait-il songé avec une pointe d'amertume. Une partie de lui-même, celle qu'il avait héritée d'un homme imbibé de haine et de bière, avait soudain été saisie par l'irrésistible envie de casser, de détruire ce havre de paix.

Il voulait faire mal à ces gens parce qu'ils avaient tout alors que lui n'avait rien. Mais, serrant les dents de toutes ses forces, il avait réussi à maîtriser sa colère.

Qu'ils continuent à dormir en paix ! s'était-il dit. Il leur piquerait leur superbe automobile. Les portières n'étaient même pas fermées à clé ! Son père lui avait enseigné l'art de faire démarrer un moteur rapidement et en silence. C'était bien pratique lorsqu'on gagnait sa vie en revendant des véhicules volés.

Cameron s'était penché et s'était mis au travail.

— Il faut un sacré culot pour voler une voiture au nez et à la barbe de son propriétaire.

Avant que Cameron ait pu réagir, une main l'avait attrapé par l'arrière de son jean, pour l'extirper du véhicule. Il aurait voulu répliquer d'un coup de poing, mais celui-ci s'était heurté à un véritable mur de pierre.

C'était la première fois qu'il se trouvait face au Grand Quinn. Il était immense, un mètre quatre-vingt-dix, au moins, et bâti comme une armoire à glace. Son visage était large et hâlé, ses yeux d'un bleu perçant.

Il avait plissé les paupières.

Quinn n'avait eu aucun mal à immobiliser le garçon, qui ne devait pas peser plus de cinquante kilos. Sa figure était laide, son corps meurtri. Il avait un œil au beurre noir ; l'autre, d'un gris ardoise, exprimait la haine.

— J'ai l'impression que la bagarre n'a pas été en ta faveur, fiston.

— Lâchez-moi. Je ne faisais rien de mal, bordel !

Ray avait haussé un sourcil.

— Dans la voiture neuve de ma femme, alors qu'il est à peine sept heures du matin, un samedi ?

— Je cherchais un peu de monnaie. Y a rien de mal à ça, bordel !

— Tu devrais éviter d'employer ce mot à tort et à travers... C'est fatigant, à la fin...

Le ton paternel de Quinn laissa Cameron totalement insensible.

— J'espérais trouver quelques dollars en pièces de vingt-cinq cents, c'est pas ça qui vous aurait ruiné.

— En effet, mais Stella aurait été triste de ne plus avoir de voiture. À propos, je m'appelle Ray. Bon, d'après moi, tu as deux solutions. Voilà la première : je te traîne jusque dans la maison et j'appelle les flics. Ça te dit de passer deux ans dans un foyer pour jeunes délinquants ?

Cameron avait blêmi. L'idée d'être emprisonné lui était insupportable. Il en mourrait.

— Je vous ai dit que je ne la volais pas, votre bagnole. Cinq vitesses, comment voulez-vous que je conduise ça ?

— Je suis persuadé que tu te serais très bien débrouillé... Bon, la deuxième solution...

— Ray ! Que fais-tu avec ce garçon ?

Ray avait jeté un coup d'œil vers la véranda. Une femme à la chevelure rousse avait surgi, les mains sur les hanches.

— Nous discutions de choix à faire dans l'existence : il s'apprêtait à voler ta voiture.

— Mon Dieu !

— On l'a battu. Récemment, selon moi.

— Ah bon ! Amène-le, je vais l'examiner. C'est une drôle de façon de commencer la matinée. Toi, crétin de chien, tu rentres à l'intérieur ! C'est malin, tu n'as même pas aboyé alors qu'on allait voler ma voiture !

— Mon épouse, Stella, avait expliqué Ray avec un sourire radieux. Elle vient de te proposer la solution numéro deux. Tu as faim ?

Cameron avait la tête qui lui tournait. Un chien aboyait très, très fort. Les oiseaux pépiaient, beaucoup trop près. Il avait chaud, il avait froid. Soudain, tout devint noir.

— Hé là, fiston !

Sombrant dans l'inconscience, Cameron n'entendit pas le juron de Ray.

Il se réveilla sur un lit, dans une pièce balayée par une brise délicate qui gonflait les rideaux et embaumait les fleurs. La panique et l'humiliation l'avaient envahi. Il avait tenté de s'asseoir, mais deux mains fermes l'avaient maintenu allongé.

— Ne bouge pas.

La femme, les sourcils froncés, les lèvres pincées, l'examinait, le palpait. Curieusement, il avait été fasciné par ses taches de rousseur. Elle avait les yeux vert foncé et avait tiré ses cheveux en arrière. Elle sentait vaguement le talc.

Il s'était rendu compte tout d'un coup qu'on l'avait déshabillé.

— Poussez-vous de là ! avait-il aboyé.

— Calme-toi. Je suis médecin. Regarde-moi, avait ordonné Stella en se penchant. Allez... regarde-moi. Comment t'appelles-tu ?

Le cœur battant, il hésita.

— John.

— John Smith, je suppose, ironisa-t-elle. Si tu as la présence d'esprit de mentir, cela signifie que tu ne te portes pas trop mal.

Elle avait dardé sa lampe de poche sur les yeux de l'adolescent, qui gémit.

— À mon avis, tu souffres d'un léger traumatisme. Combien de fois t'es-tu évanoui depuis qu'on t'a battu ?

— C'est la première, avoua-t-il en rougissant. À vrai dire, je ne suis pas sûr. Il faut que j'y aille.

— Oui. À l'hôpital.

— Non !

La terreur lui avait donné la force de l'agripper par le bras. S'il se retrouvait à l'hôpital, on lui poserait des questions. Ensuite, il aurait droit à une visite des flics. Après les flics, les assistantes sociales. Et au final, il se retrouverait dans cette caravane qui empestait la pisse et la bière rance, auprès d'un homme qui, pour se distraire, s'amusait à le tabasser.

— J'irai pas à l'hôpital. J'irai pas. Donnez-moi mes vêtements. J'ai de l'argent, je vous paierai, mais il faut que je parte d'ici.

Excédée, elle lui dit :

— Dis-moi ton nom. Le vrai.

— Cameron.

— Qui t'a mis dans un état pareil, Cameron ?

— Je ne…

— Ne me mens pas.

Il en aurait été incapable. Il avait trop peur, et si mal à la tête.

— Mon père, avoua-t-il en un souffle.

— Pourquoi ?

— Parce que ça l'occupe.

Stella avait appuyé le bout de ses doigts sur ses paupières, puis elle s'était tournée vers la fenêtre. De l'endroit où elle se trouvait, elle pouvait voir l'eau bleue, les arbres touffus, le ciel sans nuages. Dans ce monde si merveilleux, il existait des parents qui battaient leurs enfants parce que ça les occupait. Parce qu'ils étaient là, sous leur nez.

— Bien. Nous allons procéder dans l'ordre. Tu as des vertiges, ta vision s'obscurcit ?

Sur ses gardes, Cameron avait pourtant opiné.

— Un peu. Mais comme je n'ai pas mangé depuis un moment...

— Ray est à la cuisine : il est meilleur que moi aux fourneaux. Tu as les côtes contusionnées, mais elles ne sont pas cassées. Le plus grave, c'est l'œil, murmura-t-elle en l'effleurant avec précaution. Nous pouvons le soigner ici. Nous allons te nettoyer, te remettre sur pied. Je suis médecin, avait-elle répété en souriant, la main délicieusement fraîche sur son front. Pédiatre.

— Un docteur pour les mômes.

— Tu entres toujours dans cette catégorie, gros dur. Si ton état ne s'améliore pas, je te ferai passer des radios. Ça va piquer un peu, avait-elle ajouté en cherchant un flacon d'antiseptique dans sa sacoche.

Il avait grimacé et retenu son souffle.

— Pourquoi vous faites ça ?

De sa main libre, elle lui avait caressé les cheveux.

— Parce que je le veux.

Ils l'avaient gardé avec eux. Tout simplement, songea Cameron. Ils lui avaient donné un nom, un foyer, et tout ce qui comptait dans son existence.

Stella avait été emportée huit années auparavant par un cancer. La maison à la lisière de la petite ville de St. Christopher avait perdu de son éclat. La joie de vivre de Ray, de Cameron et des deux autres garçons recueillis par les Quinn s'était envolée.

Cameron s'était mis à courir. Partout, sur n'importe quel engin. À présent, il rentrait en vitesse retrouver celui qu'il avait toujours considéré comme son père.

Il était venu mille fois dans cet hôpital, lorsque Stella y avait travaillé, puis lorsqu'elle y avait été soignée.

Nerveux, inquiet, il se précipita à la réception et demanda Raymond Quinn.

— Il est en réanimation. Seuls les membres de sa famille sont autorisés à lui rendre visite.

— Je suis son fils.

Cameron tourna les talons et se dirigea vers les ascenseurs. Il n'avait pas besoin qu'on lui dise à quel étage se rendre. Il ne le savait que trop bien.

Il vit Phillip dès l'ouverture des portes.

— Alors ? C'est grave ?

Phillip lui tendit l'une des deux tasses de café qu'il tenait à la main. Il était pâle, fatigué, et ses cheveux habituellement impeccablement coiffés étaient hirsutes. Une barbe naissante assombrissait son visage long, plutôt angélique, et ses yeux d'un brun doré étaient cernés.

— Je n'étais pas certain que tu arriverais à temps. C'est terrible, Cameron. Il faut que je m'assoie.

Il s'avança jusqu'à une minuscule salle d'attente et se laissa choir sur un siège. Pendant un moment, il fixa sans la voir l'émission matinale sur l'écran du poste de télévision qui se trouvait dans un coin.

— Que s'est-il passé ? voulut savoir Cameron. Où est-il ? Que disent les médecins ?

— Il revenait de Baltimore. Du moins, Ethan pense qu'il y était allé. Il a percuté un poteau télégraphique. De plein fouet. Il a peut-être eu un malaise et perdu le contrôle de la voiture, mais on n'en est pas sûr. Il conduisait vite. Beaucoup trop vite.

Il dut fermer les yeux, car il avait la nausée.

— Trop vite, répéta-t-il. Les secours ont mis presque une heure à le sortir des tôles. Il était à demi conscient. Ça s'est passé à quelques kilomètres d'ici.

Il se rappela qu'il tenait un café et en but une gorgée.

— Ethan a pu être prévenu rapidement, reprit-il. À son arrivée ici, papa était déjà au bloc. Maintenant, il est dans le coma.

Il leva un regard douloureux vers son frère.

— Les médecins pensent qu'il ne s'en sortira pas.

— C'est absurde. Il est fort comme un bœuf.

Phillip chercha ses mots.

— Ils ont dit... traumatisme crânien. Le cerveau est touché. Blessures internes. Il est sous assistance respiratoire. Le... il... Papa s'était inscrit pour donner son corps à la médecine.

— Qu'ils aillent au diable ! grommela Cameron, furieux.

— Tu crois que cette perspective me plaît ? s'indigna Phillip. D'après eux, c'est une question d'heures, tout au plus. Ce sont les machines qui le maintiennent en vie. Tu sais bien que papa et maman avaient longuement abordé le sujet lorsqu'elle était tombée malade. Ils ont rédigé leur testament en toute connaissance de cause, et voilà que nous voulons ignorer le sien sous prétexte que... que cela nous est insupportable.

— Tu veux débrancher l'appareil ? rugit Cameron en le saisissant par le col de sa veste. C'est ça que tu veux ?

Las, Phillip secoua la tête.

— Plutôt me couper la main. Tu ferais mieux d'aller le voir.

Il l'entraîna vers un couloir empestant l'antiseptique et le désespoir. Ils poussèrent une porte à double battant, passèrent devant le bureau de la surveillante, puis devant une succession de chambres où résonnaient des bips.

Ethan était assis dans un fauteuil près du lit lorsqu'ils apparurent. Ses grandes mains calleuses couvraient celles de Ray. Très grand, très mince, il se tenait penché en avant comme pour parler au malade inconscient. Il se leva avec lenteur, les traits tirés par le manque de sommeil, et examina Cameron de bas en haut.

— Tu as fini par venir !

Cameron l'ignora. Cet homme, ce vieillard qui avait déjà le visage cireux et immobile d'un mort, était son père. Ray Quinn, si immense, si imposant, si invincible. Il avait peine à le croire.

— Papa.

Il s'approcha.

— C'est moi, Cameron. Je suis là.

Il attendit un instant, persuadé que cela suffirait pour que Ray lui adresse un clin d'œil complice.

Mais il n'y eut que le silence, ponctué par le ronronnement des appareils.

— Je veux parler à son médecin.

— C'est Garcia, répondit Ethan en se frottant le visage. Le chirurgien que maman avait surnommé Mains Magiques. Je vais demander à l'infirmière de l'appeler.

Cameron se redressa et, pour la première fois, aperçut un jeune garçon endormi dans le fauteuil du coin.

— Qui est-ce ?

— Le dernier en date des paumés de Ray Quinn, répliqua Ethan en ébauchant un sourire. Il t'en a parlé. Seth. Papa l'a recueilli il y a environ trois mois.

Il s'apprêtait à en dire davantage, mais le coup d'œil furieux de Phillip l'en découragea, et il haussa les épaules avant de conclure :

— Nous reviendrons là-dessus plus tard.

Phillip se balançait d'avant en arrière.

— Alors ? Monte-Carlo ?

Cameron le regarda sans comprendre. Son frère haussa les épaules. C'était un tic de famille.

— D'après l'infirmière, il faut lui parler, bavarder entre nous. Peut-être qu'il... Ils ne sont sûrs de rien.

— C'était très bien, répondit Cameron en s'asseyant en face d'Ethan et en prenant la main de Ray. J'ai gagné une petite fortune au casino, et lorsque ton message est arrivé, j'étais dans ma suite avec une ravissante créature, un mannequin. Tu aurais dû la voir, ajouta-t-il en s'adressant cette fois directement à Ray. Somptueuse. Des jambes interminables, des seins de rêve.

— Elle avait un visage ? s'enquit sèchement Ethan.

— En parfaite harmonie avec son corps. Oui, vraiment, un canon. Quand je lui ai annoncé que je devais la quitter, elle est devenue un tantinet désagréable, expliqua-t-il en montrant sa joue égratignée. Je l'ai jetée dehors avant qu'elle ne me déchiquette. Pourtant, je n'ai pas oublié de lui rendre sa robe.

— Elle était nue ? voulut savoir Phillip.

— Comme un ver.

Phillip sourit, puis s'esclaffa pour la première fois depuis vingt-quatre heures.

— Ça ne m'étonne pas de toi... Il va adorer cette histoire, acheva le jeune homme en prenant à son tour la main de leur père.

Dans son coin, Seth feignait de dormir. Il avait entendu Cameron entrer. Il savait qui il était. Ray lui en avait beaucoup parlé, et il possédait deux cahiers remplis de photos et de coupures de journaux concernant ses courses et ses exploits.

Pâle et fatigué, Cameron Quinn n'était pas du tout celui qu'il avait imaginé. Seth déciderait lui-même ce qu'il pensait de cet homme.

Ethan ne lui déplaisait pas. Aller avec lui à la pêche aux huîtres ou aux moules n'était pas forcément une partie de plaisir, mais il avait le bon goût de ne pas passer son temps à le sermonner et, surtout, pas une fois il n'avait levé la main sur lui lorsqu'il avait commis des erreurs.

De plus, dans son esprit d'enfant de dix ans, Ethan correspondait assez bien à l'image qu'il se faisait d'un marin. Teint hâlé, traits marqués, cheveux bouclés, bruns, décolorés par le soleil, corps musclé. Oui, vraiment, Ethan était plutôt sympathique.

Phillip, c'était un autre genre. Impeccable jusqu'au bout des ongles, il devait posséder dix millions de cravates. Il avait un emploi dans un bureau chic de Baltimore. Publicitaire, il inventait des idées géniales pour vendre des trucs à des gens qui n'en avaient pas besoin.

Une arnaque comme une autre.

Cameron était la star, celui qui vivait toujours sur le fil du rasoir et prenait des risques. Il n'avait pas l'air si dur que ça.

À cet instant précis, Cameron tourna la tête, et son regard rencontra celui de Seth. Il le soutint, sans ciller, jusqu'à ce que le garçon en ait l'estomac noué. Pour échapper à cet examen, Seth ferma les yeux et s'imagina à la maison, en train de jouer avec un chiot baptisé Balourd, à cause de sa maladresse.

Cameron continua d'observer l'enfant. Il était plutôt mignon, avec ses cheveux blonds, son corps gringalet et ses pieds immenses. Il serait sûrement très grand. Menton volontaire, moue boudeuse. Dans sa somnolence feinte, il paraissait inoffensif, mais, dans ses yeux, Cameron avait immédiatement reconnu la peur et la méfiance.

— Il ne devrait pas rester ici. Ce n'est pas un endroit pour les gamins.

— Il est très bien là, répliqua Ethan. De toute façon, il n'a nulle part où aller. Livré à lui-même, il ne ferait que des bêtises.

Cameron haussa les épaules.

— Je veux voir Garcia. Il doit en savoir plus. Ray conduit comme un pilote professionnel, il a dû avoir une crise cardiaque...

Les mots moururent sur ses lèvres.

— Je ne supporte pas de rester là à ne rien faire.

— Parle pour toi, marmonna Ethan. Vas-y, bouge. C'est d'être ici qui compte... C'est ce qui a toujours compté.

— Tout le monde n'a pas envie de passer sa vie à ramasser des huîtres et à vérifier des pièges à homards, rétorqua Cameron. Papa et maman nous ont donné une existence digne de ce nom, ils s'attendaient que nous en fassions ce que nous voulions.

— Tu as fait ce que tu as voulu.

— Comme nous tous, s'interposa Phillip. Si papa a eu des problèmes ces derniers mois, Ethan, tu aurais dû nous le dire.

— Comment voulais-tu que je le sache ?

Il avait bien soupçonné quelque chose, mais rien de précis. À présent, un sentiment de culpabilité l'envahissait.

— Tu étais sur place, renchérit Cameron.

— Oui, j'y étais. contrairement à toi, qui étais parti depuis des années.

— Parce que d'après toi, si j'étais resté à St. Christopher, il n'aurait pas heurté un poteau de plein fouet ? C'est fou ce que c'est intelligent comme raisonnement.

— Si vous aviez été dans les parages, l'un comme l'autre, il se serait moins fatigué à la tâche. J'avais beau lui dire de se reposer un peu, il continuait à bricoler, à jardiner. Sans compter ses cours trois fois par semaine à l'université, à guider ses étudiants et à noter des copies. Pour l'amour du ciel, il a bientôt soixante-dix ans !

— Il n'en a que soixante-sept, contesta Phillip. Et il a toujours eu une santé de fer.

— Pas depuis quelques mois. Il avait perdu du poids, il paraissait épuisé. Tu l'as constaté toi-même.

— D'accord, d'accord, concéda Phillip. Peut-être aurait-il dû ralentir le rythme. Sans doute a-t-il eu tort de recueillir le petit. C'était une responsabilité de trop, mais il n'y a pas eu moyen de l'en dissuader.

— Toujours à vous chamailler.

La voix était faible et pâteuse. Tous trois se figèrent.

— Papa.

Ethan se pencha le premier, le cœur battant.

— Je vais chercher le médecin.

— Non. Reste là, murmura Ray avant que Phillip n'atteigne la porte.

L'effort qu'il fournissait était surhumain, et il ne disposait plus que de quelques instants. Déjà, il avait la sensation que son esprit se séparait de son corps. Il était las, si las. Impatient de retrouver Stella. Mais avant de partir, il avait un ultime devoir à accomplir.

Luttant contre la lourdeur de ses paupières, il ouvrit les yeux pour voir ses fils, ces trois merveilleux cadeaux du destin. Il avait fait de son mieux avec eux pour qu'ils deviennent des hommes. Il avait une dernière chose à leur demander : rester unis pour s'occuper de l'enfant.

— Le petit... Il est à vous, désormais. Gardez-le quoi qu'il arrive, veillez sur lui. Cameron, c'est toi qui sauras le mieux le comprendre... Donne-moi ta parole.

— Nous prendrons soin de lui, promit Cameron qui, à cet instant-là, aurait volontiers promis de décrocher la lune. Nous nous occuperons de lui jusqu'à ce que tu ailles mieux.

Ray respirait de plus en plus mal.

— Ethan, il aura besoin de ta patience et de ton bon cœur.

— Ne t'inquiète pas pour Seth.

— Phillip ?

— Je suis là, papa. Nous sommes tous là.

— Toi qui es si intelligent, tu te débrouilleras pour que tout s'arrange. Ne lâche pas le petit. Vous êtes frères. Ne l'oubliez jamais… Je suis si fier de vous… De vous tous. Tous des Quinn… Maintenant, il faut me laisser partir.

— Je vais chercher le médecin, décréta Phillip, paniqué, en se ruant dans le couloir, tandis que Cameron et Ethan s'efforçaient de ranimer leur père.

Personne ne fit attention au petit garçon recroquevillé dans le fauteuil, qui pleurait en silence.

2

Ils vinrent seuls ou en petits groupes veiller et enterrer Raymond Quinn. Plus qu'un simple habitant de la minuscule ville de St. Christopher, il avait été à la fois enseignant, ami et confident. Les années où la récolte d'huîtres avait été mauvaise, il avait aidé à rassembler des fonds pour les ostréiculteurs en difficulté. En hiver, il avait inventé mille et un petits travaux pour employer les marins désœuvrés.

Pour ses étudiants en difficulté, Ray avait toujours réussi à trouver une heure dans son emploi du temps surchargé pour un tête-à-tête. Ses cours de littérature à l'université étaient très prisés, et il était rare que l'on oubliât le Pr Quinn.

Il s'était dévoué corps et âme à sa ville, aux autres.

Il avait aussi permis à trois garçons paumés dont personne ne voulait de devenir des hommes.

On avait recouvert sa tombe de fleurs et de larmes. Aussi, les premières rumeurs se turent-elles rapidement. On ne tenait pas à entendre des ragots risquant de ternir l'image de Ray Quinn. Du moins l'affirmait-on, mais les oreilles ne s'en dressaient pas moins, dans l'espoir de saisir un détail ou deux.

Scandale sexuel, adultère, enfant illégitime. Suicide...

Grotesque, impossible ! affirmaient la plupart. D'autres fronçaient les sourcils, très intéressés, et s'empressaient de confier ce qu'ils croyaient savoir à leurs voisins.

Cameron n'entendit rien. Son chagrin était tel qu'il avait du mal à réfléchir de façon cohérente. Lorsque sa mère était morte, il y était préparé. Il l'avait vue souffrir et avait prié pour que son supplice prît fin. Le départ de Ray était trop brutal, trop injuste.

Il alla s'asseoir tout seul sur le ponton qu'il avait aidé Ray à réparer des dizaines de fois au fil des ans. À ses côtés était amarré le magnifique sloop sur lequel ils avaient tant navigué ensemble. Cameron se rappelait encore le bateau qu'ils avaient eu, le tout premier été, un petit Sunfish, une embarcation à coque d'aluminium munie d'une seule voile.

Avec une patience infinie, Ray lui avait appris à manier la voilure, ou à tirer des bordées. Quelle joie il avait éprouvée, lorsque pour la première fois Ray lui avait proposé de prendre la barre !

L'expérience avait changé à tout jamais la vie de ce garçon élevé dans la rue... l'air salé qui lui fouettait le visage, le vent cinglant la toile écrue, la vitesse, la sensation extraordinaire de liberté. Mais surtout, la confiance que lui accordait Ray en remettant le bateau entièrement entre ses mains.

Peut-être était-ce ce moment-là, par ce bel après-midi d'été, qui l'avait transformé.

Cameron perçut un bruit de pas derrière lui mais ne se retourna pas. Il continua de contempler l'horizon. Phillip se planta à côté de lui.

— Ils sont presque tous partis.

— Tant mieux.

Phillip fourra les mains dans ses poches.

— Ils sont venus pour lui. Papa aurait été content.

— Ouais, soupira Cameron, c'est vrai. Mais j'avais besoin d'être seul...

— Mmm...

Phillip avait beau gagner sa vie en faisant de belles phrases, il comprit parfaitement que son frère ait besoin de solitude. Il goûta un instant le plaisir du calme retrouvé. La brise était un peu piquante, vivifiante comparée à la chaleur étouffante de la maison.

— Grace nettoie la cuisine avec l'aide de Seth. Je crois bien qu'il a un faible pour elle.

— Elle a l'air en pleine forme, répondit Cameron avec effort. J'ai du mal à l'imaginer seule avec un môme. Elle est divorcée, n'est-ce pas ?

— Son mari est mort il y a un an ou deux, juste avant la naissance d'Audrey.

Phillip toussota et poursuivit, gêné :

— Nous avons des problèmes à régler, Cameron.

Dans le ton de la voix, ce dernier décela une certaine gravité. L'heure était aux choses sérieuses. Un mauvais pressentiment l'assaillit.

— Je m'apprêtais à faire un tour en bateau. Le vent est bon.

— Tu navigueras plus tard.

Cameron tourna vers lui un visage narquois.

— J'ai envie d'y aller maintenant.

— On raconte que papa se serait suicidé.

Cameron blêmit, puis devint rouge de rage.

— Qu'est-ce que c'est que cette histoire ? rugit-il en se mettant debout.

Là, songea Phillip avec satisfaction, tu m'écoutes enfin.

— Il se pourrait qu'il ait volontairement heurté le poteau télégraphique.

— Qui dit cela ?

— Il y a des rumeurs. Ce serait à cause de Seth.

— Qu'a-t-il à voir là-dedans ? demanda Cameron en arpentant le ponton nerveusement. Ils le prennent pour un fou, tout simplement parce qu'il a recueilli encore un jeune chez lui ? Il était déjà assez cinglé pour nous élever, nous. De toute façon, ça n'a aucun rapport avec l'accident.

— On murmure que Seth est son fils, son vrai fils.

Cameron s'immobilisa.

— Maman ne pouvait pas avoir d'enfants.

— Je sais.

Le cœur de Cameron se mit à battre très vite.

— Tu veux dire qu'il l'aurait trompée ? Qu'il aurait couché avec une autre femme et eu un bébé ? Bonté divine !

— Je n'affirme rien.

Cameron s'approcha de lui, titubant de colère.

— Qu'est-ce que tu en penses, au juste ?

— Je me contente de te rapporter ce que j'ai entendu, répliqua-t-il d'une voix neutre, afin que nous puissions prendre les dispositions nécessaires.

— Si tu avais un tant soit peu de courage, tu aurais cassé la tête à tous ceux qui osent raconter des bêtises pareilles.

— Ça, c'est ta méthode ! Tu crois que ça suffirait à faire taire les ragots ? s'indigna Phillip. Je suis aussi scandalisé que toi. Ray était aussi mon père.

— Alors pourquoi ne prends-tu pas sa défense, au lieu d'écouter ces imbéciles ? Tu as peur de te salir les mains ? Si tu n'étais pas si maniaque, tu aurais déjà...

Le poing de Phillip frappa le menton de Cameron. Déséquilibré, celui-ci chancela. Les yeux étincelants, il hocha la tête.

— Très bien, vas-y !

Phillip entreprit de se débarrasser de sa veste. L'assaut arriva en un éclair, sans bruit, parderrière. Il eut à peine le temps de lâcher un juron qu'il atterrissait dans l'eau.

Il remonta à la surface, cracha, repoussa les cheveux mouillés tombés sur son front.

— Espèce de salaud !

Ethan, les mains dans les poches, contempla son frère.

— C'est pour te rafraîchir les idées, lança-t-il.

— Ce costume vient de chez Hugo Boss ! protesta Phillip en revenant vers le quai.

— Connais pas, riposta Ethan en jetant un coup d'œil vers Cameron. Et toi ?

— Ça signifie surtout qu'il va avoir une sacrée note chez le teinturier.

— Toi aussi ! rétorqua Ethan en poussant Cameron à son tour. Ce n'est ni le moment ni l'endroit pour se tabasser. Quand vous serez sortis de là, nous discuterons. J'ai envoyé Seth chez Grace.

Plissant les paupières, Cameron reprit son souffle.

— Te voilà chef, tout d'un coup ?

— J'ai l'impression d'être le seul à avoir la tête sur les épaules.

Sur ce, Ethan tourna les talons et regagna la maison.

Ensemble, Cameron et Phillip s'agrippèrent au bord du ponton. Ils s'observèrent longuement, puis Cameron grogna :

— On prendra notre revanche, plus tard.

Phillip opina. Il se hissa hors de l'eau et dénoua sa cravate en soie trempée.

— Moi aussi je l'aimais. Autant que toi. Autant que n'importe qui.

— Ouais.

Cameron ôta ses chaussures.

— Je n'avais pas envie d'être là aujourd'hui.

— Tu étais là, et c'est tout ce qui aurait compté pour lui.

Cameron enleva ses chaussettes, sa cravate, sa veste. Un frisson le parcourut.

— Qui t'a raconté ces horreurs à propos de papa ?

— Grace. Elle a pensé qu'il valait mieux nous mettre au courant de ce qui se disait en douce. Elle nous en a parlé, à Ethan et à moi, ce matin. Elle a pleuré. Tu maintiens que j'aurais dû lui casser la tête ? ajouta-t-il en haussant les sourcils.

— Je veux savoir qui est à l'origine de ces racontars et pourquoi.

— As-tu bien regardé Seth, Cameron ?

Le vent le pénétrait jusqu'aux os.

— Oui, bien sûr.

Il se dirigea vers la maison.

— Examine-le de plus près.

Lorsque Cameron pénétra dans la cuisine vingt minutes plus tard, Ethan avait préparé le café et sorti une bouteille de whisky.

La pièce était vaste et chaleureuse. Une longue table de bois trônait au milieu. Les murs peints en blanc étaient usés par le temps. Il avait été question, quelques années auparavant, de refaire la cuisine. Puis Stella était tombée malade, et l'on n'en avait plus jamais parlé.

Sur la table se trouvait une coupe en bois fabriquée par Ethan à l'école. Trois grandes fenêtres sans rideaux donnaient sur le jardin. Au loin, on apercevait la mer.

Les portes des placards étaient vitrées, révélant une vaisselle en porcelaine blanche, toute simple, parfaitement rangée. Les tiroirs étaient sans doute tout aussi ordonnés, se dit Cameron. Stella avait beaucoup insisté là-dessus. Quand elle avait besoin d'une cuiller, elle ne voulait pas avoir à la chercher.

Le réfrigérateur était couvert d'un bric-à-brac de photos, de coupures de journaux, de notes, de cartes postales et de dessins d'enfants.

— Le café est fort, prévint Ethan. Le whisky aussi. Que veux-tu ?

— Un peu des deux, répondit Cameron en remplissant sa tasse, puis en y ajoutant une rasade d'alcool.

Ethan se versa un double scotch pendant que Cameron s'asseyait.

— Il me semble que tu aurais dû être là plus souvent, ces dernières années.

— Ethan, je ne suis pas marin. Je fais ce que je sais faire de mon mieux. Il n'en attendait pas moins de ma part.

— Ouais.

Ethan ne comprenait pas ce besoin qu'avait eu son frère de partir, de fuir ce sanctuaire de chaleur et d'amour. Mais à quoi bon ruminer ? Il n'avait pas à juger.

— Il y aurait des travaux à faire.

— J'ai vu ça.

— J'aurais dû prendre le temps de passer plus souvent, pour entretenir la propriété. On pense toujours que ça peut attendre, mais c'est faux. Les marches de derrière sont pourries, il faut les remplacer. J'en avais l'intention…

Il se retourna, tandis que Phillip apparaissait.

— Grace travaille ce soir, elle ne peut pas s'occuper de Seth plus de deux heures. Expose le problème, Phil. Moi, je risque d'être trop long.

— Très bien.

Phillip se servit un café.

— Apparemment, il y a quelques mois, une femme est venue rendre visite à papa. Elle s'est rendue à l'université et a provoqué un petit scandale sur lequel personne n'a voulu s'attarder sur le moment.

— C'est-à-dire ?

— Elle lui a fait une scène dans son bureau. Elle a beaucoup pleuré et crié. Ensuite, elle s'est précipitée chez le directeur et a voulu porter plainte contre papa pour harcèlement sexuel.

— C'est grotesque !

— En effet, dit Phillip en s'approchant de la table. Elle affirmait que papa l'avait harcelée et molestée alors qu'elle était étudiante. Pourtant, il n'existe pas la moindre archive la concernant. Elle a déclaré ensuite qu'elle était venue en auditrice libre parce qu'elle n'avait pas de quoi se payer des études. Là aussi, impossible d'effectuer la moindre vérification. L'affaire s'est tassée.

— Papa était bouleversé, intervint Ethan. Il refusait de m'en parler. Ensuite, il s'est absenté environ une semaine. Il m'a expliqué qu'il allait pêcher en Floride. Il est revenu avec Seth.

— Vous essayez de me dire que l'enfant est de lui ? Qu'il a eu une aventure avec cette femme qui a attendu dix ans pour se manifester ?

— Sur le moment, personne n'y a vraiment prêté attention, dit Phillip. Il avait l'habitude de recueillir des enfants en difficulté à la maison. Mais, par la suite, il y a eu le problème de l'argent.

— Quel argent ?

— Il a signé plusieurs chèques, un de dix mille dollars, un deuxième de cinq mille dollars, et un troisième de dix mille, au cours des trois derniers mois. Tous à l'ordre de Gloria DeLauter. Quelqu'un s'en est aperçu à la banque et les rumeurs ont commencé. Gloria DeLauter, c'est celle qui avait essayé de le faire traduire en justice.

— Pourquoi ne m'a-t-on pas tenu au courant ?

— J'ai appris cette histoire d'argent récemment, expliqua Ethan, les yeux sur son verre. Quand je l'ai interrogé à ce sujet, il m'a simplement répondu que ce qui comptait, c'était le môme. Il m'a dit de ne pas m'inquiéter. Il m'a promis de tout me raconter une fois que les choses se seraient arrangées. Il m'a demandé un peu de temps. Il paraissait tellement désespéré... Ça m'a brisé le cœur. Vous n'étiez pas là. J'ai donc attendu.

Il avala son whisky d'un trait.

— J'ai eu tort, acheva-t-il.

Ébranlé, Cameron se leva.

— Tu crois qu'il était victime d'un chantage ? Tu crois qu'il a eu une aventure avec cette fille autrefois ? Et qu'aujourd'hui, il la payait pour qu'elle se taise et lui confie le petit ?

— Je vous dis ce que je sais, décréta Ethan d'un ton monocorde. Pas ce que je crois.

— Je ne sais pas ce que je crois, murmura Phillip. Je sais simplement que Seth a ses yeux. Il suffit de le regarder, Cameron.

— Il n'a pas pu coucher avec une étudiante. Il n'a pas pu tromper maman.

Phillip, le plus réaliste des trois, prit la parole.

— Je ne veux pas le croire non plus, reprit-il en posant sa tasse, mais c'était un homme comme les autres. Il a pu commettre une bêtise. Si c'est le cas, loin de moi l'idée de le condamner. Ce que nous devons faire, en revanche, c'est tenir notre promesse. Nous devons nous débrouiller pour garder Seth. Je peux déjà voir s'il avait entamé la procédure d'adoption. Nous allons avoir besoin d'un avocat.

— J'aimerais en savoir davantage sur cette Gloria DeLauter, déclara Cameron en tapant du poing sur la table. Qui est-ce ? Où est-elle ?

Phillip haussa les épaules.

— C'est ton affaire. Personnellement, je ne l'approcherais pas.

— Et qu'est-ce que c'est que cette histoire de suicide ?

Phillip et Ethan échangèrent un regard, puis Ethan se leva, alla ouvrir un tiroir et prit un gros sachet transparent scellé. Cameron s'assombrit aussitôt, et Ethan comprit qu'il avait reconnu le porte-clés en forme de trèfle de leur père.

— Voici tout ce qu'ils ont trouvé dans la voiture après l'accident.

Ethan ouvrit le paquet, en sortit une enveloppe tachée de sang séché.

— Je suppose que quelqu'un, un flic ou un des secouristes, a lu la lettre et cru intelligent d'en divulguer le contenu. C'est un message de DeLauter, avec un cachet de la poste de Baltimore.

— Il en revenait justement...

Cameron déplia avec angoisse le papier, noirci d'une écriture large et ronde.

Quinn,

J'en ai assez de tirer le diable par la queue. Si tu veux vraiment cet enfant, il va falloir payer. Retrouve-moi à l'endroit où tu es venu le chercher. Rendez-vous lundi matin. La ville est assez calme vers onze heures. Apporte-moi cent cinquante mille dollars en liquide. En liquide, Quinn ! S'il n'y a pas la somme exacte, je reprends le môme. N'oublie pas que je peux faire annuler la procédure d'adoption quand je veux. Cent cinquante mille dollars, c'est une affaire, pour un joli garçon comme Seth. Donne-moi l'argent, et je disparaîtrai. Je te le promets.

Gloria

— Elle le lui vendait, souffla Cameron, outré... Comme une...

Il se tut brusquement en se rappelant qu'Ethan avait été vendu par sa propre mère à des hommes qui aimaient les jeunes garçons.

— Pardon, Ethan.

— Ne t'inquiète pas. J'ai appris à vivre avec ça. En tout cas, elle ne récupérera pas Seth. Quoi qu'il arrive, elle ne mettra jamais la main sur lui.

— Papa l'a-t-il payée ?

— Il a vidé son compte en banque, intervint Phillip. D'après ce que j'ai compris, mais je n'ai pas encore examiné tous les papiers, il a fermé son compte épargne et vendu toutes ses actions. Il ne disposait que d'une seule journée pour rassembler la somme. Le tout devait se monter à une centaine de milliers de dollars. Je ne sais pas s'il avait les cinquante autres...

— Elle ne l'aurait pas lâché. Il devait s'en douter.

Cameron posa la lettre et essuya ses mains sur son jean, comme pour les désinfecter.

— Ainsi, les gens chuchotent qu'il s'est tué. Pour quelle raison ? Par dépit, par peur, par désespoir ? C'est absurde. Jamais il n'aurait abandonné le petit.

— Il ne l'a pas abandonné, argua Ethan. Il nous l'a laissé.

— Mais comment allons-nous nous occuper de lui ? brailla Cameron.

— Nous y arriverons, dit Ethan en se versant de nouveau du café. Il est à nous, désormais.

— Qu'allons-nous faire de lui ?

— L'inscrire à l'école, lui donner un toit, le nourrir, l'élever selon les principes que nous ont inculqués papa et maman, répliqua Ethan en remplissant la tasse de son frère. Tu as des arguments contre ?

— Des dizaines, mais bon, nous avons promis…

— Sur ce point, au moins, nous sommes d'accord, coupa Phillip, en pianotant sur la table. Cependant, il y a un autre problème, un gros problème, à mes yeux. Nous ne savons pas comment Seth va réagir. Peut-être ne voudra-t-il pas rester ici. Peut-être nous rejettera-t-il.

— Tu compliques tout, comme d'habitude, se plaignit Cameron. Pourquoi il refuserait ?

— Il ne te connaît pas du tout, moi, à peine. Le seul avec lequel il ait passé un peu de temps, c'est Ethan.

— Pas tant que ça, admit celui-ci. Je l'ai emmené quelquefois avec moi sur le bateau. Il a l'esprit vif et est habile de ses mains. Il ne parle pas beaucoup mais quand il s'exprime, il sait se faire comprendre. Grace s'est occupée de lui.

Cameron haussa les épaules.

— Papa souhaitait qu'il vive ici. Il vivra ici.

Il tressaillit en entendant trois coups de klaxon.

— C'est sûrement Grace qui ramène le gamin avant d'aller chez *Snidleys*.

— Chez *Snidleys* ? Le pub ? Qu'est-ce qu'elle va faire là-bas ?

— Elle gagne sa vie, j'imagine.

— Ouais… marmonna Cameron en esquissant un sourire. Il y a toujours des serveuses en bas résille et jupette noire avec un gros nœud sur les fesses ?

— Eh oui ! soupira Phillip. Toujours.

— Grace doit être très sexy avec ce costume.

— En effet.

— Peut-être que j'irai faire un tour chez *Snidleys* un peu plus tard.

— Grace n'est pas un de tes mannequins de la haute, grogna Ethan en posant avec fracas sa tasse vide dans l'évier. Bas les pattes !

— Oh, oh !

Derrière son dos, Cameron échangea un sourire complice avec Phillip.

— D'accord, d'accord, frérot. Je ne pouvais pas savoir que tu en pinçais pour elle.

— Elle est mère de famille, pour l'amour du ciel !

— À Cancún, l'hiver dernier, j'ai passé un excellent moment avec une maman de deux enfants, raconta Cameron. Son ex avait fait fortune dans l'huile d'olive et, après le divorce, elle s'est retrouvée toute seule avec ses mômes, une villa mexicaine, deux voitures, quelques bijoux, une collection de tableaux et deux millions de dollars. Je l'ai consolée pendant une semaine. Les petits étaient mignons… de loin. Avec leur nounou.

— J'admire ton sens du dévouement, Cameron, railla Phillip.

— Je sais, je sais.

La porte d'entrée claqua, et les trois frères se dévisagèrent.

— Bon… Qui va lui parler ? s'enquit Phillip.

— Je suis nul pour ce genre de choses, grommela Ethan en se dirigeant vers la porte. D'ailleurs, il faut que j'aille nourrir le chien.

— Lâche ! lança Cameron.

— Hum, toussota Phillip en se levant, tu m'excuseras mais je dois m'occuper des papiers. À toi de jouer !

— Attends une petite seconde…

Mais Phillip était déjà sorti et annonçait à Seth que Cameron l'attendait dans la cuisine pour lui parler. Lorsque l'enfant parut, le chiot sur les talons, il vit Cameron grimacer en se servant une dose de whisky.

Seth fourra les mains dans ses poches, l'air renfrogné. Il n'avait pas envie d'être là, il n'avait pas envie de discuter avec qui que ce soit. Chez Grace, il s'était assis sur un tabouret et n'avait pas bougé, plongé dans ses pensées. Elle l'avait laissé tranquille.

À présent, il allait devoir affronter ce type. Il n'avait pas peur. Si les trois frères ne voulaient pas de lui, tant pis !

Il était assez grand pour se débrouiller tout seul. Ça ne l'inquiétait pas du tout.

Cameron caressa d'une main distraite le petit chien qui essayait vaillamment de grimper sur ses genoux. Il observa à la dérobée le garçonnet efflanqué arborant un jean visiblement neuf, un air narquois et les yeux de Raymond Quinn.

— Assieds-toi.

— Je suis très bien comme ça.

— Je te dis de t'asseoir.

L'homme et l'enfant se dévisagèrent longuement, mais le petit céda le premier en haussant les épaules. Le tic Quinn... Cameron cherchait désespérément à rassembler ses pensées. Que devait-il lui dire ?

— Tu as mangé ?

Seth le contempla par en dessous.

— Ouais.

— Euh... Ray t'a-t-il fait part de... de projets te concernant ?

De nouveau, il haussa les épaules.

— Je ne sais pas.

— Il avait entamé une procédure d'adoption légale. Tu étais au courant ?

— Il est mort.

— Oui, souffla Cameron, il est mort.

— Je vais aller en Floride, annonça Seth.

Cameron sirota son whisky, feignant d'être vaguement intéressé.

— Ah, oui ?

— J'ai de l'argent. J'ai pensé que je pourrais partir demain matin. Je prendrais un car vers le sud. Vous ne pouvez pas m'en empêcher.

— Bien sûr que si. Je suis plus grand que toi, riposta Cameron, plus à l'aise. Que vas-tu faire en Floride ?

— Trouver du boulot.

— Pickpocket, par exemple ?

— Peut-être.

Cameron opina. Il avait eu autrefois les mêmes intentions, même si sa destination avait été le Mexique. Pour la première fois, il songea qu'il pourrait peut-être communiquer avec cet enfant.

— Tu ne sais pas encore conduire.

— Je le pourrais si c'était nécessaire.

— De nos jours, il faut une sacrée expérience pour voler une voiture. Surtout, il faut être vigilant pour éviter les flics. La Floride, ce n'est pas une bonne idée.

— C'est là que j'irai.

— Non.

— Vous ne me renverrez pas là-bas !

Seth bondit de sa chaise, tremblant de peur et de rage. Affolé, le chiot s'échappa en courant de la pièce.

— Vous ne pouvez pas m'obliger à y retourner.

— Où ?

— Chez elle. Je prends mes affaires et je me tire. Vous ne m'en empêcherez pas.

Cameron reconnut tout de suite l'attitude de celui qui s'apprête à recevoir un coup mais qui est prêt à riposter.

— Elle t'a battu ?

— C'est pas vos affaires.

— Ray s'est arrangé pour que ça le devienne. Si tu passes cette porte, je te ramènerai de force.

Seth prit son élan. Il est rapide, songea Cameron en l'empoignant à la dernière minute. Vif, et solide, en dépit des apparences.

— Lâche-moi ! Je te tuerai si tu me touches !

Cameron traîna Seth jusqu'au salon et le poussa sur un fauteuil. Nez à nez avec lui, il lut dans ses yeux non seulement la colère et la méfiance, mais surtout la terreur.

— Tu ne manques pas de courage, fiston. Je te conseille d'utiliser aussi ta cervelle.

Il resta muet. Quand le bras s'était refermé sur lui, il s'était dit que cette fois il était coincé.

— Personne, ici, ne te touchera de cette façon. Jamais, assura Cameron d'une voix radoucie. Si je mets la main sur toi, ce sera peut-être pour te ramener à la maison, mais rien de plus. Tu as bien saisi ?

De grosses gouttes de transpiration perlèrent sur le front du garçon, qui semblait avoir du mal à respirer.

— J'aime pas qu'on me touche.

— Très bien. Reste assis sans bouger.

Cameron s'écarta pour s'asseoir sur un pouf. Balourd tremblait de peur. Cameron le posa sur les genoux de Seth.

— Nous avons un problème, lança-t-il en priant pour ne pas utiliser de paroles malheureuses. Je ne peux pas te surveiller vingt-quatre heures sur vingt-quatre. D'ailleurs, même si je le pouvais, je ne le ferais pas. Si tu pars pour la Floride, il faudra que j'aille te chercher, et ça risque de m'énerver.

Seth caressa le chien, un geste qui lui apporta un certain réconfort.

— Qu'est-ce que ça peut vous faire, que je sois là ou ailleurs ?

— À moi, pas grand-chose, mais Ray tenait à ce que tu restes ici. Donc, tu restes.

— Je reste ?

Pas une minute il n'avait envisagé cette possibilité.

— Ici ? Mais quand vous vendrez la maison…

— Vendre la maison ?

— Je… Les gens pensent que c'est ce que vous ferez.

— Les gens se trompent. La maison n'est pas à vendre. Je ne sais pas encore comment on va s'en sortir, mais, pour l'heure, en tout cas, mets-toi bien dans la tête que tu restes ici.

Cameron comprit tout à coup que lui aussi devait rester.

Sa chance avait tourné.

— On est condamnés à s'entendre, fiston. Du moins pour quelque temps.

3

Cameron se dit que c'était sûrement la semaine la plus étrange de toute son existence. Il aurait dû être en Italie, en train de préparer une course de motocross. Son bateau et la plupart de ses affaires se trouvaient encore à Monte-Carlo, sa voiture était à Nice, sa moto à Rome. Quant à lui, il était à St. Christopher et s'occupait d'un gamin de dix ans au caractère difficile.

Pourvu qu'il soit bien allé à l'école ! Le matin même, ils s'étaient disputés sur cette question. À vrai dire, tout était cause de bataille : les corvées de cuisine, l'heure du coucher, le linge sale à mettre dans un panier, le choix des programmes de télévision… Cameron secoua la tête en effaçant les traces boueuses sur les marches de la véranda à l'arrière de la maison. Il suffisait de lui dire blanc pour que Seth réponde noir !

Sans doute Cameron n'était-il pas le tuteur idéal, mais il faisait de son mieux. Il assumait presque seul cette nouvelle tâche. Phillip avait promis de se charger des week-ends, ce qui n'était déjà pas si mal. Ethan s'arrangeait pour passer chaque soir pendant quelques heures après avoir ramené sa pêche.

Restaient les journées.

Cameron aurait volontiers échangé l'éternité contre une semaine de farniente en Martinique. Le sable chaud, les jolies femmes, la bière fraîche, l'insouciance. Au lieu de cela, il lavait le linge, apprenait les mystères de la cuisson au four à micro-ondes et s'efforçait de tenir à l'œil un garçon qui paraissait décidé coûte que coûte à lui gâcher la vie.

— Tu étais pareil.

— Tu parles ! Si j'avais agi comme lui, je n'aurais pas tenu longtemps ici.

— Pendant la première année, Stella et moi nous sommes couchés chaque soir en nous demandant si tu serais encore là le lendemain matin.

— Vous étiez deux, au moins. Et...

Cameron lâcha le marteau qu'il tenait à la main. Sur le vieux rocking-chair grinçant de la véranda était assis Ray Quinn, le visage souriant, les cheveux en désordre. Il portait son pantalon de pêcheur préféré et un tee-shirt gris délavé orné d'un énorme crabe sur la poitrine. Il était pieds nus.

— Papa ?

Cameron se leva d'un bond.

— Tu ne t'imaginais pas que j'allais te laisser tomber, tout de même ?

— Mais...

Cameron ferma les yeux. Ce n'était qu'une hallucination, due à la fatigue et au chagrin.

— Je me suis toujours efforcé de t'apprendre que la vie était pleine de surprises et de miracles, ne l'oublie pas, fils. Ouvre ton esprit au surnaturel.

— Aux fantômes ? Eh bien !

— Pourquoi pas ? rétorqua Ray en lâchant un rire tonitruant. Relis tes classiques, fils, ils en sont remplis.

— Ce n'est pas croyable, grommela Cameron.

— Je suis là, donc ça l'est. Je suis parti trop vite, en laissant les choses en plan. C'est désormais à toi et à tes frères de vous débrouiller, mais qui dit que je ne pourrai pas vous donner un petit coup de main de temps à autre ?

— Un coup de main, oui, c'est ça. J'ai sacrément besoin d'aide. À commencer par celle d'un psychiatre.

Avant que ses jambes ne se dérobent sous lui, Cameron remonta les marches branlantes et s'assit sur la dernière.

— Tu n'es pas fou, Cameron. Simplement un peu perturbé.

Cameron s'obligea à respirer calmement et observa de loin l'homme qui se balançait nonchalamment. Le Grand Quinn, songea-t-il. Il paraissait solide, réel. Présent.

— Si tu es vraiment là, parle-moi du petit. C'est ton fils ?

— C'est désormais le vôtre.

— Cela ne me suffit pas comme réponse.

— Bien sûr que si. Je compte sur vous trois. Ethan prend les choses comme elles viennent et en tire le meilleur parti. Phillip s'acharne sur les détails. Toi, tu fonces jusqu'à obtenir ce que tu veux. Cet enfant a besoin de vous trois. C'est Seth qui compte par-dessus tout.

— Je ne sais pas quoi faire de lui, protesta Cameron d'un ton impatient, ni de moi d'ailleurs.

— Trouve une solution au premier problème, et tout s'arrangera.

— Dis-moi ce qui s'est passé !

— Ce n'est pas pour cela que je suis ici. Je ne peux pas non plus te dire si j'ai vu Elvis Presley, ajouta Ray avec un sourire espiègle. Je crois en toi, Cameron. N'abandonne pas Seth.

— Je ne sais pas comment m'y prendre.

— Commence par réparer les marches, lui conseilla Ray avec un clin d'œil complice. Ce sera un bon début.

— Qu'elles aillent au diable, ces marches ! lança Cameron en constatant qu'il était de nouveau tout seul. Je perds la tête, murmura-t-il en se frottant le visage. Je suis complètement cinglé.

Il se leva et se remit à l'ouvrage.

La radio d'Anna Spinelli marchait à fond. Aretha Franklin chantait de sa voix en or, et Anna fredonnait. Elle se sentait heureuse au volant de sa voiture flambant neuve.

Pour se la payer, elle avait travaillé comme une folle, rogné jusqu'au moindre cent, vidé son compte, mais elle ne le regrettait pas.

L'air du printemps était doux, elle aurait volontiers relevé la capote pour foncer sur les routes de campagne. Cependant, elle ne pouvait pas se permettre d'arriver échevelée à son rendez-vous.

Pour cette visite, elle avait choisi un tailleur bleu marine et un chemisier blanc. Elle avait dompté sa longue chevelure noire en un chignon sévère, histoire de paraître sérieuse et professionnelle. Lorsqu'elle laissait flotter ses magnifiques cheveux, on avait tendance à ne considérer que la jolie fille et à ignorer l'assistante sociale.

De son ascendance italienne, elle avait hérité un teint mat. Ses yeux étaient grands, noirs, en forme d'amande, ses lèvres pulpeuses, ses traits bien dessinés, son nez droit et long. Elle se maquillait très peu.

Âgée de vingt-huit ans, elle se dévouait corps et âme à son métier, et sa vie de célibataire la satisfaisait pleinement.

Roulant entre les champs, la brise lui caressant le visage par la vitre baissée, elle songea qu'elle s'installerait volontiers un jour dans cette région.

Elle mettrait de l'argent de côté, et plus tard, peut-être s'offrirait-elle une maisonnette en dehors de la ville. Le trajet ne serait pas pénible, car elle adorait conduire.

Beethoven remplaça la reine de la soul. Anna se mit à chantonner l'*Hymne à la joie*.

Elle était contente qu'on lui ait confié l'affaire Quinn. Le cas était passionnant. Elle regrettait seulement de n'avoir jamais eu l'occasion de rencontrer Raymond et Stella, qui n'avaient pas hésité à adopter trois adolescents au passé douloureux et à les rendre heureux.

Ils n'étaient, hélas ! plus de ce monde, et Seth DeLauter était aujourd'hui sous la responsabilité de l'administration. De toute évidence, il fallait arrêter la procédure d'adoption. Trois hommes seuls, dont l'un habitait Baltimore, le deuxième St. Christopher et le troisième au gré de sa fantaisie... c'était une situation bien précaire pour un enfant. D'ailleurs, sans doute n'avaient-ils aucune envie de se battre pour le garder.

Lorsqu'elle aperçut la demeure entre les feuillages, elle ralentit, baissa la radio, vérifia sa tenue dans le rétroviseur et se gara dans l'allée.

L'endroit était ravissant. Très paisible. La maison aurait peut-être eu besoin d'une couche de peinture, le jardin n'était guère soigné, mais l'ensemble était accueillant.

Un jeune garçon pourrait être heureux, ici. Quel dommage que le sort en ait décidé autrement !

Elle rajusta la veste de son tailleur, qu'elle avait volontairement choisi ample pour dissimuler ses courbes, et se dirigea vers l'entrée d'un pas décidé.

Elle entendit un martèlement et marqua une hésitation.

Lorsqu'elle l'aperçut, il était agenouillé par terre. Il portait un tee-shirt noir et un jean usé. D'un point de vue féminin, il était impossible de rester insensible à son physique.

Phillip Quinn ? se demanda-t-elle. Le spécialiste de la publicité. Difficile à croire.

Cameron Quinn, le globe-trotter, l'aventurier ? Impossible.

Ce devait donc être Ethan, le marin. Elle afficha un sourire poli et s'avança.

— Monsieur Quinn !

Il leva la tête et se retourna en serrant toujours son marteau. Anna fut stupéfaite de déceler dans son regard une fureur mal contenue. Il avait sûrement du sang indien, décida-t-elle en considérant le teint cuivré et l'ossature de son visage. Ses cheveux étaient noirs, mal coiffés, un peu longs. Ses yeux, gris comme l'orage, exprimaient tout sauf la gentillesse.

Anna Spinelli se prépara à un entretien difficile. Elle ne savait pas quel Quinn elle avait devant elle mais, de toute façon, elle devrait rester sur ses gardes.

Il prit son temps pour l'examiner. Il songea tout d'abord que ses jambes méritaient beaucoup mieux que cette jupe stricte et ces horribles escarpins noirs. Il pensa ensuite qu'une femme avec des yeux bruns aussi grands, aussi beaux, obtenait probablement toujours tout ce qu'elle voulait sans jamais prononcer une parole.

Il posa son outil et se leva.

— Bonjour.

— Je me présente, Anna Spinelli, reprit-elle sans quitter son sourire. À qui ai-je l'honneur ?

— Cameron Quinn.

La poignée de main fut ferme.

— Que puis-je pour vous ? demanda-t-il.

— Je suis l'assistante sociale responsable du dossier Seth DeLauter.

Il se raidit.

— Seth est à l'école.

— Je l'espère. J'aimerais discuter de la situation avec vous, monsieur Quinn.

— C'est mon frère Phillip qui s'occupe des détails administratifs.

Elle haussa les sourcils, mais demeura aimable.

— Il est là ?

— Non.

— Dans ce cas, si vous pouviez m'accorder quelques minutes... Je suppose que vous habitez ici, du moins provisoirement.

— Ça vous dérange ?

La plupart des gens considéraient les assistantes sociales comme des ennemies. Elle-même avait été de ceux-là.

— C'est Seth qui m'intéresse, monsieur. Nous pouvons en parler calmement ou, si vous préférez, je peux entamer immédiatement les démarches pour qu'il soit placé dans une famille d'accueil.

— Mademoiselle Spinelli, Seth n'ira nulle part.

Elle se raidit.

— Seth DeLauter est mineur. La procédure d'adoption entamée par votre père n'a pas été avalisée et sa validité même est remise en question. Pour l'heure, monsieur Quinn, vous n'avez pas la moindre autorité sur cet enfant.

— Écoutez-moi bien, mademoiselle Spinelli, j'en ai rien à foutre de la loi. Seth est mon frère ; il restera ici.

Il haussa les épaules et tourna les talons.

— J'ai envie d'une bière.

Elle demeura clouée sur place quelques instants après que la porte grillagée eut claqué. Dans l'exercice de ses fonctions, elle s'interdisait formellement de se mettre en colère. Elle inspira profondément puis grimpa les marches et entra.

— Monsieur Quinn...

— Vous êtes encore là ?

Il décapsula une bouteille.

— Vous voulez une bière ?

— Non, merci. Monsieur Quinn...

— Je n'aime pas les assistantes sociales.

— Je ne m'en serais jamais doutée ! ironisa-t-elle.

Il faillit sourire, mais se retint et porta le goulot à sa bouche.

— Ça n'a rien à voir avec vous, remarquez.

— Bien sûr que non. Quant à moi, j'ai horreur des hommes insolents et arrogants. Là non plus, ça n'a rien à voir... Bien. Êtes-vous prêt à discuter du bien-être de Seth ou dois-je revenir avec les flics ?

Cameron la dévisagea et conclut qu'elle n'hésiterait pas à mettre sa menace à exécution.

— Essayez, et le môme prendra la poudre d'escampette. Bien sûr, on le retrouvera tôt ou tard, et on l'enfermera dans un centre pour jeunes délinquants. Vous ne pouvez que lui faire du mal, mademoiselle Spinelli.

— Vous pensez pouvoir l'aider mieux que moi ?

— Peut-être.

Il fronça les sourcils avant d'enchaîner :

— Mon père y serait parvenu... D'après vous, une promesse faite sur un lit de mort a-t-elle un caractère sacré ? ajouta-t-il en relevant les yeux.

— Oui, répondit-elle immédiatement.

— Le jour de sa mort, j'ai promis à mon père, ou plutôt, nous lui avons promis de garder Seth avec nous. Personne ne me fera revenir sur ma parole. Ni vous, ni votre administration, ni deux douzaines de flics.

Ce n'était pas du tout la situation à laquelle elle s'était attendue. Elle allait devoir reconsidérer le problème.

— J'aimerais m'asseoir, dit-elle au bout d'un moment.

— Je vous en prie.

Elle prit une chaise. L'évier était rempli de vaisselle, et la pièce sentait le dîner brûlé de la veille. Elle en conclut qu'ils s'efforçaient au moins de nourrir l'enfant.

— Avez-vous l'intention de demander la garde légale de ce petit ?

— Nous...

— Je parle de vous, monsieur Quinn, interrompit-elle. Est-ce votre intention ?

Elle attendit. Cameron demeura coi. Il était au pied du mur. Que pouvait-il répondre ?

— C'est-à-dire... Oui, si c'est indispensable.

— Prévoyez-vous d'habiter ici, avec Seth, d'une manière permanente ?

— Permanente ? répéta-t-il. À présent, c'est à mon tour d'avoir besoin de m'asseoir.

Il se laissa choir sur un siège, atterré.

— Ne pourrait-on employer un terme un peu moins définitif ? Je ne sais pas, moi...

Elle croisa les bras. Son désarroi semblait sincère, mais elle ne devait pas s'apitoyer. Seul le bien-être de l'enfant comptait.

— Vous n'avez pas la moindre idée de ce à quoi vous vous engagez.

— Faux. Je le sais, et j'en ai une peur bleue.

Elle hocha la tête. Un point pour lui.

— Qu'est-ce qui vous incite à croire que ce garçon de dix ans, que vous avez rencontré, me semble-t-il, il y a à peine deux semaines, serait plus heureux avec vous que dans une famille d'accueil ?

— J'ai été comme lui, autrefois. C'est ici qu'il doit rester.

— Monsieur Quinn, vous êtes célibataire, vous n'avez ni adresse fixe, ni revenus réguliers, comment élèverez-vous Seth ?

— J'ai cette maison et de l'argent.

— À qui appartient-elle exactement, cette belle demeure, monsieur Quinn ? Vous n'en savez rien, j'imagine.

— Phillip pourra vous répondre de façon précise.

— Tant mieux. Je ne doute pas que vous ayez de l'argent, monsieur Quinn, mais je vous parle d'un emploi stable. Parcourir le monde pour battre des records, ce n'est pas un emploi stable.

— Ça rapporte.

— Vous êtes prêt à assumer une énorme responsabilité, mais par ailleurs vous n'hésitez pas à risquer votre vie. Et s'il vous arrivait quelque chose ? Y avez-vous réfléchi ? Croyez-moi, le juge y pensera.

— Je sais ce que je fais. D'ailleurs, nous sommes trois.

— Vous seul habitez provisoirement cette maison.

— Et alors ?

— Vous n'êtes pas un professeur d'université respecté ayant déjà élevé trois fils auparavant.

— Cela ne signifie pas que je n'en sois pas capable.

— En effet, répondit-elle sans perdre patience, cependant, c'est une entrave majeure à l'adoption.

— Et si nous y étions tous ?

— Pardon ?

— Si nous vivions ici tous les trois ? Si mes frères s'y installaient, insista Cameron tout en se demandant dans quel pétrin il allait les mettre. Jc pourrais trouver...

Il but une gorgée de bière, sachant que le mot risquait de lui rester en travers de la gorge.

— ... un emploi, acheva-t-il enfin.

Elle le dévisagea, stupéfaite.

— Vous seriez prêt à changer radicalement de vie ?

— Ray et Stella m'ont tout donné.

Le visage d'Anna Spinelli se radoucit, et Cameron fut surpris de la voir sourire de bon cœur, les yeux brillants.

— En venant ici, je me disais que je regrettais de ne les avoir jamais connus. Des gens remarquables, j'en suis certaine. Je vais devoir discuter avec Seth, ainsi qu'avec vos frères, enchaîna-t-elle. À quelle heure le petit rentre-t-il de l'école ?

— À quelle heure ? répéta Cameron, en consultant la pendule.

Il n'en avait aucune idée.

— Euh... ses horaires sont assez souples.

— Dorénavant, veillez à ce qu'ils soient plus stricts. Je passerai à l'école. Votre frère Ethan est-il chez lui ? ajouta-t-elle en se levant.

— Pas maintenant. Il ne rentrera pas de la pêche avant dix-sept heures.

Elle jeta un coup d'œil sur sa montre.

— Très bien. Je vais en profiter pour contacter votre autre frère à Baltimore.

De sa mallette, elle sortit un agenda en cuir.

— Pourriez-vous me donner les noms et adresses de quelques-uns de vos voisins, de gens qui vous connaissent, et qui seraient susceptibles de témoigner en votre faveur ?

— Je peux sans doute vous en trouver un ou deux.

— C'est un bon début. Je vais mener une petite enquête, monsieur Quinn. S'il est dans l'intérêt de Seth de rester ici, avec vous, vous pouvez compter sur moi. Je ferai tout ce qui est en mon pouvoir pour vous y aider. Si, en revanche, je décide qu'il serait mieux ailleurs, je me battrai jusqu'au bout.

Cameron se mit debout à son tour.

— Je crois que nous nous comprenons parfaitement.

— Peut-être pas, mais il faut un début à tout.

Dès qu'elle fut dehors, Cameron se rua sur le téléphone. Il eut d'abord la standardiste, puis la secrétaire et enfin, à bout de patience, il put joindre Phillip.

— L'assistante sociale sort d'ici, lança-t-il sans préambule.

— Je t'avais dit de t'attendre à sa visite.

— Non.

— Si. Mais tu ne m'as pas écouté. J'ai un ami avocat qui travaille sur le dossier d'adoption. La mère de Seth a pris la poudre d'escampette. En tout cas, elle n'est pas à Baltimore.

— Je me fiche éperdument de savoir où est sa mère. L'assistante sociale parle de nous enlever Seth.

— L'avocat a demandé la garde provisoire. Cela prend un certain temps, Cameron.

— Nous n'en avons peut-être guère, murmura-t-il en fermant les yeux pour tenter de maîtriser sa colère. J'espère en avoir gagné un peu, mais je n'en suis pas certain. Qui est propriétaire de la maison, maintenant ?

— Nous trois. Papa nous a tout laissé.

— Parfait. Prépare-toi à déménager. Tu vas devoir mettre tous tes costumes coupés sur mesure dans une valise et t'installer ici. Nous allons vivre ensemble.

— Tu plaisantes !

— Quant à moi, je vais trouver du travail. Je t'attends à dix-neuf heures ce soir. Apporte de quoi manger, j'en ai plus qu'assez de faire à bouffer.

Satisfait, il raccrocha lorsque son frère déversa un torrent d'injures.

Anna trouva Seth boudeur, impertinent et hautain. Malgré tout, elle se prit aussitôt d'affection pour lui. La directrice l'avait autorisée à parler en privé avec l'enfant.

— Ce serait plus facile pour moi si tu me disais ce que tu penses, ce que tu ressens, ce que tu veux.

— En quoi ça vous intéresse ?

— Je suis payée pour t'écouter.

Seth haussa les épaules et continua de dessiner sur la table, du bout du doigt.

— Mêlez-vous de vos affaires et laissez-moi tranquille !

— Assez parlé de moi ! déclara-t-elle en constatant avec plaisir qu'il avait du mal à ne pas sourire. Si nous parlions de toi, à présent ? Es-tu heureux, chez M. Quinn ?

— La maison est cool.

— En effet, elle m'a beaucoup plu. Et M. Quinn ?

— Il croit qu'il sait tout. Il se prend pour un crack sous prétexte qu'il est allé partout dans le monde. En tout cas, je peux vous dire qu'il ne sait pas faire la cuisine.

Anna posa son stylo et croisa les bras. Cet enfant était trop maigre.

— Tu ne manges pas à ta faim ?

— Il commande des pizzas ou des hamburgers. C'est nul. Franchement, on n'a pas besoin d'être un génie pour se servir d'un four à micro-ondes.

— Peut-être devrais-tu l'aider ?

— Il ne me le propose pas ! L'autre soir, il a fait cramer les patates. Il était furieux !

— Il n'est peut-être pas très doué, murmura Anna.

— À qui le dites-vous ! Il est plus à l'aise avec un marteau ou un moteur. Vous l'avez vue, la Vette ? Cameron dit qu'elle était à sa mère, qu'elle l'avait depuis toujours. Ray la gardait au garage, il ne voulait pas la sortir.

— Il te manque ?

Un haussement d'épaules. Seth baissa les paupières.

— Il était cool. Mais il était vieux, et quand on vieillit, on meurt. C'est la vie.

— Et Ethan et Phillip ?

— Ça va. J'aime bien aller sur le bateau. Si je n'étais pas obligé d'aller à l'école, je travaillerais pour Ethan. Il dit que je suis doué.

— As-tu envie de rester avec eux, Seth ?

— J'ai nulle part où aller.

— Il existe plusieurs solutions, et je suis ici pour t'aider à choisir celle qui te convient le mieux. Si tu sais où se trouve ta mère…

— Non, coupa-t-il en redressant brusquement la tête, le regard noir, le visage pâle. Et je ne veux pas le savoir. Si vous me renvoyez chez elle, vous ne me retrouverez jamais.

— Elle te battait ?

Anna Spinelli attendit, puis opina devant son silence.

— Parfait, oublions-la pour l'instant. Nombreux sont les couples et les familles prêts à accueillir un enfant chez eux, à s'occuper de lui, à…

— Ils ne veulent pas de moi, n'est-ce pas ?

Les larmes lui montaient aux yeux, mais pour rien au monde il ne pleurerait devant cette femme.

— Il avait dit que je pourrais rester, mais c'était un mensonge. Juste un mensonge.

Elle le saisit par le poignet avant qu'il ne puisse s'enfuir.

— Non, ils veulent te garder. À vrai dire, M. Quinn… Cameron… était très fâché lorsque j'ai suggéré qu'on te confie à quelqu'un d'autre. J'essaie simplement de savoir ce que tu veux, toi. Je crois que tu viens de me le dire. Si tu préfères habiter avec les Quinn, je ferai tout pour que ce soit possible, d'accord ?

— Ray avait dit que je n'aurais jamais à retourner là-bas. Il me l'avait promis.

— Dans la mesure du possible, je vais m'efforcer de l'aider à tenir sa promesse.

4

Comme il semblait n'y avoir rien d'autre à boire que de la bière, des boissons gazeuses et un reste de lait d'aspect douteux, Ethan mit de l'eau à bouillir. Il se ferait un thé glacé et en savourerait un grand verre assis dans la véranda à contempler le crépuscule.

L'heure était à la détente.

Ce ne sera pas facile, songea-t-il en cherchant des sachets de thé, car Cameron et Seth s'insultaient allégrement dans le salon. Sa tranquillité risquait fort d'être troublée.

Comme il plongeait le sachet dans l'eau bouillante, il entendit un bruit de pas dans l'escalier, suivi du claquement d'une porte.

— Ce môme me rend fou, gémit Cameron en rejoignant son frère dans la cuisine.

— Hum...

— C'est un insolent, un pinailleur.

Cameron prit une bière dans le réfrigérateur.

— Un peu ton sosie, non ?

— Tu parles !

— Tu as raison, je dis n'importe quoi. Tu es un être si pacifique...

Ethan s'accroupit, en quête d'une vieille carafe en verre.

— Voyons, reprit-il, tu venais d'avoir quatorze ans lorsque je suis arrivé. Tu as provoqué une bagarre afin d'avoir une bonne excuse pour me faire saigner du nez.

Pour la première fois depuis des heures, Cameron sourit.

— C'était en signe de bienvenue. D'ailleurs, si je ne m'abuse, tu m'as remercié en m'affublant d'un œil au beurre noir.

— C'est vrai. Le petit, lui, est trop intelligent pour te donner des coups. Il préfère te provoquer. Une chose est sûre, il a su accaparer ton attention.

Ce commentaire irrita d'autant plus Cameron qu'il était vrai.

— Toi qui l'as si bien analysé, pourquoi ne t'en occupes-tu pas ?

— Parce que, dès le lever du soleil, je pêche. Un enfant comme celui-là a besoin d'être surveillé sans relâche. De nous trois, tu es le seul à ne pas bosser.

— Ça va changer, marmonna Cameron.

— Sans blague ? railla Ethan.

— Il faut que je trouve un boulot rapidement. L'assistante sociale est passée, aujourd'hui.

Ethan soupira.

— Qu'est-ce qu'elle voulait ?

— Elle fait une enquête. Elle veut te rencontrer, ainsi que Phillip. Elle a déjà discuté avec Seth. Justement, j'essayais, avec beaucoup de diplomatie, de savoir ce qu'elle lui avait dit, mais il est monté sur ses grands chevaux.

Cameron fronça les sourcils en se remémorant sa première vision d'Anna Spinelli, ses longues jambes, son sourire.

— Si nous ne faisons pas le poids, elle se débrouillera pour nous l'enlever.

— Il n'ira nulle part.

— C'est ce que je lui ai répondu, soupira Cameron en passant une main dans ses cheveux, ce qui lui rappela qu'une visite chez le coiffeur ne serait pas un luxe. Cependant, si nous voulons le garder, nous allons devoir procéder à de sérieux aménagements.

— Tout est bien comme ça, répliqua Ethan en versant le thé sur une montagne de glaçons.

— Facile à dire, riposta Cameron en sortant sur la véranda.

Il s'approcha de la balustrade et regarda l'élégant chien d'arrêt d'Ethan gambader dans l'herbe avec le petit chiot. À l'étage, Seth avait apparemment décidé de le provoquer en montant au maximum le son de sa radio.

Cameron serra les poings. Il devait garder son calme, surtout ne pas ordonner au garçon de baisser sa musique. Il n'attendait que ça. Il sirota sa bière, s'efforçant de se détendre, fixa les rayons du soleil qui jouaient avec la surface de l'eau.

Le vent s'était levé, et les herbes du marais se balançaient comme un immense champ de blé. Un couple de canards jaillit des roseaux.

Cameron faillit esquisser un sourire.

Le rythme rassurant du rocking-chair attira soudain son attention. Il se retourna brusquement. Ethan s'immobilisa, surpris.

— Qu'est-ce qu'il y a ? On dirait que tu as vu un spectre !

— Ce n'est rien, souffla Cameron en s'essuyant le visage avant de s'asseoir par terre, adossé contre la rambarde. Je suis un peu nerveux, c'est tout.

— Comme d'habitude, quand tu restes au même endroit plus d'une semaine d'affilée.

— Fiche-moi la paix, Ethan.

— Ce n'était qu'une remarque en passant.

Cameron paraissait tellement pâle et épuisé qu'Ethan sortit de sa poche deux cigares.

— Tu en veux un ?

— Pourquoi pas ?

Ils fumèrent en silence pendant plusieurs minutes. Lorsque la musique se tut, Cameron eut la sensation d'avoir marqué un point.

Pendant une dizaine de minutes, aucun son ne leur parvint, hormis le clapotis de l'eau, le pépiement des oiseaux et le chuchotement de la brise dans les arbres. Le soleil se coucha, embrasant le ciel.

Fidèle à lui-même, Ethan ne posait pas de questions. Il attendait, tout simplement.

— Tu as réparé les marches, déclara-t-il enfin.

— Ouais, une bonne chose de faite. La maison aurait besoin d'un coup de peinture, d'ailleurs.

— Il va falloir y songer.

Ils allaient devoir songer à toutes sortes de choses mais, pour l'heure, le grincement du fauteuil à bascule ramenait sans cesse son esprit à ce fameux après-midi…

— As-tu déjà rêvé tout éveillé ?

Il pouvait demander cela à son frère, parce que Ethan réfléchirait avant de lui répondre.

Ce dernier posa précautionneusement son verre vide et examina son cigare.

— Euh... Sans doute, oui. Comme tout le monde. L'esprit vagabonde, quand on l'y autorise.

C'était peut-être cela, se dit Cameron. Son esprit avait vagabondé... il s'était même perdu. Voilà qui expliquait pourquoi il avait cru voir son père dans le rocking-chair. Quant à leur conversation, il avait dû prendre ses désirs pour des réalités. Point final.

— Tu te rappelles, quand papa jouait du violon, les soirs d'été ? Il avait des mains immenses.

— Il jouait sacrément bien.

— Tu es assez doué, toi aussi.

Ethan haussa les épaules, souffla un rond de fumée.

— Je ne suis pas mauvais.

— Tu devrais prendre le violon. Il te l'aurait sûrement donné.

Ethan posa son regard sur Cameron et, pendant quelques instants, chacun resta muet.

— C'est encore trop tôt. Je ne suis pas prêt.

— Oui...

— Tu as toujours la guitare qu'il t'avait offerte pour Noël ?

— Je l'ai laissée ici. Je ne voulais pas l'abîmer en la trimballant partout avec moi. Je n'y ai pas touché depuis plus d'un an.

— On devrait peut-être proposer à Seth de faire de la musique. Maman affirmait que c'était le meilleur des passe-temps.

Il tourna la tête, tandis que les deux chiens se ruaient en aboyant vers le côté de la maison.

— Tu attends quelqu'un ?

— Phillip.

Ethan haussa les sourcils.

— Je pensais qu'il ne revenait pas avant vendredi ?

— Disons que c'est une urgence familiale, marmonna Cameron en écrasant son mégot avant de se lever. J'espère qu'il a pensé à nous apporter quelque chose de décent à manger, et pas un de ces plats de traiteurs sophistiqués qu'il aime tant.

Visiblement exaspéré, Phillip entra dans la cuisine et posa sur la table un énorme sac contenant du poulet frit.

— Je suis là ! hurla-t-il tandis qu'ils le rejoignaient. Quel est le problème ?

— On a faim, répliqua Cameron, en se servant un pilon. Tu as une tache sur ton beau pantalon de cadre dynamique, Phil.

— Zut !

Furieux, Phillip tenta d'effacer les traces de pattes de chien.

— Quand vas-tu apprendre à cet imbécile de clebs à ne pas sauter sur les gens ?

— Si tu te promènes avec du poulet frit, il est normal qu'il essaie d'en avoir un morceau. C'est plutôt une marque d'intelligence, si tu veux mon avis.

Imperturbable, Ethan se dirigea vers le placard et en sortit des assiettes.

— Tu as pris des frites ? s'enquit Cameron en fouillant dans le sac. Il va falloir les réchauffer. Un de vous deux devrait s'en charger, si vous tenez à vous régaler. Avec moi, c'est pas garanti.

— Je m'en occupe. Trouve un plat pour la salade de choux.

— Quand vous aurez fini de jouer au papa et à la maman, tous les deux, explosa Phillip, peut-être m'expliquerez-vous pourquoi j'ai dû repousser ma soirée avec une ravissante comptable... notre troisième rendez-vous. Nous devions dîner chez elle, et tout ce qui s'ensuit. Au lieu de quoi, je me retrouve coincé pendant deux heures dans des embouteillages pour apporter du poulet frit à une bande de ploucs.

— Primo, j'en ai assez de faire la cuisine, rétorqua Cameron en se servant une généreuse portion de salade. Deuzio, j'en ai par-dessus la tête de jeter systématiquement à la poubelle ce que j'ai préparé pour le repas. Même le chiot n'en veut pas, c'est dire !

Il mordit dans une cuisse avant de se diriger vers la porte pour appeler Seth.

— Il faut qu'il soit là. Cette affaire nous concerne tous.

— Génial, marmonna Phillip en se laissant choir sur une chaise et en dénouant sa cravate.

— Inutile de bouder parce que tu as raté ton rendez-vous avec la comptable, déclara Ethan en lui tendant une assiette.

— C'est bientôt l'époque des bilans, soupira Phillip. J'aurai de la chance si elle daigne me regarder avant le 15 avril. Moi qui étais sur le point de conclure...

— Nous sommes tous plus ou moins condamnés à l'abstinence pendant quelque temps, constata amèrement Cameron.

Il avait envie de boire une bière mais se contenta d'un thé glacé. Seth surgit sur le seuil.

Ça sentait bon le poulet rôti. Bon Dieu qu'il avait faim !

— Qu'est-ce qu'il y a ? s'enquit-il en fourrant les mains dans ses poches, l'estomac criant famine.

— Conseil de famille, annonça Cameron. Autour de la table. Assieds-toi.

Seth ne bougea pas.

— Assieds-toi, insista Cameron. Si tu n'as pas envie de manger, contente-toi d'écouter.

— J'avalerais bien un morceau, répliqua Seth en s'approchant. Ça a l'air meilleur que tout ce que tu nous as servi jusqu'ici.

— À ta place, s'empressa d'intervenir Ethan, je serais plutôt content que quelqu'un prépare un plat chaud de temps en temps. Surtout si cette personne fait de son mieux, ajouta-t-il.

Seth se trémoussa, mal à l'aise, puis haussa les épaules et se servit une aile bien grasse.

— Personne ne lui demande de cuisiner.

— Justement. Vous pourriez peut-être faire un roulement.

— Il croit que je ne sais rien faire, lança Seth avec mépris. Alors, je ne fais rien.

— Tu sais, je suis souvent très tenté de faire mes bagages, riposta Cameron, qui avait un mal fou à contenir sa colère. Dire que je pourrais être à Aruba !

— Eh bien, vas-y ! glapit Seth, les yeux étincelants. Dégage ! J'ai pas besoin de toi.

— Espèce de sale gosse ! Ça suffit !

Cameron saisit Seth par le col de sa chemise et le força à se mettre debout. Phillip ouvrait la bouche pour protester, mais Ethan l'en dissuada d'un signe de tête.

— Tu crois que c'est marrant de garder un petit morveux de ton espèce ? J'ai mis toute mon existence en veilleuse pour m'occuper de toi.

Blême comme un drap, prêt à recevoir le coup qui allait partir, Seth continua néanmoins :

— Tu parles ! Tu passes ton temps à collectionner les trophées et à séduire les bonnes femmes. Tu peux foutre le camp, je m'en fiche éperdument.

Un flot de colère envahit Cameron. Soudain, au bout de ses bras, il vit les mains de son père. Pas celles de Ray, mais celles de celui qui l'avait brutalisé dans son enfance. Il libéra Seth, qui se rassit.

— Si tu crois que c'est pour toi que je reste, tu te trompes, reprit-il tout bas. C'est pour Ray que je suis là. As-tu la moindre idée de ce que l'assistante sociale fera si l'un d'entre nous décide qu'il en a assez ?

Les foyers d'accueil, pensa Seth. Des inconnus. Pire encore, *elle*. Il s'efforça de maîtriser la panique qui le gagnait.

— Vous vous fichez pas mal de ce qu'ils feront de moi.

— Justement, tu te trompes, répondit Cameron. Tu refuses de te montrer reconnaissant, très bien. Ta gratitude, tu peux te la garder. Cependant, tu vas nous montrer du respect, et dès maintenant. Je ne serai plus seul à te harceler, fiston. Nous serons trois... L'assistante sociale est passée, aujourd'hui. Anna Spinelli semble avoir quelques inquiétudes concernant ton environnement.

— Qu'est-ce qu'il a, l'environnement ? questionna Ethan. La maison est vaste, le quartier agréable, l'école réputée...

— J'ai eu la nette impression que c'était *moi*, l'environnement. Pour le moment, je suis le seul à vivre ici, à tout gérer.

— Nous nous proposerons tous trois comme tuteurs, répliqua Phillip.

Il remplit un verre de thé glacé et le posa nonchalamment devant Seth. Le pauvre gosse devait avoir la gorge sèche.

— Après ton coup de fil, j'ai pris contact avec l'avocat. Les démarches préliminaires devraient s'achever d'ici la fin de la semaine. Il y aura une période d'essai, avec enquêtes. À moins d'une objection sérieuse, je ne vois pas de problème.

— Anna Spinelli. C'est elle, le problème, lança Cameron en reprenant un peu de poulet. L'image même de la bonne action. Par ailleurs, de jolies jambes et la tête sur les épaules. Je sais qu'elle a parlé avec le petit, mais il ne souhaite pas nous faire part de leur conversation, je vais donc vous raconter mon entretien avec elle. Elle a mis en doute mes capacités en tant que tuteur. Je suis célibataire, je n'ai ni emploi, ni adresse fixe.

— Nous sommes trois, insista Phillip en fronçant les sourcils.

Un vague sentiment de culpabilité l'avait assailli, et il était mal à l'aise.

— Justement, c'est ce que je lui ai dit. Mlle Spinelli a constaté avec tristesse que j'étais le seul de nous trois à vivre ici avec le petit. Avec beaucoup de tact, elle a sous-entendu que, de nous trois, j'étais le candidat le moins crédible.

J'ai donc déclaré que nous habiterions tous ensemble.

— Comment ça, tous ensemble ? s'exclama Phillip en laissant tomber sa fourchette. Je travaille à Baltimore. Comment veux-tu que je vive ici ?

— C'est vrai, convint Cameron, mais le plus dur, ce sera de ranger tous tes costumes dans l'armoire de ton ancienne chambre.

Tandis que Phillip s'étranglait sous le choc, Ethan se mit à pianoter sur la table. Il pensait à sa maisonnette, si paisible. Puis il regarda Seth qui fixait son assiette, l'air sombre.

— Combien de temps, d'après toi ?

Cameron passa les mains dans ses cheveux.

— Je n'en sais rien. Six mois... un an.

— Un an, murmura Phillip, paupières closes. Seigneur !

— Parles-en à l'avocat, lui proposa Cameron. Tâche de voir ce qu'il en est. Nous devons à tout prix présenter un front uni face aux services sociaux, sans quoi ils nous l'enlèveront. Quant à moi, je vais devoir chercher du boulot.

— Du boulot, railla Phillip en souriant. Toi ? Quel genre de travail ? Il n'y a pas de circuit de courses à St. Christopher, et la baie de Chesapeake ne vaut pas la Méditerranée.

— Je trouverai quelque chose. Je me contenterai d'un emploi simple, mais stable. À mon avis, Anna Spinelli reviendra demain, après-demain au plus tard, et nous devons bien réfléchir à ce que nous lui dirons.

— Je prendrai mes vacances un peu plus tôt, proposa Phillip.

Adieu, les deux semaines de rêve prévues dans les Caraïbes !

— Ce sera déjà ça de gagné, enchaîna-t-il. Je m'occupe de l'avocat, débrouille-toi avec l'assistante sociale.

— D'accord, acquiesça Cameron en esquissant un sourire. Physiquement, elle me plaît assez. Je pourrai peut-être tirer avantage de la situation. Tout dépend de ce que lui a raconté le môme lors de leur entretien.

— Je lui ai dit que je voulais rester, marmonna Seth, qui n'avait pas touché à sa nourriture et luttait farouchement contre les larmes. Ray m'avait dit qu'il m'arrangerait ça.

— Nous sommes ses héritiers, murmura Cameron.

Il attendit que Seth relève la tête avant de conclure :

— C'est nous qui t'arrangerons ça.

Plus tard, quand la lune déversa ses rayons sur la surface de l'eau, Phillip s'avança jusqu'au ponton. L'air était froid, le vent humide traînait avec lui les restes d'un hiver qui avait du mal à céder la place au printemps.

Ce climat s'harmonisait à merveille avec son humeur.

Tiraillé entre sa conscience et son ambition, il voyait s'écrouler en deux petites semaines l'existence qu'il avait si méticuleusement planifiée.

Aujourd'hui, alors qu'il pleurait encore son père, on lui demandait de renoncer à tous ses beaux projets.

Ray et Stella Quinn l'avaient accueilli chez eux lorsqu'il avait treize ans. Jusque-là, il avait vécu dans la rue, échappant tant bien que mal à l'administration. Escroc accompli et voyou enthousiaste, il s'était soûlé et drogué pour oublier sa détresse. Les banlieues de Baltimore étaient son territoire, et lorsqu'un fou en voiture lui avait tiré dessus en pleine rue, il avait cru mourir.

Sa première vie avait pris fin cette nuit-là, alors qu'il gisait ensanglanté dans un caniveau plein d'ordures. Il avait survécu et, pour des raisons qu'il n'avait jamais comprises, les Quinn avaient tenu à le recueillir chez eux.

Ils lui avaient offert une famille, avaient sauvé son âme en lui donnant une éducation. Il s'était servi de tout ce qu'il avait reçu pour devenir l'homme qu'il était aujourd'hui. Il avait étudié avec ardeur, travaillé dur et avait fini par oublier l'adolescent malheureux qu'il avait été.

Sa position chez Innovation, une agence de publicité renommée, était solide. Phillip Quinn prenait le chemin d'une réussite éclatante. Personne ne pouvait imaginer que cet homme toujours élégamment vêtu, capable de commander un repas dans un français impeccable et de choisir correctement un vin, avait autrefois vendu son corps pour quelques sous.

Il lui restait bien quelque chose du garçon égocentrique et rebelle d'antan, mais son amour pour Ray et Stella lui interdisait de laisser tomber Seth. D'une manière ou d'une autre, il trouverait une solution.

Il se retourna pour contempler la maison. À l'étage, tout était dans le noir. Le petit était couché.

Phillip songea qu'il n'avait pas la moindre idée de ce qu'il éprouvait pour Seth DeLauter. Il savait qui il était, il le comprenait. Peut-être même lui en voulait-il parce qu'il lui rappelait son passé.

Était-il le fils de Ray Quinn ?

Phillip serra les dents. Non, c'était impossible. Comment cet homme qu'il avait tant admiré aurait-il pu tomber ainsi de son piédestal en trahissant sa femme et ses enfants ?

Et si c'était vrai, comment avait-il pu tourner le dos si longtemps à cet enfant ? Comment, lui qui avait accueilli comme les siens des inconnus, avait-il pu ignorer pendant dix ans le fils issu de son propre sang ?

Ça va, se dit Phillip. L'essentiel est de tenir parole. De garder l'enfant.

Il revint lentement vers la maison. Cameron était assis sur les marches de la véranda, Ethan sur le fauteuil.

— Je retournerai à Baltimore demain matin, annonça Phillip. Je verrai l'avocat. Tu m'as dit que l'assistante sociale s'appelait Spinelli ?

— Oui, répondit Cameron, une tasse de café brûlant entre les mains. Anna Spinelli.

— Elle est sans doute détachée par la ville de Princess Anne. Si je comprends bien, nous allons devoir nous faire passer pour trois citoyens modèles. En ce qui me concerne, c'est bon, ajouta-t-il avec un mince sourire. Vous, vous allez devoir peaufiner vos personnages.

— J'ai dit à Spinelli que je chercherais un emploi stable, intervint Cameron, mais cette seule pensée l'affolait.

— À ta place, j'attendrais un peu, déclara Ethan, qui se balançait paisiblement dans la pénombre. J'ai une idée mais il faut que je réfléchisse encore un peu. Puisque Phillip et moi avons déjà un travail, toi, tu pourrais te limiter aux tâches domestiques.

— Doux Jésus ! souffla Cameron.

— Tu serais le tuteur principal. Si Seth tombe malade, par exemple, ou s'il y a un problème à l'école, il faut que l'un de nous trois soit disponible.

— Ce n'est pas idiot, acquiesça Phillip. Oui, toi, tu seras la maman.

— Va au diable !

— Ce n'est pas une façon de parler, pour une maman.

— Si tu crois que je vais me contenter de laver les chaussettes sales et de nettoyer les W.-C., tu perds ton temps.

— Ce serait temporaire, bien sûr, s'empressa d'ajouter Ethan, bien que l'image de son frère en tablier partant à la chasse aux toiles d'araignées le réjouît. Bien sûr, Seth aura des tâches à accomplir, lui aussi. Comme nous, autrefois. Mais ce sera à toi d'assurer, jusqu'à ce que Phillip ait résolu tous les problèmes légaux, et que moi, j'aie adapté mon emploi du temps.

— J'ai des trucs à régler, protesta Cameron. Mes affaires sont disséminées partout en Europe.

— Seth passe ses journées en classe, non ?

Distraitement, Ethan se pencha pour caresser son chien Sim, qui ronflait à ses pieds.

— OK, lâcha Cameron, vaincu. Mais c'est moi qui répartis les tâches. Toi, Phillip, tu t'occuperas des provisions. D'ailleurs, il ne nous reste pratiquement plus rien. Ethan préparera les repas. Chacun fera son lit. Je ne suis pas une bonne à tout faire !

— Et le petit déjeuner ? railla Phillip. Tu ne vas pas envoyer tes hommes au turbin sans les avoir correctement nourris, j'espère ?

Cameron lui jeta un regard noir.

— Tu t'amuses comme un petit fou, n'est-ce pas ?

— Autant prendre les choses du bon côté.

Phillip vint s'installer aux côtés de son frère.

— L'un d'entre nous va devoir entreprendre d'améliorer le langage de Seth.

— Tu parles !

— S'il s'exprime aussi mal devant les voisins, l'assistante sociale ou ses enseignants, ça fera mauvaise impression. À propos, comment travaille-t-il, à l'école ?

— Comment veux-tu que je le sache ?

— Allons, maman, taquina Phillip en gratifiant Cameron d'un coup de coude dans les côtes.

— Continue comme ça, et tu vas avoir un deuxième costume à mettre à la poubelle, frérot.

— Laisse-moi le temps de me changer, et nous nous offrirons deux ou trois rounds de boxe. Ou, mieux encore... murmura-t-il en jetant un coup d'œil en biais vers Ethan.

Cameron approuva aussitôt d'un signe de tête. Ils se levèrent et, sans laisser à Ethan le temps de réagir, ils le saisirent par les poignets et les chevilles. Sim bondit autour des trois hommes en aboyant joyeusement. Dans la cuisine, Balourd remua la queue avec enthousiasme et jappa aussi. Pour qu'il se tienne tranquille, Seth, descendu en cachette se resservir une cuisse de poulet, lui donna un os. Pendant que Balourd l'engloutissait, il regarda les silhouettes se diriger vers le quai.

Seth était arrivé dans la cuisine sur la pointe des pieds et s'était rassasié sans bruit, l'oreille tendue pour entendre la conversation des trois frères.

Ils avaient parlé de lui en toute simplicité, comme s'ils avaient l'intention de le garder. Du moins pour l'instant. Ça durerait ce que ça durerait.

Il savait que les promesses ne signifiaient rien.

Sauf celles de Ray. Il avait toujours eu confiance en Ray. Seulement voilà, Ray était mort. Chaque nuit passée dans cette maison, dans des draps propres, le chiot à ses côtés, était une bénédiction. Autant en profiter jusqu'à ce qu'ils en aient assez et se débarrassent de lui. Alors, il aviserait.

Il s'enfuirait. Plutôt mourir que de retourner là où il avait vécu avant l'intervention de Ray Quinn.

Attiré par les aboiements et les cris, Balourd essayait d'ouvrir la porte. Seth tenta de le calmer.

Lui aussi avait envie de sortir, de traverser en courant la pelouse pour se joindre aux rires et... à la famille. Mais il savait qu'il ne serait pas le bienvenu. Ils s'arrêteraient et le dévisageraient comme s'ils se demandaient d'où il sortait et ce qu'ils devaient faire de lui.

Ensuite, ils lui ordonneraient de remonter se coucher.

Il avait tellement envie de rester. De vivre ici. Il pressa le nez contre la moustiquaire de la fenêtre et pria de tout son cœur pour que son vœu soit exaucé.

En entendant le juron d'Ethan, suivi d'un énorme plouf, il sourit et une larme roula sur sa joue.

5

Anna Spinelli arriva tôt à son travail. Sa directrice l'y avait sans doute devancée. Marilou Johnston était toujours la première au bureau.

Anna avait beaucoup d'admiration et de respect pour cette femme et, lorsqu'elle avait besoin d'un conseil, c'était à elle qu'elle s'adressait.

Lorsqu'elle passa la tête dans la pièce, elle vit Marilou installée à sa table, dissimulée derrière des piles de dossiers. Petite, les cheveux très courts, son visage était noir et lisse comme de l'ébène poli, et demeurait impassible même dans les pires moments.

Anna, pour qui elle était le calme personnifié, s'étonnait toujours de la sérénité avec laquelle Marilou parvenait à mener une carrière accaparante, à s'occuper de deux fils adolescents tout en ayant une vie sociale bien remplie.

— Tu as une minute ?

— Bien sûr ! répondit Marilou avec son accent du Sud. C'est à propos de l'affaire Quinn-DeLauter ? devina-t-elle.

D'une main, elle invita Anna à s'asseoir.

— Exactement. L'avocat des Quinn m'a adressé plusieurs télécopies, hier.

— Et qu'a-t-il à dire, cet avocat ?

— Les fils Quinn poursuivent les démarches entamées par leur père, quitte à aller jusqu'au tribunal. Ils tiennent à garder Seth DeLauter chez eux et sous leur tutelle.

— Alors ?

— Alors, c'est une situation inhabituelle, Marilou. Pour l'heure, je n'ai parlé qu'avec un des trois frères, celui qui était en Europe.

— Cameron ? Alors ?

— Impressionnant, plaisanta Anna en souriant. Un beau gars, avec des yeux pleins de colère et de chagrin. Ce qui m'a le plus frappée…

— Hormis son physique ?

— Oui… acquiesça Anna en riant tout bas, c'est qu'il n'a jamais remis en cause la garde de Seth. Pour lui, c'est évident, Seth est son frère. Il l'a dit spontanément. Je ne sais pas précisément ce qu'il ressent, mais il est sincère.

Elle rapporta leur conversation dans les détails, expliquant que Cameron était prêt à changer radicalement d'existence, et qu'il craignait que Seth ne s'enfuie au cas où on le leur enlèverait… Ayant ensuite discuté avec l'enfant, elle avait tendance à être d'accord sur ce dernier point.

— Tu crois qu'il s'enfuirait ?

— Lorsque j'ai évoqué la possibilité de le confier à une famille d'accueil, il s'est fâché. Il a eu visiblement très peur. S'il se sent menacé, il fichera le camp.

Elle pensa à tous les enfants qui finissaient dans les rues des grandes villes, désespérés et seuls.

Nombre d'entre eux devaient se vendre pour survivre et peu s'en sortaient.

Son devoir était de mettre ce jeune garçon en sécurité.

— Il a envie de rester avec eux, Marilou. Il déteste sa mère. Je suppose qu'il a été brutalisé, mais il refuse d'en parler. Du moins, avec moi.

— Sait-on où elle se trouve ?

— Non. Nous n'en avons aucune idée. Elle a signé les papiers autorisant Ray Quinn à entamer la procédure d'adoption, mais il est mort avant que tout ne soit entériné. Si elle revenait réclamer son fils, les Quinn auraient un drôle de problème…

— À t'entendre, tu serais de leur côté.

— Je suis du côté de Seth. Voici mon rapport, dit-elle en brandissant un dossier. Aujourd'hui, j'irai enquêter auprès des voisins et, avec un peu de chance, je ferai connaissance avec les deux autres Quinn. Il est sans doute possible d'interrompre la tutelle provisoire jusqu'à ce que l'affaire soit réglée, mais cela m'ennuierait. L'enfant a besoin de stabilité. Les Quinn se contentent peut-être de respecter une promesse, mais je suis convaincue que pour lui c'est plus important que cela.

Marilou prit le document et le mit de côté.

— Si je t'ai confié cette mission, c'est justement parce que tu vas toujours au fond des choses. Je t'ai envoyée là-bas afin d'avoir ta réaction à froid. À présent, je vais te dire ce que je sais au sujet des Quinn.

— Tu les connais ?

— Anna, je suis née ici. Ray Quinn fut un de mes professeurs, à l'université. Je l'admirais énormément. Quant à Stella, elle a été la pédiatre de mes deux fils jusqu'à ce que nous nous installions à Princess Anne. Nous l'adorions.

— Je regrette de ne pas les avoir connus.

— Deux êtres exceptionnels. Lorsque j'étais enceinte de Johnny, mon aîné, je bûchais comme une forcenée pour décrocher mon diplôme tout en aidant mon mari Ben à payer le loyer. Un jour, le Pr Quinn m'a convoquée dans son bureau. J'avais raté quelques cours. Les nausées... Je pensais qu'il allait me conseiller de tout abandonner. J'étais pourtant si près du but... Mais non, il m'a écoutée et proposé de m'aider. Grâce à lui, j'ai eu mon diplôme. Je lui en serai éternellement reconnaissante. Je ne t'en ai pas parlé parce que je tenais à ce que tu te fasses ta propre opinion. Quant aux trois frères, je les connais à peine. J'ai aperçu Seth à l'enterrement de M. Quinn. Pour des raisons personnelles, j'aimerais qu'ils puissent former une famille unie. Mais, c'est l'intérêt du garçon qui doit primer. Anna, tu es quelqu'un de consciencieux, d'honnête, c'est pourquoi je t'ai confié ce cas.

Le téléphone sonna, Anna se leva.

— Je vais me mettre au travail.

Il était presque treize heures, lorsque Anna gara sa voiture dans l'allée des Quinn. Elle avait réussi à rencontrer trois des cinq personnes dont Cameron lui avait donné les noms la veille.

En appelant le cabinet de Phillip, à Baltimore, elle avait appris que ce dernier était en déplacement pour deux semaines. Avec un peu de chance, elle le trouverait chez lui aujourd'hui.

Ce fut le chiot qui l'accueillit, avec des aboiements féroces, tout en reculant, effrayé par la jeune femme. Elle rit, s'accroupit et l'appela.

— Viens ici, petit chien, je ne te ferai aucun mal. Tu es drôlement mignon, tu sais ?

Il vint lui renifler le poignet, puis se roula sur le dos lorsqu'elle lui gratta le ventre.

— Si ça se trouve, il est plein de puces et il a la rage.

Levant les yeux, Anna aperçut Cameron, dans l'entrée.

Il fourra les mains dans ses poches en s'avançant sur la véranda. Elle portait un tailleur marron, aujourd'hui. Pourquoi donc choisissait-elle des couleurs si ternes ?

— Je ne vous attendais pas si vite.

— Le bien-être d'un enfant est en jeu, monsieur Quinn. Le temps presse. Puis-je entrer ?

— Pourquoi pas ?

Il lui ouvrit la porte et s'effaça pour la laisser passer.

La salle de séjour était vaste et plutôt bien rangée. Les meubles étaient un peu usés, mais confortables. L'épinette dans un coin attira son attention.

— Vous en jouez ?

— Pas vraiment, non. Elle appartenait à ma mère. Phillip se débrouille assez bien.

— J'ai tenté de le joindre à son bureau, ce matin.

— Il est sorti faire des courses.

Satisfait d'avoir gagné une bataille, Cameron s'autorisa un sourire.

— Il va s'installer ici. Ethan aussi.

— Vous n'avez pas perdu votre temps.

— Le bien-être d'un enfant est en jeu.

Anna hocha la tête. Au loin, le tonnerre gronda, et elle fronça les sourcils. Le vent s'était levé, le ciel s'assombrissait.

— J'aimerais parler avec vous de Seth.

— Ce sera long ?

— Je n'en sais rien.

— Dans ce cas, allons à la cuisine. Je boirais volontiers un café.

— Très bien.

Elle le suivit et en profita pour examiner la maison. Cameron avait-il tout rangé dans l'attente de sa visite ? Ils passèrent devant un bureau où la table était recouverte de poussière, le canapé de vieux journaux, et le sol, jonché de chaussures.

Apparemment, il n'avait pas tout vérifié... Des jurons la firent sursauter.

— Nom de nom ! Merde ! Qu'est-ce que c'est que ça, encore ?

Il traversa la cuisine, pataugeant dans l'eau mousseuse pour aller taper sur la porte du lave-vaisselle. Anna recula pour éviter de se mouiller.

— À votre place, j'arrêterais tout.

— Ouais, ouais, ouais, c'est ça.

Il tira sur la porte, et un flot de bulles blanches se déversa.

— Euh... Quelle sorte de produit avez-vous mis là-dedans ?

— Un détergent quelconque, ce que j'ai trouvé.

Furieux, il sortit un seau de sous l'évier.

— Du liquide pour la machine ou du liquide à vaisselle ?

— Quelle est la différence ? rugit-il en commençant à écoper l'eau.

Dehors, la pluie se mit à tomber, drue et violente.

— Ça, répondit Anna en désignant la rivière qui se répandait par terre. Quand on met un simple détergent dans un lave-vaisselle, inévitablement, c'est ce qui arrive.

Il se redressa, son seau à la main. Il avait l'air tellement exaspéré qu'elle ne put s'empêcher de rire.

— Excusez-moi. Euh… Retournez-vous, voulez-vous ?

— Pourquoi ?

— Parce que je ne tiens pas à abîmer mes chaussures et à salir mon collant. Tournez-vous, que je les retire, et je vous donnerai un coup de main.

— Ouais.

Il s'exécuta.

— Quand nous étions jeunes, c'est Ethan qui se chargeait de la plupart des corvées ménagères. J'avais ma part de tâches mais, visiblement, je n'en ai pas retenu grand-chose.

— Vous ne paraissez guère dans votre élément, en effet. Passez-moi une serpillière. Je vais tout nettoyer pendant que vous préparez du café.

— Tenez. Merci.

Jolies jambes, constata-t-il, d'une belle couleur dorée, douces comme la soie. Jamais il n'avait pensé qu'une femme passant la serpillière pouvait être à ce point… attirante.

— Vous vous débrouillez bien. Remarquez, s'empressa-t-il d'ajouter lorsqu'elle le gratifia d'un regard noir, je ne dis pas que c'est un boulot réservé aux femmes. Simplement, vous avez l'air à votre aise.

Ayant payé ses études en faisant des ménages, elle s'y connaissait parfaitement.

— En effet, je sais manier la serpillière, monsieur Quinn.

— Appelez-moi Cameron.

— À propos de Seth…

— Oui, à propos de Seth… Ça vous ennuie si je m'assois ?

— Allez-y… Vous savez sans doute que j'ai parlé avec lui hier.

— Oui, et je sais qu'il vous a confirmé son désir de rester ici avec nous.

— C'est exact. Je l'ai mis dans mon rapport. J'ai discuté aussi avec ses enseignants. Que savez-vous de son travail scolaire ?

Cameron hésita, mal à l'aise.

— Je n'ai pas eu le temps de m'attarder là-dessus, avoua-t-il.

— Hum. Au début, il a eu quelques problèmes avec d'autres élèves. Il se bagarrait. Il a cassé le nez d'un de ses camarades de classe.

Un point pour lui ! songea Cameron avec un curieux élan de fierté.

— Qui avait commencé ?

— Ce n'est pas le problème. D'ailleurs, c'est de l'histoire ancienne. Aujourd'hui, Seth reste très à l'écart. En cours, il participe peu, et c'est ennuyeux.

Il fait rarement ses devoirs, en général il les bâcle.

— Tout le monde n'est pas doué.

— Bien au contraire, l'interrompit Anna. S'il faisait un tout petit effort, il serait premier de sa classe. Il a déjà une excellente moyenne en ne fichant rien.

— Où est le problème ?

Anna ferma les yeux, un bref instant.

— Le Q.I. et les tests d'évaluation de Seth sont d'un niveau remarquablement élevé. Cet enfant est brillant.

Cameron aurait volontiers émis quelques réserves sur ce point, pourtant, il opina.

— Tout va bien, alors. Il a des notes correctes, et il ne fait plus de bêtises.

— Bon, souffla-t-elle en se disant qu'elle avait tout intérêt à changer de tactique, supposez que vous participiez à une course de formule 1...

— C'était le bon vieux temps.

— Justement. Vous aviez la meilleure voiture.

— Ouais, soupira-t-il. Parfaitement. Vous vous y connaissez ?

— Non, mais je conduis.

— Pas mal, votre voiture. Vous la poussez jusqu'à combien ?

Cent soixante, songea-t-elle avec plaisir, mais pour rien au monde elle ne l'aurait avoué.

— C'est un moyen de locomotion, pas un jouet, riposta-t-elle d'un ton pincé.

— Ce peut être les deux. Voulez-vous que je vous emmène faire un tour dans la Vette ? Voilà un moyen de locomotion fort divertissant.

Anna aurait volontiers cédé au plaisir de se glisser derrière le volant de la magnifique automobile blanche mais, pour l'heure, elle avait d'autres chats à fouetter.

— Revenons à ma comparaison. Vous courez avec une machine exceptionnelle. Si vous ne la pilotez pas comme elle le mérite, vous gaspillez son potentiel, et vous ne gagnez pas.

Il avait parfaitement compris où elle voulait en venir, mais il ne put s'empêcher de sourire.

— En général, je gagnais.

Anna secoua la tête, mais ne perdit pas patience.

— Nous parlons de Seth. Il a un comportement antisocial et défie constamment l'autorité. Il est toujours puni à l'école. À la maison, je suppose qu'il faut être toujours sur son dos.

— Un gamin qui a d'aussi bonnes notes mérite qu'on le laisse tranquille, déclara Cameron, avant de lever la main pour décourager Anna Spinelli d'intervenir. Le potentiel, oui, je sais. Nous allons nous y attacher.

— Très bien. Votre avocat m'a communiqué certains documents concernant la tutelle. Elle vous sera vraisemblablement accordée, au moins pour un temps. Cependant, attendez-vous à des visites régulières des services sociaux.

— C'est-à-dire vous ?

— Oui, moi.

— Vous nettoyez aussi les vitres ?

Elle s'esclaffa en jetant la serpillière trempée dans l'évier.

— J'ai aussi discuté avec quelques-uns de vos voisins. J'en rencontrerai d'autres. À partir de maintenant, votre existence devient pour moi un livre ouvert.

Il se planta devant elle.

— Prévenez-moi dès que vous en serez à un chapitre qui vous concerne.

Le cœur d'Anna Spinelli se mit à battre très vite. Cet homme était dangereux.

— Je n'ai guère de temps à consacrer à la fiction.

Elle recula d'un pas, mais il la saisit par la main.

— Vous me plaisez bien, mademoiselle Spinelli. Je ne sais pas pourquoi, mais c'est la vérité.

— Cela devrait simplifier nos rapports.

— Faux, répliqua-t-il en effleurant le dos de sa main avec son pouce. Ça va les compliquer. Mais j'aime bien les complications. D'ailleurs, il serait temps que la chance joue en ma faveur. Vous aimez les plats italiens ?

— Je vous rappelle que je m'appelle Spinelli.

Il sourit.

— Ah oui, bien sûr ! Je dégusterais volontiers un bon repas dans un restaurant décent en compagnie d'une jolie femme. Ce soir, pourquoi pas ?

— Je ne vois pas ce qui pourrait vous empêcher de déguster un bon repas dans un restaurant décent en compagnie d'une jolie femme ce soir, répliqua-t-elle en s'écartant. Mais s'il s'agit d'une invitation, la réponse est non. D'une part, ce ne serait pas malin. D'autre part, je suis déjà prise.

— Nom d'un chien, Cameron, tu ne m'as pas entendu klaxonner ?

Anna se retourna et découvrit un homme tout trempé, les bras chargés de paquets. Il était grand, bronzé, plutôt beau. Mais surtout, il avait l'air furieux.

Il secoua la tête, posa son regard sur Anna. En l'espace d'un éclair, son expression devint charmeuse.

— Bonjour. Excusez-moi, dit-il en posant les provisions sur la table, je ne savais pas que Cameron recevait du monde.

Apercevant le seau, il conclut hâtivement.

— Je ne pensais pas qu'on allait engager une femme de ménage ravissante ! s'exclama-t-il en lui baisant la main.

Cameron décida de faire les présentations :

— Mon frère, Phillip. Voici Anna Spinelli, l'assistante sociale.

Phillip demeura imperturbable.

— Mademoiselle Spinelli, je suis très content de vous connaître. Notre avocat a pris contact avec vous, je crois.

— En effet. M. Quinn me dit que vous allez vous installer ici.

— Je vous ai dit de m'appeler Cameron, protesta ce dernier en se dirigeant vers la machine à café. Vous allez vous emmêler les pédales, si vous vous obstinez à nous appeler tous M. Quinn. Surtout maintenant, ajouta-t-il, tandis que la porte s'ouvrait avec fracas, cédant le passage à un homme accompagné d'un chien.

Ethan se débarrassa de son ciré, et le chien se secoua avec vigueur et enthousiasme. Anna se contenta de faire la moue en se laissant arroser.

— Cette tempête m'a pris de court.

Remarquant Anna, il ôta machinalement son bonnet mouillé et passa une main dans ses cheveux. Une femme, un seau, une serpillière dans l'évier... Plutôt bizarre !

— Madame.

— Mon autre frère, Ethan, dit Cameron en tendant à celui-ci une tasse de café fumant. C'est l'assistante sociale que ton chien vient si aimablement d'asperger.

— Désolé. Sim, assis.

— Ce n'est pas grave, Balourd l'a déjà léchée, et Phillip vient de lui faire la cour.

— Je croyais que c'était vous qui me courtisiez, riposta-t-elle avec un sourire.

— Je vous ai invitée à dîner, rectifia Cameron. Si j'avais voulu vous draguer, j'aurais été moins subtil. Bien, à présent, vous connaissez tous les membres de la famille.

Pieds nus au milieu de cette cuisine, face à ces trois hommes attirants, elle se sentait piteuse. La situation lui échappait. Elle devait à tout prix ramener la conversation sur un plan professionnel.

— Messieurs, le moment me paraît propice pour discuter de l'avenir de Seth... l'avenir à court terme, précisa-t-elle en jetant un coup d'œil vers Cameron.

— Eh bien ! souffla Phillip une heure plus tard. Je crois que nous nous en sommes plutôt bien sortis.

Cameron, sur le pas de la porte, regardait la petite voiture de sport démarrer en trombe dans la bruine.

— Si tu veux mon avis, elle nous a parfaitement jugés, constata Cameron.

— Elle me plaît, déclara Ethan en se calant dans un large fauteuil, le chiot en boule sur ses genoux. Inutile de ricaner, Cameron, quand je dis qu'elle me plaît, c'est sans ambiguïté. Elle est intelligente, compétente et sensible.

— Elle a des jambes ravissantes, compléta Phillip. Toutefois, méfions-nous, elle nous a à l'œil, et ne nous ratera pas. Pour l'instant, je crois que nous avons le dessus. Le petit est là, et il souhaite rester. Sa mère a disparu Dieu sait où... Mais tôt ou tard, Anna Spinelli sera au courant des ragots à propos de papa.

Il fourra les mains dans ses poches et se mit à arpenter la pièce.

— Ce ne sont que des rumeurs, souffla Ethan.

— Certes, mais notre seule chance de conserver la garde de Seth, c'est la réputation de papa. Si celle-ci est compromise, il va falloir jouer serré.

— Celui qui tentera de ternir la réputation de papa aura affaire à moi.

Phillip se tourna vers Cameron.

— Justement, c'est ce qu'il faut éviter. Ne risquons pas d'envenimer la situation.

— Dans ce cas, tu seras notre diplomate, concéda Cameron, et moi, je distribuerai les coups.

— Tenons-nous-en aux faits, marmonna Ethan, songeur, en caressant le chiot. J'ai réfléchi au problème. Cela va être difficile pour Phillip d'habiter ici tout en travaillant à Baltimore. Tôt ou tard, Cameron va en avoir assez de jouer la fée du logis.

— C'est déjà le cas.

— Je me suis dit qu'on pourrait peut-être payer Grace pour s'occuper du ménage. Deux jours par semaine, par exemple.

— Voilà une idée que j'approuve à cent pour cent ! s'exclama Cameron.

— Le problème, c'est que tu n'auras plus grand-chose à faire. Nous devons être là tous les trois pour nous occuper de Seth. C'est ce qu'affirment l'avocat et l'assistante sociale.

— J'ai promis de chercher un emploi.

— Quel genre de boulot ? Pompiste ? Ostréiculteur ? railla Phillip. Tu craqueras au bout de deux jours.

— Je tiendrai, affirma Cameron. Et toi, tu crois que tu vas supporter longtemps de faire des allers-retours entre Baltimore et la maison ? Au bout de deux semaines, tu en auras marre ! Tu devrais sérieusement envisager de devenir pompiste ou ostréiculteur.

La discussion s'envenima, le ton monta. Ethan tapa du poing sur la table. Cameron se retourna vers lui.

— Hein ?

— Je disais que nous devrions construire des bateaux.

— Construire des bateaux ? répéta Cameron. Et pour quoi faire ?

— Pour les vendre, répliqua Ethan. Depuis quelques années, les touristes affluent. Beaucoup de gens préfèrent s'installer ici plutôt qu'en ville. Ils louent des bateaux. Nombreux sont ceux qui voudraient en posséder un. L'année dernière, pendant mes moments de liberté, j'ai construit un petit voilier de cinq mètres pour un type de Colombie. Il y a deux mois, il m'a téléphoné pour me proposer d'en fabriquer un autre. Plus grand, avec une couchette et une cuisine à bord. Mais il me faudrait des lustres pour y arriver tout seul.

— Tu veux qu'on t'aide ? s'enquit Phillip.

— Mon idée, c'est de monter une affaire, mais pas tout seul.

— J'ai déjà un travail à plein temps à l'agence, protesta Phillip.

— Justement, on aura besoin de quelqu'un ayant tes compétences. Autrefois, les chantiers navals étaient nombreux, par ici.

— S'il n'y en a plus, c'est sans doute qu'il y a une bonne raison.

— C'est peut-être tout simplement parce que personne ne veut prendre de risques. On ne construirait que des voiliers en bois. Ce serait notre spécialité. On a déjà un client.

Cameron se frotta le menton.

— Tu sais, Ethan, je n'ai pas touché à une coque depuis ton skipjack, il y a au moins… dix ans !

— Il tient bon, non ? Cela prouve que nous avons bien travaillé. Pourquoi ne pas nous lancer ?

— Nous disposons d'un capital, murmura Cameron.

— Qu'en sais-tu ? riposta Phillip. Tu n'as pas la moindre notion de la somme dont nous aurons besoin au départ.

— Justement, nous comptons sur toi pour le savoir, riposta Cameron. En ce qui me concerne, je préfère manier le marteau plutôt que le manche de l'aspirateur. Je suis pour !

— Pas si vite, s'indigna Phillip. Sans avoir pensé aux coûts de production, aux profits et aux pertes, aux impôts, aux assurances ? Qui va gérer tout ça ?

— Ce ne sera pas mon problème, mais le tien, répliqua Cameron en souriant.

— J'ai déjà un boulot. À Baltimore.

— J'avais une existence en Europe.

Phillip faisait les cent pas. Il se sentait pris au piège.

— Je vais voir ce que je peux faire, grommela-t-il. Ce pourrait être une erreur monumentale qui nous coûterait beaucoup d'argent. L'assistante sociale n'appréciera peut-être pas que nous nous lancions tous les trois dans une entreprise aussi périlleuse. Je conserve mon poste à Baltimore. Ainsi, au moins, nous disposerons d'un salaire régulier.

— Je vais lui en parler, décida Cameron. Ethan, tu demandes à Grace si elle veut bien nous dépanner deux fois par semaine ?

— Ouais. Je passerai la voir au pub, tout à l'heure.

— Épatant. Phillip, il ne te reste plus qu'à t'occuper de Seth. Vérifie ses devoirs.

— Seigneur !

Cameron rit de bon cœur.

— Maintenant que tout est réglé... qui va préparer le dîner ?

6

Partir à la recherche d'Anna Spinelli était un prétexte idéal pour s'échapper de la maison après le repas. Ainsi, il n'avait ni à se soucier de la vaisselle ni à se mêler de la discussion plutôt vive qui venait d'éclater entre Phillip et Seth à propos des devoirs.

Cette escapade jusqu'à Princess Anne par une soirée pluvieuse lui paraissait le comble du divertissement ! Plutôt minable, pour un homme qui s'était habitué à fréquenter la jet-society de Rome ou de Paris.

Il s'efforça de ne pas y penser.

Il s'était arrangé pour qu'on lui garde son hydroptère dans un entrepôt et qu'on lui envoie ses affaires. Pour la voiture, il attendait encore un peu. De toute façon, entre deux lessives et les travaux de bricolage, il s'était amusé à réparer la Vette de sa mère.

Il prenait un grand plaisir à la conduire, à tel point qu'il accepta sans protester le P.-V. qu'on lui infligea pour excès de vitesse à l'entrée de Princess Anne.

La ville n'était plus aussi active qu'elle l'avait été aux XVIIIe et XIXe siècles, lorsque c'était encore une capitale du tabac. Cependant, elle avait conservé ses belles demeures, et les rues étaient paisibles et bien entretenues. Les touristes affluaient de plus en plus dans la région, attirés par le charme et la grâce d'une cité historique.

L'appartement d'Anna était à proximité des bureaux des services sociaux. Elle pouvait se rendre à pied à son travail chaque matin. Les commerçants étaient nombreux dans le coin. Sans doute avait-elle choisi d'habiter dans cette superbe maison victorienne pour des raisons pratiques, autant que pour son charme.

La demeure était nichée derrière de grands arbres au feuillage vert tendre. L'allée en bitume était fissurée, mais bordée de parterres de jonquilles. Un escalier menait à une véranda. Une plaque à côté de la porte d'entrée indiquait qu'il s'agissait d'un monument classé.

Cameron pénétra dans l'entrée. Le parquet était usé, mais quelqu'un avait pris la peine de le cirer. Il consulta les boîtes aux lettres. Anna Spinelli occupait l'appartement 2 B.

Cameron gravit les marches grinçantes jusqu'au deuxième étage. Le couloir était étroit et peu éclairé.

Il frappa à la porte d'Anna et attendit. Puis il frappa de nouveau, fourra les mains dans ses poches et maugréa, exaspéré. Il n'avait pas imaginé une seconde qu'elle ait pu s'absenter. Il était près de vingt et une heures, et elle travaillait le lendemain matin.

Elle aurait dû être tranquillement chez elle, en train de lire ou de remplir ses rapports. N'était-ce pas ainsi que les femmes qui travaillaient occupaient leurs soirées ? Bien sûr, il avait espéré lui montrer d'autres manières, plus distrayantes, de passer le temps...

Irrité, il décida qu'elle devait être à la réunion d'un club féminin. Il chercha un bout de papier dans son blouson de cuir, et s'apprêtait à frapper chez le locataire d'à côté pour lui emprunter un stylo quand il perçut un cliquetis rythmé. Des talons de femme sur le bois dur.

Il se retourna, heureux de constater que la chance tournait en sa faveur, et se figea, surpris. La femme qui s'approchait de lui incarnait tous les fantasmes masculins. Un corps de rêve, superbement mis en valeur par une robe bien ajustée, au décolleté profond. Des jambes interminables. Des cheveux délicatement parsemés de gouttes de pluie qui tombaient en boucles folles jusqu'à ses épaules, une bouche rouge, des yeux immenses et noirs, un parfum enivrant...

Elle ne dit rien, se contentant de plisser les paupières.

— Euh, bredouilla-t-il avec difficulté, tant il avait du mal à retrouver son souffle. Je suppose que vous...

— Que voulez-vous, monsieur Quinn ? coupa-t-elle, furieuse de le découvrir devant chez elle.

Il sourit.

— Voilà une question pleine de sous-entendus, mademoiselle Spinelli, railla-t-il.

— Ne soyez pas vulgaire, Quinn. Jusqu'ici, vous avez évité les grossièretés.

Incapable de résister, il s'empara d'une mèche de ses cheveux.

— Où étiez-vous, Anna ?

— Écoutez, je ne suis pas en service, et ma vie personnelle ne vous concerne...

Elle se tut brusquement. La porte de sa voisine venait de s'ouvrir.

— Vous êtes rentrée, Anna.

— Oui, madame Hardelman.

Cette dernière, âgée d'environ soixante-dix ans, était engoncée dans un peignoir en éponge rose et observait la jeune femme par-dessus les lunettes perchées sur le bout de son nez. Elle adressa à Cameron un sourire lumineux.

— Oh ! Il est nettement plus beau que le dernier.

— Merci, répondit Cameron en souriant à son tour. Elle en a beaucoup ?

— Ils vont, ils viennent, soupira Mme Hardelman en tapotant ses boucles permanentées. Elle ne les garde jamais.

Cameron s'adossa nonchalamment contre le chambranle, ravi d'entendre derrière lui les protestations d'Anna.

— Elle n'a pas dû tomber sur le bon. Elle est drôlement jolie, en tout cas, vous ne trouvez pas ?

— Et tellement gentille ! Elle nous fait nos courses, quand ma sœur et moi ne sommes pas en forme pour sortir. Elle nous emmène en voiture à la messe, le dimanche. Et quand mon Achille est mort, c'est Anna qui s'est chargée de l'enterrement.

Mme Hardelman posa sur Anna un regard empli d'affection.

— Vous allez rater la fin de votre émission, madame Hardelman, souffla la jeune femme.

— Ah oui ! J'apprécie tant ces comédies. À bientôt, monsieur.

Sachant que sa voisine ne résisterait pas à la tentation de coller son œil au judas dans l'espoir de les voir s'embrasser, Anna chercha ses clés.

— Autant entrer, puisque vous êtes là.

— Merci... Vous avez enterré le mari de votre voisine ?

— Sa perruche, corrigea-t-elle. Achille était un oiseau. Elle et sa sœur sont veuves depuis une vingtaine d'années. Je n'ai rien fait d'autre que de dénicher une boîte à chaussures et creuser un trou derrière le rosier.

— Elle a été sensible à votre geste, murmura-t-il en effleurant une fois de plus sa chevelure.

— Bas les pattes, Quinn, menaça-t-elle en allumant.

Il préféra obtempérer. La pièce dans laquelle ils se trouvaient était accueillante, chaleureuse. Des coussins moelleux et de couleurs audacieuses recouvraient un canapé. Il songea que ces choix ne pouvaient être que ceux d'une femme profondément sensuelle.

Cette idée lui plut.

Les murs étaient ornés d'œuvres d'art, estampes, posters, aquarelles, gravures représentant les ruelles de Rome, les cafés de Paris...

— Je suis allé là, déclara-t-il en désignant l'un des cadres.

— Tant mieux pour vous, riposta-t-elle sèchement. Puis-je savoir ce qui vous amène ?

— Je voulais vous parler de...

Il commit l'erreur de se retourner, de la regarder de nouveau. De toute évidence, elle était furieuse. Malheureusement pour elle, cela ajoutait à son charme.

— Qu'est-ce que vous êtes belle ! souffla-t-il. Vous m'avez tout de suite attiré, je suppose que vous vous en êtes rendu compte, mais... mais là...

Ces flatteries ne la touchaient pas. Alors pourquoi son cœur battait-il si vite ? Elle devait à tout prix se maîtriser, avant qu'il ne lui saute dessus.

— Vous vouliez me parler de... ?

— Du môme, de différentes choses. Si on buvait un café ? Autant se comporter en êtres civilisés, n'est-ce pas ? C'est ce que vous attendez de moi, je pense.

Elle réfléchit un moment, l'air morose, puis tourna les talons. Cameron put l'admirer de dos tout à loisir. Il la suivit jusqu'au comptoir qui séparait le salon de la cuisine. Il s'y accouda, heureux de pouvoir contempler ses jambes.

Le ronronnement d'une machine électrique le surprit. Une exquise odeur de café lui titilla les narines.

— Vous moulez vous-même votre café ?

— Quitte à en boire, autant qu'il soit bon !

— Oui, ajouta-t-il, salivant d'avance. Dois-je vous épouser pour que vous m'en prépariez chaque matin ou pouvons-nous simplement vivre ensemble ?

Elle lui jeta un regard glacial, haussa les épaules, puis se remit à la tâche.

— Je parie que ce regard a découragé plus d'un homme. Où étiez-vous, ce soir ?

— J'avais un rendez-vous.

Il contourna le plan de travail. La cuisine était minuscule.

— Vous êtes rentrée tôt, fit-il remarquer.

— C'était prévu comme ça, répliqua-t-elle en frémissant.

Il était trop proche. Instinctivement, elle employa la méthode qu'elle réservait aux hommes qui envahissaient son espace vital. Elle le gratifia d'un coup de coude dans les côtes.

— Le geste est peaufiné, murmura-t-il en se frottant l'estomac. Vous êtes souvent amenée à l'utiliser, dans l'exercice de vos fonctions ?

— Rarement. Comment voulez-vous votre café ?

— Fort et sans sucre.

Elle mit en route la cafetière et, se retournant, elle se cogna à Cameron. Comme il lui prenait les bras, elle se dit que son radar fonctionnait mal. Ou plutôt, qu'elle en avait peut-être ignoré délibérément les signaux.

Il la dévisagea longuement, hésitant à poser les yeux sur la minuscule croix en or glissée entre ses seins. Sans être croyant, il redoutait vaguement d'aller en enfer…

— Quinn, soupira-t-elle, excédée, arrêtez votre numéro.

— Tiens, je ne suis plus M. Quinn. Cela signifie-t-il que nous sommes devenus copains ?

Il s'était écarté, et il souriait. Elle ne put s'empêcher de rire tout bas.

— J'aime votre parfum, Anna. Désirable, provocant, stimulant. Bien sûr, j'aime aussi celui de Mlle Spinelli. Discret, subtil.

— Très bien... Cameron, répliqua-t-elle en se retournant pour sortir deux tasses d'un placard. Cessons de tourner autour du pot et mettons-nous d'accord sur un point : nous nous plaisons mutuellement... Cela dit, je suis l'assistante sociale de Seth et vous voulez être son tuteur. Il serait extrêmement déraisonnable de notre part d'avoir une liaison en ce moment.

Elle versa le café. Cameron en prit une tasse et s'adossa contre le comptoir.

— Vous, je ne sais pas, mais moi, j'aime être déraisonnable.

— Dieu merci, je suis très rationnelle, rétorqua-t-elle en s'installant en face de lui. À présent, je crois que vous vouliez me parler de Seth et... d'autres choses.

Seth, ses frères, la situation lui étaient complètement sortis de l'esprit.

— Je vous l'avoue, venir jusqu'ici était une aubaine. J'allais être de corvée de vaisselle, et Phillip était déjà en train de se chamailler avec le môme à propos de ses devoirs.

— Je suis contente d'apprendre que quelqu'un veille sur son travail scolaire. Pourquoi n'appelez-vous jamais Seth par son prénom ?

— Je le fais. Si, si, je vous assure.

— Pas toujours. Est-ce une de vos habitudes d'éviter d'utiliser les prénoms de ceux avec qui vous ne souhaitez pas vous lier ?

— Je vous appelle par votre prénom.

Elle cligna des paupières, puis éluda la question.

— Que vouliez-vous me dire au sujet de Seth ?

— Ça ne le concerne pas directement. Il s'agit de notre organisation. J'ai l'impression que nous commençons à mieux gérer la situation. Phillip est le mieux à même de s'occuper de sa scolarité, parce qu'il a toujours aimé l'école. Par ailleurs, nous avons décidé d'engager une femme de ménage deux jours par semaine.

— Ça vous soulagera, en effet.

— Exactement. Bref... Ethan a eu une idée. Nous allons monter une affaire.

— De quelle sorte ?

— Nous allons construire des bateaux.

Elle posa sa tasse.

— Construire des bateaux ?

— J'en ai déjà fabriqué plusieurs, Ethan aussi. Même Phillip a mis la main à la pâte.

— C'est parfait pour occuper vos moments de loisir, mais de là à monter une affaire, à un moment où vous voulez recueillir un mineur dépendant...

— Il mangera à sa faim. Ethan pêchera et Phillip continuera à travailler...

— Je vous signale simplement qu'une aventure de cette nature requiert beaucoup d'argent et de temps, surtout durant les premiers mois. La stabilité...

— ... N'est pas tout, trancha Cameron, fâché. Cet enfant peut bien apprendre qu'il y a autre chose dans la vie que d'aller au bureau de neuf à cinq, non ? On peut faire des choix, prendre des risques. Sera-t-il plus heureux si je reste à la maison à épousseter les meubles et à me plaindre de mon sort du matin au soir ? Ethan a déjà un client, et s'il a mis le sujet sur le tapis, c'est qu'il a pesé le pour et le contre.

— Vous avez voulu en discuter avec moi, il est normal que je me fasse l'avocat du diable, argua-t-elle.

— Vous trouvez que ce serait mieux pour moi d'accepter un job peinard, bien payé ? Est-ce le genre d'homme qui vous attire ? Celui qui pointe à neuf heures tous les matins, qui vous emmène dîner au restaurant les soirs de pluie et vous laisse rentrer chez vous à une heure raisonnable sans même tenter de vous convaincre d'enlever votre robe ?

— Ce qui me plaît n'a pas d'intérêt. En revanche, en ce qui concerne Seth, je veux m'assurer qu'il aura un foyer stable qui lui permettra d'être heureux.

— Pourquoi serait-il malheureux si je construis des bateaux ?

— Je ne voudrais pas que vous le délaissiez pour vous consacrer à votre affaire qui vous passionnera quelques heures, et puis…

Il plissa les paupières.

— Vous ne croyez pas que j'y arriverai, c'est ça ?

— Cela reste à prouver. Cependant, je pense que vous vous y efforcerez. J'ai l'impression que vous agissez davantage pour honorer la mémoire de votre père que pour Seth, et c'est surtout cela qui m'ennuie.

Comment ergoter avec une femme aussi consciencieuse ?

— Vous pensez qu'il serait mieux avec des inconnus…

— Non, je pense qu'il est mieux avec vous et vos frères.

Elle sourit, satisfaite de lui avoir cloué le bec pour le moment.

— C'est ce que j'ai inscrit dans mon rapport, enchaîna-t-elle. Quant à votre projet, il faut y réfléchir. J'espère que vous n'avez pas l'intention de vous précipiter ?

— Vous aimez la voile ?

— Je n'en ai jamais fait.

— La première fois que je suis monté sur un bateau, c'était avec Ray Quinn. J'étais mort de trouille. J'étais chez eux depuis quelques jours seulement, je n'imaginais pas qu'ils allaient me garder. Il m'a emmené sur le petit dériveur qu'il avait à l'époque en me disant que je serais mieux au grand air.

Il lui suffisait d'y penser pour que les images de cette superbe matinée ensoleillée lui reviennent en mémoire.

— Mon père était un homme fort, bâti comme un taureau. J'étais persuadé que cette minuscule embarcation allait se renverser, et que j'allais me noyer. Mais il était si persuasif…

Sa voix est pleine d'amour, songea Anna.

— Vous saviez nager ?

— Non. Pourtant, je ne supportais pas l'idée de mettre un gilet de sauvetage. Je trouvais que c'était pour les poules mouillées. Bref, l'estomac noué, je me suis assis à la poupe. Je portais des lunettes de soleil que Stella m'avait dénichées, parce que mon œil était en piteux état et que la lumière m'aveuglait.

Anna Spinelli se rappela qu'il avait été battu et violenté, lorsque Raymond Quinn l'avait recueilli. Elle eut un élan de compassion pour l'adolescent qu'il avait été.

— Vous deviez être terrifié.

— C'était abominable, mais j'aurais préféré m'étrangler plutôt que de l'admettre. Il devait le savoir, ajouta Cameron. Il savait toujours ce qui me passait par la tête. Le temps était chaud, lourd même. Il m'a expliqué qu'on serait plus au frais dès qu'on atteindrait la rivière, mais je ne le croyais pas. Je me suis dit que j'allais rester là, à frire sur place. Le bateau n'avait même pas de moteur. Il a éclaté de rire, quand je lui ai fait cette remarque.

Cameron avait totalement oublié son café.

— Nous sommes partis, lentement, tranquillement tout d'abord. Au virage, on a été un peu ballottés, et j'ai pensé que c'était la fin. Et là, d'un seul coup, un héron a surgi des arbres. Je l'avais déjà vu. En tout cas, je pensais que c'était le même. Les ailes déployées, il est passé juste au-dessus de nous. Puis nous avons pris le vent, et la voile s'est gonflée. Ray s'est tourné vers moi et m'a souri. Moi aussi, je souriais. Jamais je n'avais éprouvé une telle sensation de bonheur. Jamais.

— Cet épisode vous a transformé, devina-t-elle.

— En tout cas, ce fut le début. Un bateau sur l'eau, et des gens qui me donnaient une chance de m'en sortir. Ce n'était pas plus compliqué que cela. Dans le cas qui nous préoccupe, c'est à peu près pareil. L'enfant nous aidera à construire les bateaux. Il participera.

À son immense surprise, Anna sourit et le gratifia d'une tape sur l'épaule.

— Voilà qui suffit à me convaincre. Le risque est indéniable. Je ne suis pas certaine que le moment soit bien choisi, mais ce sera sûrement très intéressant à observer.

— C'est votre intention ? s'enquit-il. De m'observer ?

— Je ne vous quitterai pas des yeux, sur un plan strictement professionnel, je le précise, avant de m'être assurée que vous puissiez offrir à Seth un foyer stable et heureux.

— Entendu, concéda-t-il en s'approchant d'elle. Et... sur un plan plus personnel ?

— Sur un plan plus personnel... répéta-t-elle, il m'est assez facile de ne pas vous quitter des yeux. C'est probablement une erreur, mais...

Il plaqua les mains sur le comptoir derrière elle, l'emprisonnant de ses bras.

— J'ai toujours pensé qu'il fallait faire des erreurs pour progresser, qu'en pensez-vous, Anna ?

Il pencha la tête vers elle, hésita.

Elle s'efforça de ne pas perdre la tête, de penser aux conséquences, mais il y avait des moments dans la vie où le désir primait.

— Zut ! marmonna-t-elle en l'attirant vers elle.

Leur baiser fut exactement tel qu'elle l'avait rêvé. Gourmand, passionné, torride. Elle s'abandonna complètement à ce moment de folie où le corps règne sur l'esprit.

— Seigneur ! souffla-t-il, ébranlé.

Pas un instant il ne s'était attendu à un tel désir. Il caressa ses boucles sauvages, et l'embrassa de nouveau avec fougue, comme si c'était une question de vie ou de mort.

C'est le dernier, se promit-elle, grisée, en murmurant son prénom.

— J'ai envie de vous, Anna. Maintenant.

Elle aussi avait envie de lui. Ce serait tellement facile.

— Non, pas maintenant, répondit-elle en le dévisageant avec attention. Pas encore. Pas comme ça.

Ses yeux étaient noirs, brillants.

— Pourquoi pas ? C'est parfait comme ça.

— Le moment, les circonstances sont mal choisis. Attendons.

Elle s'écarta en soupirant. Paupières closes, elle leva une main pour le décourager d'insister.

— Ouf ! lança-t-elle après quelques secondes. C'était complètement fou.

Il prit sa main dans la sienne et lui baisa le bout des doigts.

— Qui nous oblige à rester raisonnables ?

— Moi, même si je le regrette… Ah, Cameron, vous embrassez aussi bien que je l'avais imaginé.

— Je n'ai même pas commencé !

Elle sourit.

— Je m'en doute, riposta-t-elle. Je ne sais pas si nous allons bien dormir cette nuit, mais c'est mieux ainsi.

— Vous m'intriguez, Anna.

— Pourquoi ?

— La plupart des femmes dans votre position marmonneraient des excuses.

— C'est idiot ! Dès que je vous ai vu, la première fois, je me suis demandé comment je me sentirais dans vos bras.

À cet instant, Cameron sut qu'il ne serait plus jamais le même homme.

— Je crois que je suis fou de vous.

— Sûrement pas, s'esclaffa-t-elle en lui tendant une tasse de café. Vous avez envie de moi, de mon corps, mais vous ne me connaissez pas.

— J'aimerais y remédier. Croyez-moi, j'en suis le premier surpris, avoua-t-il avec un petit rire gêné. En général, je ne pose pas de questions.

— Je suis flattée. Je ne sais pas si c'est dû à votre charme ou à ma stupidité, mais je suis flattée. Cela dit…

— Ah ! J'en étais sûr ! Il y a un « mais »…

— Cela dit, reprit-elle, Seth demeure ma priorité. Il devrait être la vôtre.

— Je fais de mon mieux.

— Je sais, murmura-t-elle en lui effleurant le bras avant de s'éloigner. Vous gagnez certainement à être connu…

— Mais…

— Mais je préférerais que vous partiez, à présent.

Il aurait voulu rester, ne serait-ce que pour bavarder avec elle, être auprès d'elle.

— Je n'ai pas terminé mon café.

— Il est tard.

Elle tourna la tête vers la fenêtre pour regarder la pluie tomber.

— La pluie me rend songeuse, ajouta-t-elle.

Il grimaça.

— Vous ne dites pas cela pour que je souffre, j'espère ?

— Si, répliqua-t-elle en riant, avant de se diriger vers la porte. Il n'y a pas de raison que je sois la seule.

— Anna Spinelli, décidément, vous me plaisez beaucoup. Vous allez conquérir mon cœur.

— Les femmes qui veulent votre cœur ne vous intéressent pas. Vous en cherchez une qui veuille votre corps.

— Vous voyez ? On commence déjà à mieux se connaître !

— Bonne nuit.

Elle ne s'esquiva pas lorsqu'il l'embrassa de nouveau en sortant. Elle répondit à son étreinte avec ardeur et passion. Puis elle lui ferma la porte au nez.

Son pouls battait à toute allure.

Elle regretta d'en éprouver un tel bonheur.

7

Cameron contemplait d'un air renfrogné un panier de linge propre. Il était sûr que les vêtements étaient blancs lorsqu'il les avait mis dans la machine ; à présent ils étaient roses.

Peut-être qu'une fois secs, ils retrouveraient leur couleur normale...

Il entreprenait de tout mettre dans le sèche-linge quand il aperçut la chaussette rouge parmi ses consœurs roses. Il serra les dents. Phillip était un homme mort.

Zut, le téléphone sonnait.

Il tourna le bouton à fond, puis courut décrocher l'appareil. Au passage, il baissa le son de la télévision. Il l'avait allumée moins pour regarder des sitcoms matinaux que pour avoir un bruit de fond.

— Oui ! Ici, Quinn !

— Cameron, enfin je te retrouve ! C'est Tod Bardette.

Cameron plongea une main dans un paquet de biscuits.

— Tod ! Comment vas-tu ?

— Plutôt bien. J'ai jeté l'ancre depuis quelque temps au-delà de la Grande Barrière de corail.

— Bel endroit ! marmonna Cameron en mâchonnant.

Soudain, il haussa les sourcils, tandis que sur l'écran une ravissante créature se jetait sur un lit avec un séduisant jeune homme.

Au fond, ces émissions de la journée n'étaient peut-être pas si mauvaises que ça...

— Pas mal, oui. J'ai entendu dire que tu avais quitté la Méditerranée il y a déjà plusieurs semaines.

Plusieurs semaines ? se demanda Cameron en engloutissant un second biscuit. Il avait plutôt l'impression que des années s'étaient écoulées depuis qu'il avait franchi la ligne d'arrivée avec son hydroptère. L'eau limpide, la foule en délire, l'argent à gogo...

— Il paraît, oui.

Tod rit tout bas.

— Mon offre d'achat tient toujours. En attendant, j'ai une autre proposition à te faire.

Tod Bardette avait toujours un projet sous la main. Fils d'un riche propriétaire texan, il considérait le monde comme son terrain de jeux. C'était un fou de bateau. Il participait à des courses, parrainait des régates, achetait et revendait tout ce qui flottait. Il collectionnait aussi les femmes et les trophées avec une régularité déconcertante.

Cameron avait toujours pensé que Tod était né sous une bonne étoile. À l'écran, la scène torride dans la chambre à coucher venait d'être remplacée par une publicité pour lessive. Il éteignit le poste.

— Je suis tout ouïe.

— Je monte une équipe pour la Coupe internationale.

Cameron en oublia son en-cas. Cette course était l'une des plus prestigieuses au monde. Elle s'effectuait en cinq étapes dont la dernière était longue de trois cents milles.

— Tu sais que les Australiens l'ont gagnée l'an dernier. J'ai l'intention de les battre à plate couture, et j'ai un bateau vif comme l'éclair. Avec une équipe ad hoc, on remportera sans mal la coupe. Il me faut un skipper. Le meilleur. C'est toi que j'ai choisi. Quand pourras-tu être là ?

« J'arrive ! » C'était ce qu'il aurait voulu répondre. Il aurait volontiers fait son sac et pris le premier avion. Pour un passionné de course, c'était une occasion en or. Mais soudain, son regard se posa sur le fauteuil à bascule de la véranda.

Les paupières closes, il écouta le ronron du sèche-linge dans lequel tournaient ses chaussettes et ses caleçons rose bonbon.

— Malheureusement, Tod, c'est impossible.

— Écoute, je veux bien te laisser un peu de temps pour régler tes affaires. Deux semaines. Si tu as une autre offre, je la double.

— Je ne peux pas venir. J'ai...

Du linge à repasser ? Un môme à élever ? Il n'allait tout de même pas entrer dans les détails.

— Mes frères et moi sommes en train de monter une société, lança-t-il tout à trac. Je me suis engagé vis-à-vis d'eux.

— Une société ! s'esclaffa Tod. Toi ? Pince-moi, je rêve !

Cette fois, Cameron fronça les sourcils. Il imaginait parfaitement Tod Bardette et ses nombreux amis riant aux éclats en imaginant Cameron Quinn à la tête d'une entreprise.

— Nous allons construire des bateaux, déclara-t-il, les dents serrées. Ici, sur la côte Est. Des modèles uniques. D'ici six mois, tu me verseras une somme colossale pour acquérir un prototype signé Quinn.

— Des bateaux, murmura Tod, intéressé. Tu es un bon navigateur, peut-être seras-tu un bon constructeur.

— C'est même sûr.

— L'idée est séduisante, mais franchement, Cameron, tu n'es pas un homme d'affaires. Tu ne vas pas t'enterrer dans le Maryland, tout de même. Tu sais bien que cette course vaut le coup. Tu auras de l'argent, la gloire... Quand nous aurons gagné, tu pourras repartir fabriquer tes bateaux.

Cameron était à deux doigts de céder, de faire sa valise et de partir. Pourtant, il ne craqua pas.

— Tu vas devoir trouver un autre skipper. Si tu veux acheter un bateau, surtout, n'hésite pas à me contacter.

— Si tu en achèves un, téléphone-moi. Tu rates la chance de ta vie, ajouta Tod. Si tu changes d'avis d'ici deux heures, rappelle-moi. Ne tarde pas, parce que je veux avoir constitué mon équipe à la fin de cette semaine. À bientôt !

La tonalité résonna dans l'oreille de Cameron. Il résista à la tentation de jeter l'appareil par la fenêtre. Il devrait le réparer.

Il raccrocha donc, avec un soin minutieux. Il respira lentement. Si la machine à laver le linge ne s'était pas mise à ce moment-là à faire un boucan d'enfer, il n'aurait jamais cogné le mur avec son poing.

— J'ai cru un instant que tu allais accepter.

Il fit volte-face, et vit son père assis à la table de la cuisine.

— C'est le bouquet !

— Mets donc un peu de glace sur tes doigts.

— Ça va.

Cameron examina sa main. Quelques égratignures. La douleur le rassurait presque.

— Papa, j'ai beaucoup réfléchi. Je n'arrive pas à croire que tu sois là.

Ray sourit.

— Toi, tu es là, Cameron, et c'est cela qui compte. Ça n'a pas été facile pour toi de refuser une offre pareille. Je suis fier de toi.

— Bardette m'a dit qu'il avait un bateau superbe. Avec l'argent qu'il est prêt à investir...

Cameron se détourna et contempla la baie, au loin.

— ... Je pourrais gagner cette course. Mon équipage est arrivé deuxième à l'America's Cup, il y a cinq ans, et l'année dernière, j'ai remporté la Chigaco-Mackinac.

— Tu es un remarquable skipper, Cameron.

— Ouais. Et qu'est-ce que je fiche ici, tu peux me le dire ? Si ça continue, je vais me passionner pour ces sitcoms à la noix, je piquerai des crises quand le linge sera moins blanc que blanc. Je vais devenir dingue !

— Cela me surprend de t'entendre parler en ces termes, répliqua Ray d'une voix teintée d'amertume. Qu'y a-t-il de plus important que de donner un foyer à un enfant, de s'occuper d'une famille ?

— Ce n'est pas mon boulot.

— Ça l'est devenu. J'en suis désolé.

Cameron se retourna. Quitte à entretenir une conversation avec une hallucination, autant la regarder en face.

— De quoi ? D'être mort ?

— Évidemment, ça n'a pas arrangé tout le monde.

— Certaines personnes affirment que tu as foncé droit sur le poteau.

Le sourire de Ray s'estompa, son regard s'assombrit.

— Tu le crois ?

— Non. Non, je ne le crois pas.

— La vie est un cadeau. Elle n'est pas toujours simple, mais elle est précieuse. Jamais je ne me serais suicidé.

— Je le savais, chuchota Cameron, mais je suis content de te l'entendre dire.

— J'aurais peut-être pu agir autrement, changer le cours des choses, soupira-t-il en tripotant son alliance. Il est trop tard. À présent, tout dépend de toi, d'Ethan et de Phillip. Et je sais que je peux compter sur vous trois.

— Et l'enfant ?

— Sa place est ici. Il a besoin de vous. Il a des problèmes, en ce moment.

— Quels problèmes ?

Ray ébaucha un sourire.

— Réponds au téléphone, suggéra-t-il une seconde avant qu'il ne sonne.

Puis il disparut.

Il va falloir que je dorme davantage, se dit Cameron en décrochant.

— Allô !

— Allô ! Monsieur Quinn ?

— Oui. Cameron Quinn.

— Bonjour, monsieur, ici Mme Moorefield, directrice de l'école élémentaire de St. Christopher.

Cameron eut un coup au cœur.

— Oui...

— Je crains qu'il n'y ait eu un petit incident. Seth DeLauter est dans mon bureau.

— Que s'est-il passé ?

— Il s'est battu avec un autre élève. Nous avons décidé de le renvoyer, monsieur Quinn. Je vous serais reconnaissante de bien vouloir venir le plus vite possible afin que je puisse tout vous expliquer.

Cameron passa une main dans ses cheveux.

— J'arrive.

L'établissement n'avait guère changé, songea-t-il en y pénétrant. Il se souvint du premier matin où il y était venu. Stella avait dû l'y traîner de force.

Dix-huit ans plus tard, il y entrait toujours à reculons.

Cameron fourra les mains dans ses poches et se dirigea vers l'aile réservée à l'administration. Il connaissait le chemin par cœur. Combien de fois l'avait-il parcouru, durant sa propre scolarité ?

On avait remplacé la vieille secrétaire à l'œil de lynx par une femme plus jeune, plus souriante.

— Bonjour. Puis-je vous aider ?

— Je viens payer la caution pour la libération de Seth DeLauter.

— Pardon ?

— Cameron Quinn. J'ai rendez-vous avec la directrice.

— Ah, Mme Moorefield ! Oui, bien sûr. Elle vous attend. Deuxième porte à droite.

Son téléphone sonna, et elle décrocha.

— École élémentaire St. Christopher, chantonna-t-elle. Kathy à l'appareil.

Cameron décida qu'il préférait la virago d'antan. En pénétrant dans le bureau, il avait les mains moites. Décidément, certaines choses ne changeaient jamais.

Mme Moorefield était assise derrière sa table et tapotait sur le clavier de son ordinateur. Cameron lui trouva les doigts agiles. Le geste lui seyait. Âgée d'une cinquantaine d'années, elle portait un tailleur classique. Ses cheveux étaient courts, raides, châtain clair, et son visage serein, plutôt joli.

De l'autre côté de la pièce, Seth était vautré sur une chaise et contemplait le plafond. Il essayait de paraître blasé, mais il avait surtout l'air de bouder. Cameron constata qu'il avait besoin d'une bonne coupe de cheveux. À qui incombait cette tâche ? Son jean était usé jusqu'à la corde, son tee-shirt deux fois trop grand, et ses chaussures étaient sales.

Il frappa sur le mur. La directrice et Seth jetèrent un coup d'œil dans sa direction. Mme Moorefield afficha un sourire poli. Seth ricana.

— Monsieur Quinn ?

— Oui. J'espère que nous allons pouvoir résoudre ce problème, attaqua-t-il.

— Je vous suis reconnaissante d'être venu aussi vite. Lorsque nous sommes dans l'obligation de prendre une sanction disciplinaire aussi grave envers un élève, nous souhaitons que les parents ou les responsables en soient informés. Je vous en prie, monsieur, asseyez-vous.

— Que s'est-il passé ? demanda Cameron.

— Seth s'est attaqué à un de ses camarades ce matin à la récréation. L'enfant est en ce moment à l'infirmerie. Les parents ont été prévenus.

Cameron haussa les sourcils.

— Où sont-ils ?

— Le papa et la maman de Robert sont à leur travail. En tout état de cause...

— Pourquoi ?

Elle s'arma d'un sourire patient, attentif.

— Pourquoi, monsieur Quinn ?

— Pourquoi Seth a-t-il battu Robert ?

Mme Moorefield poussa un profond soupir.

— Je sais que vous avez pris la garde de Seth récemment. Vous n'êtes sans doute pas au courant, mais ce n'est pas la première fois que ce genre d'incident se produit.

— Je sais. Je vous interroge au sujet de cette affaire en particulier.

— Très bien, répliqua-t-elle en croisant les mains. D'après Robert, Seth lui a demandé un dollar. Comme il refusait, Seth s'est jeté sur lui. Pour l'instant, ajouta-t-elle en glissant un coup d'œil vers l'enfant, Seth n'a ni confirmé, ni nié cette version des faits. Le règlement intérieur de l'école préconise un renvoi de trois jours pour toute bagarre provoquée au sein de l'établissement.

— Bien, dit Cameron en se levant.

Cependant, lorsque Seth voulut l'imiter, il pointa le doigt vers lui.

— Reste là, ordonna-t-il en venant s'accroupir devant lui. C'est vrai, tout ça ?

Seth haussa les épaules.

— C'est ce qu'il dit.

— Tu l'as frappé ?

— Ouais, je l'ai frappé. Un direct sur le nez, précisa-t-il avec un petit sourire narquois. Ça fait plus mal.

— Pourquoi as-tu fait cela ?

— Sa figure ne me revenait pas.

Cameron le saisit par les épaules. L'enfant grimaça, paniqué. Cameron tira la manche de son pull. Il avait le bras couvert d'hématomes.

— Lâche-moi, se défendit Seth, le visage écarlate.

Cameron poursuivit son investigation. Son dos était lacéré de coups de griffe.

— Ne bouge pas, recommanda-t-il en le regardant droit dans les yeux. Explique-moi tout, et n'essaie pas de mentir.

— Je n'ai pas envie d'en parler.

— Je ne te demande pas ce dont tu as envie. Je te dis de cracher le morceau… À moins que tu ne préfères laisser ce minable s'en tirer comme ça ?

Seth tremblait.

— Il était fâché. L'autre jour, on a eu un contrôle d'histoire, et j'ai eu la meilleure note. C'était facile comme tout, mais lui, c'est un imbécile, et il a eu tout faux. Alors il m'a poursuivi dans le couloir, m'a insulté. Je me suis éloigné, parce que j'en ai par-dessus la tête d'être collé.

— Collé ?

Seth leva les yeux au ciel.

— Sans arrêt. C'est pénible, à la fin. Donc, je suis parti. Il a continué à me traiter de tête de mule et de chouchou de la maîtresse. J'ai fait comme si de rien n'était. Mais quand il m'a coincé dans les vestiaires en me disant que j'étais un fils de pute et que tout le monde était au courant, je l'ai cogné.

Honteux, malheureux, il haussa les épaules.

— Et voilà, j'ai droit à trois jours de vacances.

Cameron opina et se mit debout. Lorsqu'il se retourna, son regard était noir de fureur.

— Vous n'allez tout de même pas renvoyer cet enfant pour s'être défendu contre une brute ignorante ! Si vous le faites, je m'adresserai directement au conseil d'établissement.

Ahuri, Seth se leva d'un bond. Jamais personne n'avait pris sa défense.

— Monsieur…

— Personne ne traite mon frère de fils de pute, madame Moorefield. Si votre règlement intérieur ne comprend aucune clause contre les insultes injustifiées, c'est bien dommage. À votre avis, lequel de ces deux enfants mérite d'être renvoyé ?

Autre chose. Vous pourrez dire aux parents de Robert que s'ils ne veulent pas voir leur fils en larmes parce qu'il saigne du nez, ils auraient tout intérêt à lui apprendre les bonnes manières.

— Monsieur Quinn, soyez certain que je vais mener mon enquête. Je ne savais pas que Seth avait été blessé. Si vous voulez l'emmener à l'infirmerie pendant que je convoque Robert et...

— Je m'occuperai de lui.

— Comme vous voudrez. Je me renseigne de mon côté.

— Si cela vous amuse, mais en ce qui me concerne, les faits me paraissent très clairs. Je ramène Seth à la maison. Il en a eu assez pour aujourd'hui.

— Je suis d'accord avec vous.

Elle jeta un coup d'œil à l'enfant.

Il n'avait pas paru particulièrement affecté, lorsqu'il s'était présenté devant elle. À présent, il semblait bouleversé. Le masque impénétrable derrière lequel il s'était toujours caché venait de tomber.

Enfin, songea Mme Moorefield, on va pouvoir commencer à l'aider.

— Si c'est possible, revenez avec lui demain matin, et nous parlerons.

— Comptez sur nous. Au revoir.

Leurs pas résonnèrent dans l'interminable corridor. Cameron constata que Seth avait les yeux rivés sur le bout de ses chaussures.

— Ça me donne toujours des frissons, marmonna-t-il.

Seth poussa une porte.

— Quoi ?

— Ce chemin à parcourir jusqu'au bureau de la directrice.

Dehors, le drapeau américain claquait au vent. De l'autre côté d'une allée étroite se dressait le collège. Cameron trouva le bâtiment minuscule.

Il se revit nonchalamment adossé contre le capot de sa première voiture d'occasion, en train d'observer les filles. Il se revit longeant les couloirs bruyants, en train d'observer les filles. Vautré sur sa chaise dans la classe, à écouter des cours ennuyeux à mourir.

Pour un peu, il serait devenu sentimental...

La sonnerie retentit, stridente, et un flot de voix jaillit des fenêtres ouvertes. Dieu merci, se dit Cameron, ce chapitre de son existence était bel et bien fini.

Pour l'enfant, il commençait à peine. Autant le soutenir de son mieux.

— Alors tu crois lui avoir cassé le nez, à cet imbécile ? demanda Cameron alors qu'ils s'installaient dans la Vette.

Seth ébaucha un sourire.

— Peut-être.

— Tant mieux !

Cameron claqua la portière.

— Viser le nez, c'est bien, mais si tu ne veux pas laisser de traces, frappe plutôt au ventre.

Seth réfléchit à ce conseil.

— J'avais envie qu'il saigne.

— Dans la vie, il faut savoir faire des choix. La journée me paraît belle pour une petite escapade sur l'eau, annonça-t-il en démarrant. Autant en profiter.

— Ouais.

Seth tira sur les fils de son jean déchiré. Quelqu'un avait pris sa défense, ne cessait-il de se répéter. Cameron avait cru en lui.

— Merci, murmura-t-il.

— Pas de quoi. Insulter un Quinn, c'est insulter tous les Quinn... Si on allait acheter des hamburgers ?

— Ouais, j'ai faim. T'as un dollar ?

Cameron éclata de rire et appuya sur l'accélérateur. Jamais de sa vie, Seth n'avait été aussi heureux.

Le vent venait du sud-ouest, et les herbes se balançaient mollement. Le ciel était clair, et un héron surgit des marais.

À la dernière minute, Cameron pensa à emporter du matériel de pêche. Avec un peu de chance, ils mangeraient du poisson frit pour le dîner.

Seth avait déjà de bonnes bases en matière de navigation. Pas de quoi s'étonner, songea Cameron. Anna Spinelli lui avait affirmé que l'enfant était intelligent, et Ethan était un bon professeur.

Lorsqu'il vit avec quelle facilité Seth maniait les filins, il lui proposa de hisser le foc. Les voiles prirent le vent, et l'embarcation se mit à filer à toute allure.

En un éclair, Cameron oublia ses soucis, ses obligations, ses frustrations, et même son chagrin. Il était heureux.

Derrière lui, Seth sourit. Jamais il n'était allé aussi vite.

Ils atteignirent les quais du port de St. Christopher, où les pêcheurs apportaient leur prise du jour.

— Quel jour est-on ? s'enquit Cameron en jetant un coup d'œil par-dessus son épaule.

— Le 31.

— La saison du crabe démarre demain. Nom de nom ! Je te parie qu'Ethan en rapportera un plein panier. On mangera comme des rois. Tu aimes le crabe ?

— Je ne sais pas.

— Comment ça, tu ne sais pas ? s'exclama Cameron en ouvrant une canette de Coca. Tu n'en as jamais mangé ?

— Non.

— Prépare-toi à un festin, fiston.

Seth se servit à son tour une boisson gazeuse.

— Tu cuisines tellement mal...

— Je suis expert en crabe, rétorqua Cameron avec un sourire. C'est facile comme tout. Dans une marmite, on fait bouillir de l'eau, puis on les plonge dedans et...

— Vivants ?

— Bien sûr.

— Mais c'est horrible !

Cameron se contenta de changer de position.

— Bah, c'est la vie ! Ensuite, tu dégustes. Ajoute à cela une bonne bière, et c'est royal... Autrefois, en été, papa et maman nous amenaient ici le samedi soir. On achetait des sandwichs au crabe et des frites. C'était délicieux...

Ce souvenir le rendit soudain triste, mais il s'efforça de retrouver sa bonne humeur.

— Parfois, on venait en bateau, comme aujourd'hui. Ou alors, on descendait la rivière et on pêchait. Maman aimait bien nager. Ensuite, elle s'installait sur la rive pour lire.

— Pourquoi ne restait-elle pas à la maison ?

— Elle aimait faire de la voile. Être avec nous.

— Ray m'a dit qu'elle était tombée malade.

— Oui, murmura Cameron, ému. Allez ! reprit-il d'un ton volontairement enjoué. On va voir si ça mord, du côté d'Annemessex.

Les trois heures qu'ils passèrent ensemble à pêcher furent l'interlude le plus paisible qu'ils aient connu depuis des semaines. Ils rentrèrent à la maison, munis de six gros bars.

— Tu sais les nettoyer ? demanda Cameron.

— Plus ou moins.

Ray lui avait montré une fois mais Seth n'était pas trop sûr de s'en souvenir.

— J'en ai attrapé quatre sur six, c'est donc à toi de les vider.

Cameron allait répliquer lorsqu'il aperçut des draps qui séchaient dans le jardin. Il n'avait rien vu de semblable depuis que sa mère était tombée malade. Un instant, il crut être victime d'une nouvelle hallucination, et il en eut la gorge sèche.

La porte s'ouvrit, et Grace Monroe apparut sur la véranda.

— Grace ! Salut !

Seth poussa un cri de joie, lâcha la poignée de la glacière et courut vers la jeune femme.

— Bonjour, toi.

Elle avait une voix chaude qui contrastait avec son physique frêle. Grande et mince, elle avait un temps espéré devenir danseuse. Mais elle avait appris à ne plus croire aux rêves.

Ses cheveux blond foncé étaient coupés court. Elle n'avait pas de temps à perdre en coquetterie. Ses yeux, trop souvent cernés, étaient d'un beau vert et un sourire radieux illuminait toujours son visage.

Elle était ravissante et Cameron s'étonna qu'elle n'ait pas des dizaines d'hommes à ses pieds.

Ce qui le surprit plus encore, ce fut de voir Seth se précipiter dans ses bras, lui qui ne supportait pas qu'on le touche.

— Bonjour, Cameron, lança Grace, une main en visière pour se protéger du soleil. Ethan est passé au pub hier soir et m'a dit que vous aviez besoin d'aide.

— Tu veux bien t'occuper du ménage ?

— Je peux venir trois heures d'affilée deux jours par semaine jusqu'à ce...

Elle ne put terminer sa phrase, Cameron se ruait vers elle et l'embrassait avec fougue. Seth en verdit de jalousie.

— C'est gentil, mais il faudra quand même me payer.

— Ton prix sera le mien. Je t'adore !

— Je vois que ma présence sera appréciée, et c'est tant mieux. J'ai mis les chaussettes et les caleçons roses dans de l'eau de Javel diluée. On arrivera peut-être à les rattraper.

— C'est la faute de Phillip. La chaussette rouge, c'était la sienne.

— On discutera de la façon dont il faut trier le linge et vider les poches une autre fois. J'ai préparé de la citronnade et je m'apprêtais à faire un ragoût, mais j'ai l'impression que vous avez déjà de quoi dîner.

— Ce soir, oui, mais le ragoût, c'est une excellente idée.

— Entendu. Ethan n'a pas su me dire exactement ce que tu attendais de moi. On pourrait peut-être en parler ?

— Tu fais comme tu l'entends, ce sera parfait.

— Je serai peut-être obligée d'amener ma fille. Julie la garde le soir pendant que je travaille au pub, mais dans la journée, je ne trouve pas toujours quelqu'un.

— Je peux la surveiller, moi ! proposa Seth. Je rentre de l'école à quinze heures trente.

— Depuis quand ? s'enquit Cameron.

Seth haussa les épaules.

— En tout cas, quand je ne suis pas collé.

— Audrey aime bien jouer avec toi. Je peux rester encore une heure aujourd'hui. Je mettrai le ragoût au congélateur. Vous n'aurez qu'à le réchauffer. Je laisserai une liste de produits à acheter, à moins que je ne les prenne avant de revenir la prochaine fois ?

Cameron se serait volontiers jeté à ses genoux.

— Si tu fais les courses à ma place, je t'augmente !

Grace s'esclaffa et repartit vers la maison.

— Seth, arrange-toi pour que ce chiot ne touche pas aux viscères du poisson, sinon, il va empester pendant une bonne semaine.

— D'accord, pas de problème.

Il attendit que Grace soit à l'intérieur, puis s'adressa à Cameron, d'un ton sérieux :

— Tu ne vas pas essayer de la draguer, j'espère ?

— Je connais Grace depuis toujours ! s'écria-t-il. D'ailleurs je ne drague pas toutes les femmes que je vois.

— Bon, ça va.

— Dis-moi... Tu n'aurais pas des vues sur elle ?

Seth rosit.

— Je fais attention à elle, c'est tout.

— Elle est drôlement jolie, lança Cameron, amusé par l'étincelle de jalousie dans le regard de l'enfant. Pour l'heure, cependant, je m'intéresse à une autre femme, et ce n'est pas gagné.

8

Décidément, il était temps qu'il s'attaque à Anna. Cameron laissa à Seth le soin de nettoyer les deux derniers poissons et retourna dans la maison. Il s'extasia devant les prouesses de Grace aux fourneaux, puis monta tranquillement dans sa chambre. La carte de visite d'Anna était dans sa poche.

Il s'immobilisa sur le seuil de la pièce, émerveillé. Le lit était impeccablement fait, les oreillers retapés.

Ce soir, il dormirait enfin dans une paire de draps frais et propres qu'il n'aurait même pas eu à laver. La commode en chêne massif reluisait. Grace avait rangé les étagères où s'alignaient ses trophées de jeunesse et ses livres préférés, le fauteuil sur lequel il avait pris l'habitude de jeter ses affaires était enfin libre. Il n'avait pas la moindre idée de l'endroit où elle avait pu ranger tout son bazar, mais il se dit qu'avec un peu de logique, il finirait bien par s'y retrouver.

Ragaillardi, il se laissa choir sur le lit, s'allongea et prit le téléphone.

— Anna Spinelli.

La voix était grave, douce, professionnelle. Il ferma les yeux pour mieux l'imaginer.

— Mademoiselle Spinelli, des crabes, ça vous dit ?

— Euh...

— Excusez-moi, je suis fort maladroit. Que diriez-vous de déguster de délicieux crabes ?

— L'idée me paraît bonne.

— Tant mieux. Demain soir ?

— Cameron...

— Ici, précisa-t-il. À la maison, il y a toujours du monde. Demain, c'est le premier jour de la saison des crabes. Ethan nous en rapportera sûrement une caisse. Nous les préparerons. Vous pourrez ainsi vérifier que les frères Quinn s'entendent à merveille et vous constaterez que Seth s'intègre plutôt bien dans ce foyer un peu particulier.

— Quel beau discours !

— Vous savez, j'ai souvent eu affaire aux assistantes sociales. Aucune d'entre elles ne portait, comme vous, des talons hauts, mais...

— Je vous rappelle que je n'étais pas en service. Pour ce dîner, pourquoi pas ? À quelle heure ?

— Vers dix-neuf heures, cela vous convient ?

Il entendit qu'elle feuilletait son agenda, et cela l'irrita.

— C'est parfait. Dix-neuf heures.

— Vous êtes seule, dans votre bureau ?

— Pour l'instant, oui. Pourquoi ?

— Je me posais la question, c'est tout. J'ai pensé à vous toute la journée. Je pourrais venir vous chercher, demain, et vous raccompagner chez vous ensuite. Je vous proposerais volontiers un petit arrêt en route sur la banquette arrière, malheureusement, la Vette en est dépourvue. Cela dit, on pourrait toujours se débrouiller autrement...

— Je n'en doute pas. C'est pourquoi je viendrai au volant de mon propre véhicule, merci.

— Je ne vais pas vous lâcher comme ça.

— En attendant...

— J'ai envie de vous.

— Je sais.

Il sourit, satisfait de percevoir un léger tremblement dans sa voix.

— J'ai un rendez-vous dans quelques minutes. Je vous verrai demain soir.

— Accordez-moi dix minutes en tête à tête, Anna, chuchota-t-il.

— Je... euh... nous verrons cela demain. Au revoir.

— Au revoir.

Enchanté de l'avoir troublée, il raccrocha, puis se laissa aller à une délicieuse somnolence.

Il fut réveillé une heure plus tard par le claquement de la porte d'entrée, suivi d'un hurlement poussé par Phillip.

— Ah, qu'on est bien chez soi ! marmonna Cameron en se levant.

Lorsqu'il se réveillait d'une sieste en plein après-midi, il était toujours de mauvaise humeur. Il songea qu'il boirait volontiers un café. Dans la cuisine, Phillip était en train d'ouvrir une bouteille de vin.

— Il y a personne dans cette maison ? aboya-t-il.

— Sais pas. Pousse-toi de là.

Cameron se frotta le visage et versa du café dans une tasse, qu'il mit ensuite à réchauffer au four à micro-ondes.

— La compagnie d'assurances vient de m'apprendre qu'elle bloque l'argent jusqu'à la fin de l'instruction.

Cameron fixa son frère, l'air hagard. Assurances, argent, instruction... De quoi parlait-il ?

— Hein ?

— Nom de nom, ressaisis-toi ! rugit Phillip en le poussant d'un geste impatient. Ils ne veulent pas nous verser l'argent de papa sous prétexte qu'il s'est suicidé.

— C'est grotesque. Il m'a dit lui-même qu'il ne s'était pas tué.

— Ah, vraiment ? railla Phillip en haussant les sourcils. Tu as discuté avec lui avant ou après sa mort ?

Cameron s'empourpra, marmonna un juron en récupérant sa tasse brûlante.

— Ce que je veux dire, c'est que... c'est impossible. Ils font traîner l'affaire parce qu'ils ne veulent pas payer, c'est tout.

— Le problème n'est pas là. Le problème, c'est qu'ils mènent leur propre enquête. Certaines personnes se sont empressées de colporter des détails salaces sur papa. Ils sont déjà au courant de la lettre que la mère de Seth lui avait adressée, et des paiements qu'il a effectués à son nom.

— Et alors ! murmura Cameron. Qu'ils gardent leur argent, on n'en veut pas !

— Ce n'est pas aussi simple que cela. Premièrement, s'ils ne paient pas, c'est la thèse du suicide qui sera retenue. C'est ce que tu souhaites ?

— Non.

— Si nous contestons leurs conclusions, il faudra les traîner devant le tribunal, et risquer de provoquer un scandale. D'une façon comme d'une autre, le nom de papa en sera terni. Il ne nous reste plus qu'une solution : retrouver Gloria DeLauter.

— Parce que tu crois qu'il suffit de la retrouver pour tout régler ?

— Nous devons obtenir d'elle qu'elle nous dise la vérité.

— Comment ? Par la torture ? Allons, ne sois pas ridicule. De plus, le petit a peur d'elle. Sa présence pourrait remettre en cause toute la procédure de garde de l'enfant.

— Si nous ne prenons pas contact avec elle, nous ne connaîtrons jamais toute la vérité, insista Phillip.

— La vérité, c'est que papa, qui était un bon Samaritain, s'est intéressé à cet enfant, et qu'il a décidé d'aider cette femme. Elle en a profité et a cherché à lui soutirer de l'argent. À mon avis, en rentrant ce jour-là, il était inquiet, perturbé. Il conduisait trop vite, il a mal jugé ses distances ou perdu le contrôle de sa voiture, je ne sais pas... C'est simple.

— La vie est plus compliquée que cela, Cameron. Tu ferais mieux d'y réfléchir. Quoi que tu en penses, nous sommes face à un sacré problème, et nous allons devoir le régler. À propos, où est Seth ?

— Je n'en sais rien. Pas loin.

— Où ça ? aboya Phillip. Je croyais que tu devais le surveiller ?

— Je ne l'ai pas quitté des yeux de la journée. Il est dans les parages.

Cameron se dirigea vers la porte, scruta le jardin, marmonna un juron.

— Il est peut-être devant, à moins qu'il ne soit parti se promener. Je ne peux tout de même pas l'attacher !

— À cette heure-ci, il devrait être en train de faire ses devoirs. Lorsqu'il revient de l'école, tu pourrais t'en occuper tout de même.

— Aujourd'hui, il était en congé.

— Tu veux dire qu'il a fait l'école buissonnière, alors que nous avons les services sociaux sur le dos !

— Il n'a pas fait le mur, grommela Cameron en se tournant vers son frère. Un petit morveux de sa classe l'a provoqué, l'a battu et l'a traité de fils de putain.

En entendant ces mots, Phillip blêmit.

— Quel petit morveux ? Qui ?

— Un certain Robert. Seth l'a cogné, et ils ont menacé de le renvoyer de l'établissement.

— Le directeur va m'entendre !

Cameron ne put s'empêcher de sourire.

— C'est une femme, je l'ai rencontrée. Lorsqu'elle a appris la version exacte des faits, elle a été très compréhensive. Je ramènerai Seth à l'école demain. Une rencontre est organisée avec les parents...

Cette fois, Phillip eut un sourire goguenard.

— Toi, Cameron Quinn, tu vas assister à une réunion de parents d'élèves ?

— Ne te fatigue pas, tu viens avec moi.

Phillip faillit s'étrangler.

— Comment ça, je viens avec toi ?

— Ethan aussi, décida Cameron. Nous irons tous les trois ensemble. Nous présenterons un front uni.

— J'ai un rendez-vous...

— Annule-le. L'enfant passe d'abord.

Il aperçut Seth qui émergeait des bois, le chiot sur ses talons.

— Tu vois ? Il a été se promener. Ethan ne va pas tarder, je vais lui parler.

Phillip grimaça en regardant son verre de vin.

— Tu m'exaspères quand tu as raison. C'est d'accord, nous irons tous les trois.

— La matinée promet d'être amusante, répliqua Cameron, satisfait, en gratifiant son frère d'une bourrade amicale. Cette fois-ci, nous gagnerons. Et pour fêter l'événement, nous dégusterons des crabes.

Phillip retrouva par miracle sa bonne humeur.

— Le 1er avril ! L'ouverture de la saison...

— Ce soir, nous mangerons du poisson frais, pêché par mes soins. À toi de le cuisiner. Moi, je vais prendre une douche. Mlle Spinelli sera des nôtres demain soir, ajouta-t-il par-dessus son épaule, en sortant.

— Quoi ? Tu as invité l'assistante sociale à dîner ? Ici ?

— Parfaitement. Je te l'ai déjà dit : elle me plaît.

— Pour l'amour du ciel, Cameron, ne drague pas l'assistante sociale !

— Je lui plais beaucoup, riposta Cameron avec un sourire désarmant.

— Écoute, mon vieux, tu crois pas qu'on a assez de problèmes en ce moment ?

— Ne te bile pas. Tout va très bien se passer. Mlle Spinelli sera enchantée de constater que nous faisons tout pour défendre les intérêts de Seth.

Phillip ne put qu'acquiescer.

— Tu as raison. Peut-être pourrais-tu user de ton... de ton influence sur elle pour qu'elle accélère le processus ?

— Cela est hors de question, répliqua sèchement Cameron.

Quelle mouche le pique ? se dit Phillip. Intéressant, très intéressant.

— Oui, vieux, on est presque arrivés.

En accostant, Ethan aperçut Seth qui jouait avec le chiot dans la cour.

Il se rappela Dumbo, le magnifique chien d'arrêt qui l'avait pris en affection lorsqu'il était arrivé chez les Quinn. Avec lui, il avait découvert le sens de l'amour. Sans doute Seth éprouvait-il le même sentiment. On pouvait toujours compter sur son chien.

Quand les Quinn l'avaient recueilli, il n'avait pas imaginé que son existence pourrait s'en trouver réellement transformée. Malgré les promesses, les repas décents, ces gens ne signifiaient rien pour lui. Il avait pensé mettre un terme à sa vie en se noyant. Il ne savait pas nager, ce serait facile. Il suffirait de se laisser couler.

Cependant, la nuit où il était parti, le chien l'avait accompagné. Il lui avait léché la main, s'était pressé contre son bras, glissé entre ses pieds. Puis Dumbo lui avait apporté un bâton et, la queue battante, l'avait supplié du regard. La première fois, Ethan avait jeté au loin le bout de bois d'un geste rageur. Dumbo s'était empressé de le lui rapporter, très fier de lui.

Ils avaient recommencé, encore et encore. Puis, assis dans l'herbe, sous le clair de lune, Ethan avait sangloté en serrant le chien dans ses bras. Le désir d'en finir s'était estompé.

Un chien, songea Ethan en caressant le sien, quelle merveille.

Il vit Seth se retourner, apercevoir le bateau. Le jeune garçon hésita puis agita la main et, suivi du chiot, courut jusqu'au ponton.

— Fixe les amarres !

— À vos ordres, commandant ! répondit Seth en attrapant les cordages que lui lançait Ethan. Cameron a dit que tu apporterais des crabes, demain.

— Vraiment ? murmura Ethan en remontant sa casquette. Il a peut-être raison. L'hiver n'a pas été trop rude, et l'eau se réchauffe déjà. La pêche sera sûrement bonne.

— Cameron m'a dit qu'on les jetait vivants dans l'eau bouillante. C'est dégoûtant. Je n'en mangerai pas.

— Tant pis pour toi. Moi, je pense en avaler environ deux douzaines.

— Grace est venue aujourd'hui. Elle a fait le ménage.

— Ah, oui ?

Il se dit que la maison devait sentir légèrement le citron, comme celle de Grace.

— Cameron l'a embrassée sur la bouche.

Ethan se figea et scruta Seth.

— Quoi ?

— Elle a rigolé. Une blague, je suppose.

— Oui, c'est ça, une blague, marmonna Ethan en haussant les épaules.

Depuis quand se souciait-il de savoir qui Grace embrassait ? Pourtant, il fusilla du regard Cameron lorsqu'il surgit sur la véranda.

— Alors ? La saison des crabes s'annonce bonne ?

— Ça ira.

Cameron haussa les sourcils, surpris par le ton sec de son frère.

— Qu'est-ce que tu as ? Tu t'es déjà fait pincer ?

— J'ai envie d'une bonne douche et d'une bière, annonça Ethan en s'engouffrant dans la maison.

— Nous aurons une dame avec nous pour le dîner, demain.

Ethan s'immobilisa.

— Qui ?

— Anna Spinelli.

— Curieux !

Et sur ce commentaire, Ethan s'éloigna.

— Pourquoi est-ce qu'elle vient ? Qu'est-ce qu'elle veut ? demanda Seth, paniqué.

— Elle vient parce que je l'ai invitée et qu'elle a envie de manger du crabe.

Cameron, les mains dans les poches, se balança d'avant en arrière. Pourquoi était-ce toujours à lui de tout expliquer ?

— Je me suis dit qu'elle avait peut-être envie de voir comment on se débrouille. Le temps d'une soirée, nous saurons nous tenir.

Seth se décontracta légèrement.

— Ah bon, elle vient juste voir si on est une bande de ploucs. Grace a tout nettoyé, ce n'est pas toi qui feras la cuisine, on devrait s'en sortir.

— Surtout si tu surveilles ton langage, précisa Cameron.

— Le tien est aussi grossier que le mien.

— Peut-être, mais je suis plus grand.

— Tu vas lui raconter ce qui s'est passé à l'école aujourd'hui ?

— Oui, et je lui expliquerai aussi que Phillip, Ethan et moi irons demain parler avec la directrice.

Seth avait des yeux ronds.

— Vous viendrez tous les trois ?

— Parfaitement. Comme je te l'ai déjà dit, chez les Quinn, c'est un pour tous, tous pour un !

Cameron croisa le regard de Seth. Il pleurait.

— Je... j'ai à faire, bredouilla Cameron, gêné. Va... va donc te laver les mains. Nous n'allons pas tarder à manger.

À l'instant précis où il se retournait pour poser une main réconfortante sur l'épaule de Seth et lui murmurer des paroles qui les mettraient sans doute aussi mal à l'aise l'un que l'autre, l'enfant décampa.

Cameron se massa les tempes.

— Je ne sais plus ce que je fais, grommela-t-il en secouant la tête.

Ah, si seulement il pouvait se réveiller le matin et découvrir que tout cela n'était qu'un cauchemar ! Se retrouver dans un hôtel luxueux et anonyme, dans les bras d'une créature de rêve...

Il avait beau imaginer la scène, il ne voyait qu'un lit, le sien, et qu'une femme, Anna...

Il leva les yeux vers la fenêtre éclairée de l'étage. Seth s'était réfugié dans sa chambre.

Cameron revit le regard embué de larmes du garçon. Il en avait eu l'estomac noué. Il était à peu près sûr d'y avoir décelé de la confiance, et une reconnaissance désespérée, presque pathétique, qui le bouleversait et le terrifiait en même temps.

Qu'allaient-ils devenir, tous ? Lorsque tout serait arrangé, lui, Cameron, reprendrait son existence d'avant... Il ne pouvait pas rester ici indéfiniment.

Il devait tenir encore quelques mois, voire un an. Ensuite, il s'en irait. Personne ne pouvait lui en demander davantage.

Pas même lui.

9

Mme Moorefield examina les trois hommes qui lui faisaient face dans son bureau. Rien, en apparence, n'indiquait qu'ils fussent frères. L'un d'entre eux portait un costume gris impeccable et une cravate parfaitement nouée, l'autre, une chemise noire et un jean, le troisième, un pantalon kaki et un polo froissé.

Pourtant, ils paraissaient très unis.

— Je sais que vous êtes tous très occupés. Je vous suis reconnaissante de vous être déplacés ce matin.

— Nous tenons à éclaircir la situation, madame, répondit Phillip en affichant un sourire courtois. La place de Seth est en classe.

— Je suis d'accord avec vous. Après la déclaration de Seth, hier, j'ai mené mon enquête. Il semble en effet que Robert soit à l'origine de l'incident. Cependant, il reste le problème de la tentative d'extorsion…

Cameron leva une main.

— Seth, as-tu demandé à ce Robert de te donner un dollar ?

— Non, marmonna l'enfant en mettant les mains dans les poches de son pantalon, comme le faisait souvent Cameron. Je n'ai pas besoin de son argent. Je ne lui adresse même pas la parole, sauf quand il me saute dessus.

Cameron s'adressa à Mme Moorefield :

— Seth affirme qu'il a eu tout bon à son contrôle, est-ce exact ?

La directrice croisa les mains devant elle.

— Oui. Le professeur a rendu les copies hier, juste avant la sonnerie, et Seth a obtenu la meilleure note. Cela dit...

— Il me semble, l'interrompit Ethan d'une voix posée, que Seth a dit la vérité. Excusez-moi, madame, mais si Robert a menti à ce sujet, peut-être a-t-il menti aussi pour le reste. Seth prétend que Robert lui en voulait à cause de cette interrogation écrite. Moi, je le crois.

— J'y ai réfléchi, et je suis de votre avis, monsieur Quinn. J'ai discuté avec la mère de Robert. Elle n'est pas plus heureuse que vous de cette situation, ni du fait que les deux enfants vont être renvoyés.

— Vous n'allez pas renvoyer Seth, coupa Cameron. Pas pour ça.

— Je comprends votre désarroi, cependant, des coups ont été échangés. Nous ne pouvons pas tolérer la moindre violence dans l'enceinte de l'établissement.

— En d'autres circonstances, je serais d'accord avec vous, madame, intervint Phillip. Cependant, Seth a été insulté et attaqué. Il s'est défendu. Pourquoi n'y avait-il pas un surveillant dans les parages à ce moment-là ? Seth aurait dû pouvoir compter sur un adulte pour le protéger.

Mme Moorefield soupira, embarrassée.

— Monsieur Quinn, vous êtes en droit de vous poser cette question. Malheureusement, pour des raisons budgétaires, nous ne disposons pas d'un personnel suffisant pour surveiller constamment tous les élèves.

— Je comprends tout à fait, mais je ne vois pas pourquoi Seth aurait à payer de sa personne.

— Cet enfant a connu des moments difficiles, ajouta Ethan. S'il est renvoyé sous prétexte qu'il a refusé de céder à un chantage, il s'estimera, à juste titre, victime d'une injustice. Ce n'est pas lui rendre service.

— Et vous allez lui infliger la même punition qu'à celui qui a cherché la bagarre, s'interposa Cameron. Belle leçon de morale !

Mme Moorefield regarda successivement les trois hommes, puis Seth.

— Tes contrôles sont excellents, tes notes bien au-dessus de la moyenne. Pourtant, selon tes professeurs, tu rends rarement tes devoirs et tu participes peu à la classe.

— En ce qui concerne le travail à la maison, nous allons prendre les choses en main, avertit Cameron en donnant un léger coup de coude à Seth. N'est-ce pas, mon vieux ?

— Ouais. Je suppose. Je ne vois pas…

— Il n'y a rien à voir, trancha Cameron en le fusillant du regard. Il suffit de le faire. Tu n'as pas le choix.

La directrice toussota.

— Voici ce que je vous propose. Seth, tu ne seras pas renvoyé, parce que je crois que tu as dit la vérité. Je t'accorde une période d'essai de trente jours. Si tu te conduis bien et si tes professeurs me confirment que tu fais bien tes devoirs, je considérerai que l'affaire est close. C'est moi qui vais te donner ton premier travail : tu disposes d'une semaine pour rédiger un texte de cinq cents mots sur la violence dans notre société...

— Oh, non !

— Tais-toi, marmonna Cameron. Cela me paraît tout à fait équitable, madame. Merci de votre compréhension.

— Ça ne s'est pas trop mal passé, constata Phillip en roulant des épaules lorsqu'ils furent dehors.

— Parle pour toi, grogna Ethan en remettant sa casquette. Quelle épreuve ! Laissez-moi au port, je vais faire un tour en bateau.

— Débrouille-toi pour nous rapporter de quoi manger ce soir, lui recommanda Cameron en montant dans la Land Rover de Phillip. N'oublie pas que nous avons une invitée.

— Je ne risque pas de l'oublier, grommela Ethan. Les directrices le matin, les assistantes sociales le soir ! Toute la journée, il faut faire des simagrées... Pensez à acheter de la bière.

Cameron proposa d'aller faire les courses en fin d'après-midi, non par altruisme, mais parce qu'il ne pouvait plus supporter cinq minutes de plus la présence de Phillip. Courir au supermarché était un prétexte idéal pour fuir son frère qui rédigeait la lettre destinée à la compagnie d'assurances.

— Pendant que tu y es, prends des trucs pour la salade ! lança Phillip derrière lui.

Cameron revint sur ses pas.

— Comment ça, des trucs pour la salade ?

— Je ne sais pas, moi, de la mâche, par exemple. Surtout, ne reviens pas avec une laitue flétrie et trois tomates de serre. J'ai préparé une superbe vinaigrette, ce n'est pas pour la gaspiller avec des légumes sans goût.

— Pourquoi ?

Phillip soupira et cessa de pianoter sur son ordinateur portable.

— Un, nous voulons vivre longtemps et en bonne santé, deux, tu as invité une dame à dîner, une femme qui s'intéressera à la façon dont nous nourrissons Seth.

— Va au magasin à ma place, alors !

— Si tu veux. En attendant, tu peux écrire cette lettre.

Plutôt mourir !

— OK. Je prends de la mâche.

— Achète aussi du pain au levain. Ah ! Il ne reste presque plus de lait. Et des fruits frais, des carottes et des courgettes. Tiens, je vais te faire une liste.

— Une seconde ! aboya Cameron, au bord de la crise de nerfs. J'étais parti chercher de la bière.

Mais déjà, Phillip notait en murmurant :

— Beurre, pignons...

Trente minutes plus tard, Cameron contemplait, perplexe, le rayon légumes du supermarché. Quelle était la différence entre une scarole et une romaine, et quelle importance cela pouvait-il bien avoir ? Excédé, il remplit son panier au hasard.

Lorsqu'il atteignit la caisse, il poussait deux caddies débordant de boîtes de conserve, de cartons, de bouteilles et de paquets.

— Eh bien, c'est la fête !

— Nous sommes de gros mangeurs, grommela-t-il en cherchant des yeux le nom de la caissière… Comment allez-vous, madame Wilson ?

— Oh, couci-couça, répondit-elle en passant rapidement les produits au rayon infrarouge. Si vous voulez mon avis, il fait trop beau pour rester enfermée ici toute la journée. Je termine dans une heure, heureusement.

— Nous avons prévu un dîner de crabe.

— C'est Ethan qui vous les pêche, je suppose. Je suis vraiment désolée, pour Ray. Je n'ai pas pu vous parler après l'enterrement. Il va nous manquer terriblement. Il venait ici une ou deux fois par semaine, depuis la mort de Stella. Il achetait toujours des plats tout préparés à réchauffer au micro-ondes. Je lui disais : « Ray, il faut que tu manges mieux. Un homme a besoin d'un bon bout de viande de temps en temps. » Mais on n'a pas forcément envie de cuisiner quand on est seul.

— Mouais…

— Il avait toujours un mot gentil. Il me montrait souvent des photos de vous dans les journaux étrangers. Et je lui disais : « Ray, comment pouvez-vous savoir s'il a gagné, vous ne lisez que l'anglais ! » On rigolait bien. Et le petit, comment va-t-il ? Il s'appelle comment, déjà, Sam ?

— Seth. Il va très bien, merci.

— Il est mignon. Quand Ray l'a recueilli, j'ai dit à M. Wilson : « Ça, c'est bien Ray, la porte toujours grande ouverte. » Ah, Ray et Stella se sont bien occupés de vous ! Je suppose que Ray était content d'avoir de nouveau de la compagnie, vu que vous étiez tous par monts et par vaux. À propos, je tiens à ce que vous le sachiez : les ragots, moi, ça ne m'intéresse pas. Surtout, Cameron, ne prêtez pas attention à ce que les gens racontent. Franchement, l'idée que ce petit puisse être le sien ou qu'il ait foncé exprès sur ce poteau télégraphique est ridicule. Ça m'écœure.

Cameron en avait assez.

— Certaines personnes croient aux mensonges, madame Wilson.

— Ça, oui ! acquiesça-t-elle en hochant la tête avec vigueur. Sachez que M. Wilson et moi considérions Ray et Stella comme des amis. Si on dit du mal d'eux en ma présence, je vois rouge.

Cameron sourit malgré lui.

— Si mes souvenirs sont bons, vos colères sont impressionnantes.

Elle s'esclaffa.

— Ah, oui, je me rappelle vous avoir passé un de ces savons quand vous avez tenté de séduire ma Caroline !

— C'était la plus jolie fille de la classe de troisième.

— Elle est toujours aussi ravissante. Elle a déjà un fils de quatre ans. Le second doit naître dans trois mois. Le temps passe, que voulez-vous !

Cette conversation avait déprimé Cameron. Apparemment, les rumeurs allaient bon train. Sans doute Phillip avait-il raison. Il fallait retrouver la mère de Seth, quitte à faire de la peine au garçon.

— Tu veux peut-être un coup de main, proposa Phillip en surgissant dans la cuisine. J'étais au téléphone avec l'avocat. Pour l'instant, la garde temporaire est confirmée. C'est déjà ça.

— Formidable.

Cameron faillit rapporter à son frère la conversation qu'il venait d'avoir au supermarché, mais il se ravisa. Inutile de gâcher la soirée.

— Il en reste dans la voiture.

— Quoi ? s'exclama Phillip en fixant la douzaine de cartons déjà alignés sur la table. Tu as dévalisé le magasin ?

— Et alors ? Au moins, on a des provisions pour un bon moment.

— Qu'est-ce que c'est que ça ? Des gâteaux au chocolat fourrés à la guimauve ? Tu es complètement cinglé ! C'est plein de colorants.

— Ça plaira au môme.

— Sûrement. Tu paieras la note du dentiste.

Agacé, Cameron fit volte-face.

— Écoute, mon vieux, celui qui fait les courses achète ce qu'il lui plaît.

Phillip se contenta de hausser les épaules.

— Si ça te met chaque fois d'aussi charmante humeur, j'assumerai désormais cette corvée. Je propose que nous fassions une cagnotte pour les achats au jour le jour.

— Très bien, marmonna Cameron. Excellente idée.

Phillip disparut, et Cameron entreprit de ranger les boîtes et les sachets au petit bonheur. Quelqu'un d'autre se préoccuperait de mettre de l'ordre dans les placards. Lui, il en avait assez.

Depuis l'entrée, il aperçut Seth et Phillip qui déchargeaient la voiture.

Parfait, songea Cameron. Qu'ils se débrouillent entre eux pendant deux ou trois heures. Comme il se retournait, le chiot jappa devant lui, puis s'accroupit et pissa sur le tapis.

— Je suppose que tu t'attends que je nettoie ?

Balourd remua la queue et tira la langue.

— Le coup de la rédaction, c'est nul, déclara Seth en pénétrant dans la maison. Je ne vois pas pourquoi...

— Tu la feras, coupa Cameron. Je ne veux pas t'entendre te plaindre à ce sujet. Tu vas te mettre au travail aussitôt après avoir lavé les saletés de ton chien.

— Mon chien ? Il n'est pas à moi.

— À partir de maintenant, il t'appartient, et je te suggère de lui apprendre à pisser dehors, sans quoi il n'entrera plus ici.

Sur ces mots, Cameron partit, suivi de près par Phillip, qui avait du mal à retenir un fou rire.

Seth demeura cloué sur place, l'œil rivé sur Balourd.

— Imbécile de chien, murmura-t-il en se baissant.

Le chiot se jeta dans ses bras et Seth le serra très fort.

— Tu es à moi, maintenant.

Anna se promettait de rester très professionnelle tout au long de la soirée. Elle avait même parlé du repas avec Marilou, afin que ce soit officiel. Elle comptait s'entretenir en tête à tête avec Seth pour sonder ses sentiments.

À vrai dire, elle mourait d'impatience de revoir Cameron et de partager avec lui quelques instants d'intimité. Malheureusement, il n'est pas toujours possible de suivre ses envies, si fortes soient-elles. Si, après l'avoir revu, elle estimait qu'il valait mieux pour chacun prendre ses distances, elle le ferait.

Cameron avait certainement une volonté de fer. Mais elle aussi.

Elle gara sa voiture dans l'allée.

Cameron apparut.

Ils s'observèrent un long moment. Vêtu de noir, les cheveux hirsutes, son regard gris indéchiffrable, il s'avança. Le cœur d'Anna se mit à battre très vite.

Elle avait envie de sentir sa bouche sur la sienne, ses mains sur sa peau, impossible de le nier.

Saurait-elle se maîtriser ?

Elle émergea de son véhicule, impeccable en tailleur beige foncé, coiffée d'un chignon sévère.

À peine maquillée, son attaché-case à la main, elle affichait un sourire poli, distant.

Cameron retint son souffle et s'approcha. Lorsqu'il fut tout près, il ne put s'empêcher de se pencher pour sentir l'odeur de ses cheveux.

— Vous l'avez fait exprès.

— Quoi ?

— Vous avez associé ce costume « bas-les-pattes » à votre parfum de déesse sensuelle dans le seul but de me rendre fou.

Sans répondre, elle passa devant lui.

— Vous n'écoutez pas...

Il la força à se tourner vers lui et la dévisagea longuement. Son regard exprimait l'irritation, le désir et un soupçon de tristesse. Elle se radoucit.

— Quelque chose ne va pas ?

— Tout !

Elle lui serra brièvement la main.

— Dure journée ?

— Un peu...

Il s'appuya contre le capot de la voiture.

— Il y a eu cette histoire, à l'école, ce matin.

Quelle histoire ?

— Vous allez sûrement recevoir un rapport à ce sujet. Autant que je vous donne ma version des faits.

— Aïe ! Aïe ! Je vous écoute.

Il lui raconta l'incident, s'emportant lorsqu'il évoqua le moment où il avait remarqué les bleus sur le bras de Seth. À la fin de son récit, il tournait à grands pas autour du véhicule.

— Vous avez parfaitement réagi, murmura Anna.

Elle faillit rire aux éclats lorsqu'il s'immobilisa en la fixant d'un air soupçonneux.

— Évidemment, frapper l'autre, ce n'était pas la solution idéale, mais...

— Au contraire, coupa-t-il.

— Ne nous attardons pas sur ce détail. Ce que je veux vous dire, c'est que vous vous êtes comporté de manière responsable. Vous vous êtes rendu chez la directrice, vous avez écouté les faits, convaincu Seth de vous dire la vérité, puis pris sa défense. Il ne s'y attendait probablement pas.

— Pourquoi ne serais-je pas intervenu ? Il était dans son droit.

— Croyez-moi, beaucoup de parents ne prennent pas toujours la défense de leurs enfants.

— Ce n'est pas mon fils, mais mon frère.

— Si vous voulez. Je suis contente que vous ayez accompagné Seth avec vos deux frères. C'était important. Je suppose que vous l'avez compris. Est-ce ce qui vous met dans cet état ?

— Non, c'est autre chose, mais ça n'a aucune importance.

Il n'allait pas lui parler de l'enquête de la compagnie d'assurances, ni des ragots qui couraient en ville. Il n'allait pas non plus lui avouer qu'il se sentait pris au piège.

— Comment Seth a-t-il pris tout ça ?

— Avec calme. Hier, nous sommes allés pêcher, histoire de passer la journée ensemble.

Elle sourit, sincèrement touchée.

— Vous commencez à vous attacher à lui, n'est-ce pas ?

— J'ai dit que je prendrais soin de lui, et c'est ce que je fais.

— Il a une place dans votre cœur, insista-t-elle. C'est précisément ce qui vous angoisse, Cameron.

Peut-être avait-elle raison. Il avait peur. Mais pas uniquement de ses sentiments envers Seth.

— Je tiens toujours mes promesses, Anna. Je tiens beaucoup à ma famille. Cependant, je suis un égocentrique. Vous pouvez interroger n'importe qui, tout le monde vous le dira.

— Il y a des choses que je préfère découvrir par moi-même. Bien, ai-je droit à mon dîner de crabe, oui ou non ?

— Ethan s'en occupe.

Il s'avança comme pour l'entraîner à l'intérieur puis, jugeant le moment opportun, la prit dans ses bras et réclama ses lèvres.

— Ça, c'était pour moi, murmura-t-il, à bout de souffle. J'en avais envie, je vous l'ai dit : je suis un égoïste.

Anna s'écarta.

— Je suis désolée, mais j'en ai profité tout autant que vous. Il ne s'agit donc pas d'un acte égocentrique.

Il s'esclaffa.

— Je vais recommencer, histoire de vous prouver le contraire.

— Si nous remettions cela à plus tard ? Je meurs de faim.

Sur ce, elle monta gracieusement les marches de la véranda, frappa et entra.

Cameron demeura sur place, un large sourire aux lèvres. Quelle femme !

Lorsqu'il la rejoignit dans la cuisine, Anna acceptait en riant un verre de vin que lui tendait Phillip.

— Avec le crabe, c'est de la bière qu'il faut boire, lança Cameron en prenant une canette dans le réfrigérateur.

— Pour l'instant, je ne mange rien. De plus, Phillip m'assure que ce vin est excellent.

Elle le goûta et approuva.

— En effet, c'est tout à fait exact.

— C'est un de mes blancs préférés, énonça Phillip. Velouté à souhait…

— Phillip est un grand amateur de vin, railla Cameron, mais nous l'acceptons tout de même parmi nous.

— Comment se passe la cohabitation ? demanda-t-elle, intriguée. Ce doit être difficile pour vous de vivre de nouveau ensemble.

— Nous ne nous sommes pas encore entre-tués !

Anna rit et s'approcha de la fenêtre.

— Où est Seth ?

— Avec Ethan. Ils préparent les crabes dehors, répondit Cameron en la prenant par la main pour l'entraîner vers la porte. Maman nous interdisait de cuisiner les crabes dans la maison. Papa a construit une sorte de cratère en briques. Il n'était pas très doué pour la maçonnerie. Le puits s'est écroulé dès le premier été, et je l'ai aidé à le reconstruire.

Lorsqu'ils eurent contourné la demeure, elle vit Ethan et Seth devant une énorme marmite fumante.

— Si vous voulez tout savoir, je ne tiens pas à assister à ce spectacle, avoua Anna.

Elle recula et se retourna pour admirer le paysage, insensible aux moqueries de Cameron. La voix de Seth s'éleva, surexcitée :

— Tu vas les plonger dans l'eau bouillante maintenant ? C'est dégoûtant !

— Je lui ai demandé de maîtriser son langage ce soir, mais il ne vous a pas encore vue.

Anna secoua la tête.

— Il s'exprime comme tous les enfants de son âge.

Il s'approcha tout près.

— Je les préfère lâchés, décréta Cameron en ôtant une épingle de son chignon.

— Et moi, je les veux attachés, répliqua-t-elle avec calme.

— Je parie que nous allons nous quereller sur toutes sortes de petits détails, murmura-t-il en sirotant sa bière. Ça risque d'être assez intéressant.

— Je ne pense pas que nous nous ennuierons. Cependant, Seth passe avant tout, Cameron. Je parle très sérieusement.

Elle marqua une pause, écouta le clapotis des vagues.

— Je peux l'aider, et nous ne serons pas forcément d'accord sur ce qui est le mieux pour lui. L'essentiel sera d'oublier nos différends lorsque nous nous retrouverons dans le même lit.

Cameron faillit s'étrangler.

— En effet.

Un oiseau s'envola, et Anna le suivit des yeux.

— Lorsque je serai plus sûre de moi, nous irons chez moi. Nous y serons plus tranquilles que chez vous.

— Vous, au moins, vous n'y allez pas par quatre chemins.

— À quoi bon ? Nous sommes adultes, il me semble. Et libres... ajouta-t-elle. Cependant, si vous êtes de ceux qui préfèrent les valses-hésitations, je suis navrée de vous décevoir.

— Pas du tout, c'est parfait comme ça. Pas de petits jeux, pas de promesses... D'où sortez-vous ? acheva-t-il, fasciné.

— De Pittsburgh, répliqua-t-elle en remontant vers la maison.

— Ce n'est pas ce que je voulais dire.

— Je sais. Mais si vous avez l'intention de coucher avec moi, autant me connaître. Pas de petits jeux, pas de promesses. Cela me convient. Je ne fais pas l'amour avec des inconnus.

Il posa une main sur son bras pour la retenir. Il avait envie de prolonger leur tête-à-tête.

— Bon, je vous écoute : qui êtes-vous ?

— J'ai vingt-huit ans, je suis célibataire, d'origine italienne. Ma mère est morte quand j'avais douze ans, j'ai été élevée par mes grands-parents.

— À Pittsburgh.

— Précisément. Ils sont merveilleux, dynamiques, démodés et attentionnés. Je suis une championne de la sauce tomate – j'utilise une recette transmise dans ma famille de génération en génération. Ma licence en poche, je me suis installée à Washington, où j'ai travaillé et repris des études. Je n'ai pas du tout apprécié cette ville.

— Trop grande ?

— Oui, trop mondaine, aussi. Ce n'était pas du tout ce que je recherchais. Je me suis donc retrouvée ici.

Cameron jeta un coup d'œil sur le jardin, si paisible.

— En effet, ça n'a rien à voir.

— Je me plais beaucoup dans cette région. J'aime aussi les histoires d'horreur, les films romantiques et toutes sortes de musiques, sauf le jazz. Je lis les revues féminines de la première à la dernière page. Je n'aime pas les réceptions, bien que je sois très à l'aise en société.

Elle se tut, réfléchit un instant. Après tout, s'il voulait en savoir davantage, c'était à lui de jouer.

— Je crois que cela suffira pour l'instant. Mon verre est presque vide.

— Vous ne correspondez pas du tout à la première impression que j'ai eue de vous.

— Ah, non ? Vous, par contre, vous êtes exactement celui que je croyais.

— Vous parlez l'italien ?

— Couramment.

Il se pencha vers elle et lui murmura quelques paroles suaves. Certaines femmes l'auraient sans doute giflé, d'autres auraient peut-être gloussé, la plupart auraient rougi. Anna se contenta de sourire.

— Votre accent est médiocre, mais votre imagination exceptionnelle, le rassura-t-elle en lui tapotant le bras. Une autre fois, peut-être ?

— Comptez sur moi, marmonna-t-il.

À cet instant précis, Seth arriva en courant.

— Bonsoir, Seth, dit-elle.

Il s'immobilisa, sur ses gardes.

— Salut ! Ethan dit qu'on peut passer à table.

— Tant mieux, je meurs de faim... Il paraît que tu es allé pêcher, hier ?

Seth lança à Cameron un regard accusateur.

— Ouais. Et alors ?

— Et alors, moi je n'ai jamais eu cette chance. Cameron m'a proposé de vous accompagner, un de ces jours.

— C'est son bateau, il fait ce qu'il veut... Mais oui, pourquoi pas, reprit l'enfant en haussant les épaules. Bon ! Il faut que j'aille chercher une tonne de vieux journaux pour les étaler sur la véranda. C'est comme ça qu'on mange les crabes, paraît-il.

— Parfait !

Avant qu'il ne s'enfuie, elle lui chuchota à l'oreille :

— Heureusement pour nous, ce n'est pas Cameron qui les a cuisinés.

Seth ricana et la gratifia d'un bref sourire complice, avant de repartir en courant.

10

Elle n'était pas si mal, pour une assistante sociale, songea Seth, retranché dans sa chambre, soi-disant pour rédiger sa rédaction sur la violence dans la société. En fait, il crayonnait des esquisses de portraits. Il disposait d'une semaine entière pour écrire ce texte stupide, non ? Enfin ! C'était mieux que d'avoir été renvoyé.

En fermant les yeux, il revoyait les trois frères Quinn dans le bureau de la directrice. L'un à côté de l'autre, comme un mur. C'était... c'était super, décida-t-il en continuant de griffonner sur son cahier de brouillon.

Là, c'était Phillip, avec son beau costume, ses cheveux parfaitement lissés et son visage étroit. Il paraissait sorti tout droit d'un magazine de mode.

Il esquissa ensuite Ethan, toujours aussi sérieux, les cheveux plus ou moins bien coupés. Seth se rappela le soin qu'il avait mis à les recoiffer avant d'entrer dans l'école.

Et puis, il y avait Cameron, le pur et dur, une lueur de cruauté dans les prunelles. Les mains dans les poches de son jean. Il se tenait toujours ainsi, lorsqu'il était agacé.

Enfin, Seth fit son autoportrait. Comment les autres le voyaient-ils ? Il avait les épaules étroites, maigres. Mais ça ne durerait pas. Il s'élargirait. Ses yeux paraissaient trop grands pour son visage, mais ça changerait. Un jour, il serait grand et fort.

Il s'était pourtant bien défendu, non ? Il avait su garder la tête haute. Il n'avait pas eu peur. Sur son dessin, il semblait à sa place, parmi les trois frères.

« Un pour tous, tous pour un », avait dit Cameron. Mais Seth n'était pas un Quinn. À moins que... Comment savoir ? En fait, il se fichait de savoir si Ray Quinn était son père, comme certains le prétendaient. L'essentiel, pour lui, était de ne plus jamais la revoir, *elle*.

Ce qu'il voulait, c'était rester dans cette maison. Car, ici, personne ne le frappait, car, ici il n'y avait pas de types aux mains poisseuses qui essayaient de le toucher.

Il ne voulait même plus y penser.

Ce dîner de crabe... un vrai délice. On avait même eu le droit de manger avec les doigts. L'assistante sociale n'avait pas fait de manières. Elle avait ôté la veste de son tailleur et roulé les manches de son chemisier. Il n'avait pas eu l'impression qu'elle le surveillait.

Elle avait beaucoup ri. Il n'était pas habitué à entendre les femmes rire, sinon sous l'effet de la cocaïne. Mais le rire de Mlle Spinelli n'avait rien de sauvage ou de désespéré. Au contraire, il était... velouté.

Personne ne l'avait empêché de se resservir. Il avait dû engloutir plusieurs dizaines de ces bestioles ! Il n'avait eu aucun mal à manger sa salade, non plus, bien qu'il se soit fait un peu prier pour en prendre.

À un moment donné, il avait craint que l'assistante sociale ne commence à lui poser des questions personnelles, mais ils avaient parlé d'un tas de choses, sauf de lui. Tant mieux. De plus, il l'avait vue donner des petits bouts de crabe à Balourd. Elle ne pouvait donc pas être si méchante que ça.

Cependant, il l'aurait mieux aimée si elle avait été serveuse, comme Grace, par exemple.

On frappa délicatement à la porte. Seth ferma précipitamment son cahier de dessin et ouvrit son cahier de devoirs.

— Ouais ?

Anna passa la tête dans l'entrebâillement de la porte.

— Coucou ! Je peux entrer une minute ?

Seth n'avait pas l'habitude qu'on lui demande la permission. Il se demanda comment elle réagirait s'il lui répondait non. Il haussa les épaules.

— Ouais.

— Je ne vais pas rester longtemps, commença-t-elle en examinant la chambre.

Un lit plus ou moins bien fait, une commode solide, un bureau, un mur rempli d'étagères. Quelques livres, une chaîne stéréo flambant neuve, une paire de jumelles... Stores blancs, papier peint vert pâle... L'ensemble manquait de vie, de vieux jouets cassés, de posters. Un bon point : le chiot qui ronflait tranquillement dans un coin.

— Tu as une chambre sympa, fit-elle remarquer en s'avançant jusqu'à la fenêtre. La vue est belle.

Tu vois la baie, les arbres, tu peux observer les oiseaux. Quand je suis arrivée ici, j'ai acheté un livre sur la faune de la région. Ce doit être agréable de regarder s'envoler les aigrettes chaque jour.

— Ouais.

— Je me plais beaucoup ici. Et toi ?

Il eut un mouvement prudent des épaules.

— Ça va.

Elle revint vers lui et jeta un coup d'œil sur son cahier.

— C'est la fameuse rédaction ?

— J'ai commencé ! lança-t-il, sur la défensive.

Comme il voulait cacher ce qu'il avait écrit, il fit tomber l'autre cahier. Anna s'accroupit pour le ramasser.

— Oh ! Qu'est-ce que c'est ? s'exclama-t-elle en tombant sur un dessin du petit chien... C'est toi qui as fait ça ?

— Et alors ?

— Tu te débrouilles pas mal. Moi, je suis nulle en dessin, avoua-t-elle.

— C'était juste pour passer le temps.

— Si tu n'en veux pas, tu pourrais peut-être me l'offrir ?

Il réfléchit. Peut-être était-ce une ruse ?

— Pour quoi faire ?

— Je n'ai pas le droit d'avoir des animaux domestiques, chez moi. C'est aussi bien, d'ailleurs, car ils seraient enfermés toute la journée pendant que je suis au bureau, mais j'aime beaucoup les chiens. Quand j'aurai de quoi m'offrir une maison avec un jardin, j'en aurai au moins deux. D'ici là, je dois me contenter de jouer avec ceux des autres.

Bizarre, songea Seth. Dans son esprit, les adultes faisaient ce qu'ils voulaient, quand ils le voulaient.

— Pourquoi ne pas déménager tout de suite ?

— Là où j'habite, c'est près de mon travail et le loyer est raisonnable.

Elle s'était approchée de la fenêtre pour admirer le paysage. Les ombres du soir s'allongeaient.

— Je m'en contente pour le moment. Un jour, je m'installerai au bord de l'eau, comme ici. Bref...

Elle se planta devant lui.

— ... je voulais simplement te voir avant de partir, au cas où tu aurais des questions à me poser.

— Non. Aucune.

— Parfait. Peut-être cela t'intéresse-t-il de savoir ce que je pense, moi... Tu vis dans une maison remplie d'hommes qui essaient de se débrouiller pour vivre en harmonie les uns avec les autres. Ils sont très différents, ils s'emportent, se disputent, commettent des erreurs. Je crois cependant que tout finira par s'arranger, parce que c'est ce qu'ils souhaitent du fond de leur cœur.

Elle ouvrit son attaché-case.

— Voici ma carte de visite. Tu peux me téléphoner quand tu veux. Au dos, j'ai noté mon numéro personnel. Je n'ai aucune raison de revenir, du moins officiellement, avant un bon moment. Je repasserai peut-être voir le chiot. Bonne chance pour ta rédaction.

Comme elle se dirigeait vers la porte, Seth, brusquement, arracha la page sur laquelle il avait dessiné Balourd.

— Tenez ! Je vous le donne, si vous voulez.

— Vraiment ?

Elle prit le dessin et sourit.

— Il est vraiment magnifique ! Merci.

Seth eut un mouvement de recul lorsqu'elle voulut l'embrasser, mais elle réussit tout de même à déposer un léger baiser sur sa joue. Puis, se redressant, elle prit un air solennel.

— Tu diras bonsoir à Balourd pour moi.

En bas, Phillip improvisait un blues au piano. Ethan n'était plus là et Cameron arpentait avec impatience le salon.

Il leva les yeux, et leurs regards se rencontrèrent.

— Messieurs, merci pour ce délicieux repas.

Phillip se leva pour lui serrer la main.

— C'est à nous de vous remercier. Il y avait longtemps que nous n'avions pas eu l'honneur de recevoir une aussi jolie femme. Vous reviendrez, j'espère.

— Avec plaisir. Dites à Ethan que ses crabes étaient exquis. Bonsoir, Cameron.

— Je vous raccompagne.

Elle y comptait bien.

— Premièrement, attaqua-t-elle dès qu'ils furent dehors, d'après ce que j'ai pu constater, Seth vit dans d'excellentes conditions. On s'occupe de lui, on l'aide dans son travail scolaire. Il aurait juste besoin d'une paire de chaussures neuves.

— Des chaussures ? Qu'est-ce qu'elles ont, les siennes ?

— Cela dit, enchaîna Anna Spinelli lorsqu'ils atteignirent la voiture, vous avez encore du boulot. Seth est un enfant très perturbé. Je pense qu'il a été violenté.

— J'en suis sûr, répliqua-t-il sèchement. Ici, il ne risque rien.

— Je sais, murmura-t-elle en posant une main sur son bras. Si j'avais eu le moindre doute à ce sujet, il ne serait pas là. Cameron, il a besoin d'un soutien psychologique, et vous aussi.

— Un psy ? Sûrement pas !

— Il n'y a pas que des charlatans, vous savez. Moi-même, je suis psychologue.

— Tant mieux. Vous lui avez parlé, vous m'avez parlé, la consultation est terminée.

— Ne soyez pas stupide, riposta-t-elle d'un ton posé.

— Qu'avez-vous à me reprocher ? J'ai coopéré avec vous depuis le début.

Plus ou moins, songea-t-elle, mais pour être juste... plutôt plus qu'elle ne s'y était attendue.

— Les conseils d'un professionnel vous seraient d'un précieux secours pour résoudre les problèmes.

— Il n'y a pas de problèmes.

Anna Spinelli se rendit compte qu'elle avait eu tort de ne pas prévoir une telle résistance de sa part.

— Bien sûr que si. Seth ne supporte pas qu'on le touche.

— Il n'a pas peur de Grace.

— Grace ? répéta Anna avec une moue pensive.

— Oui. Elle s'occupe du ménage depuis peu et le môme l'adore. Je le soupçonne même d'en être un tantinet amoureux.

— C'est bien, c'est sain. Mais ce n'est qu'un début. Un enfant ayant subi des sévices sexuels reste toujours fragile.

Qu'est-ce que c'était que cette conversation ? se demanda soudain Cameron, exaspéré. Pourquoi parlaient-ils de psy et de traumatismes alors qu'il ne souhaitait que flirter avec une jolie femme ?

— Mon père m'a battu, et alors ? J'ai survécu. La mère du petit l'a frappé. Elle n'aura plus jamais l'occasion de le faire. Ce chapitre-là est clos.

— Il ne l'est jamais, insista Anna sans s'énerver. Vous devriez voir un spécialiste.

— Rien ne m'oblige à suivre vos conseils.

Comment expliquer ce sentiment de fureur qui l'envahissait ? Il n'avait aucune envie de rouvrir des portes depuis longtemps fermées à clé.

— Vous devez penser à Seth.

— Pourquoi seriez-vous plus qualifiée que moi pour savoir ce qui est bon pour lui ?

— C'est mon métier.

— Votre métier ? Vous avez un diplôme universitaire et vous vous débattez avec des piles de formulaires. Vous ne savez pas ce que nous avons connu, vous n'imaginez pas ce que c'est que de se faire défoncer le portrait sans pouvoir se défendre, d'être à la merci d'une bureaucratie bornée !

Elle se revit soudain sur une route déserte, terrifiée, dans le noir. La douleur, les cris. Mais elle n'avait pas le droit de se laisser aller à ses démons personnels.

— Vous n'avez jamais caché combien vous détestiez ma profession.

— En effet, pourtant, j'ai joué le jeu. Je vous ai donné tous les renseignements que vous me demandiez. Tous les trois, nous avons bouleversé nos vies pour garder Seth. Mais ça ne vous suffit pas encore ? Vous voulez toujours plus, c'est ça ?

— Si je n'avais pas raison, vous ne seriez pas tellement fâché, riposta-t-elle.

— Oui, je suis fâché, bien sûr que je suis fâché ! Je viens de renoncer à participer à une course qui m'aurait apporté la gloire pour m'occuper d'un enfant qui me considère tantôt comme un ennemi, tantôt comme un dieu, vous croyez que c'est facile ?

— Vous avez davantage de mal à être son dieu que son ennemi.

Elle commençait à l'énerver sérieusement avec son savoir.

— J'essaie simplement de vous expliquer que le mieux, pour ce petit, c'est que vous nous laissiez tous tranquilles. Quant aux chaussures, s'il en a besoin, je lui en achèterai.

— Comment résoudrez-vous le fait qu'il craint le moindre contact physique, même le plus innocent ? Avez-vous l'intention de lui acheter sa peur ?

— Il s'en remettra, bougonna Cameron.

— S'en remettre ?

Elle était tellement enragée qu'elle en bégayait presque.

— Savez-vous ce que c'est que de vivre avec la honte, dans la terreur, de tout garder pour soi ?

Elle ouvrit la portière de sa voiture et jeta son attaché-case sur la banquette.

— Moi, je le sais.

Il la saisit par le bras.

— Lâchez-moi.

Comme elle tremblait, il s'exécuta. Au cours de l'affrontement, elle avait laissé tomber son masque professionnel. Il n'avait pas compris tout de suite.

— Anna, je ne vous laisserai pas prendre le volant dans cet état. J'ai perdu ainsi quelqu'un que j'aimais profondément et je ne veux pas que cela se reproduise.

— Je vais très bien, marmonna-t-elle. Je suis parfaitement capable de rentrer chez moi. Si vous voulez discuter d'une éventuelle thérapie, appelez-moi à mon bureau pour prendre rendez-vous.

— Si nous faisions quelques pas, histoire de nous calmer ?

— Je suis très calme.

Elle s'engouffra dans son véhicule et démarra en trombe.

Un instant, il envisagea de la poursuivre, de faire la paix. Mais il rentra dans la maison, fermement décidé à l'oublier. Définitivement.

Cependant, il se remémora le regard blessé de la jeune femme, le tremblement de sa voix lorsqu'elle lui avait demandé s'il savait ce que c'était que d'avoir peur et d'avoir honte.

Elle avait souffert, elle aussi. Cameron oublia cette querelle stupide.

Anna claqua la porte de son appartement, ôta ses escarpins, les balança à l'autre bout de la pièce et jeta son attaché-case sur le canapé.

Cet homme était un ignorant, un entêté, un arrogant. Quelle mouche l'avait piquée d'essayer de l'aider ?

Lorsqu'elle entendit frapper, elle soupira, exaspérée. Ce devait être sa voisine d'en face, qui voulait échanger quelques ragots.

Elle n'en avait aucune envie.

Elle arracha les épingles retenant ses cheveux.

On frappa de nouveau, plus fort.

— Anna ! Ouvrez !

Il l'avait suivie jusque chez elle ? Il avait eu le culot de venir jusque-là et s'attendait qu'elle l'accueille à bras ouverts ?

Elle ouvrit la porte.

— Espèce de goujat !

Cameron aperçut le visage écarlate de fureur, les cheveux cascadant sur les épaules, les yeux brillants... Curieusement, il trouva ce tableau plutôt excitant.

Il contempla ses poings crispés.

— Allez-y, cognez, lui proposa-t-il. Mais dans ce cas, vous aurez à rédiger un texte de cinq cents mots sur la violence dans la société.

Elle essaya de lui claquer la porte au nez mais, plus rapide qu'elle, il la bloqua avec son pied.

— Je voulais m'assurer que vous étiez bien rentrée, commença-t-il. Comme j'étais dans le quartier, je me suis dit que je pouvais monter.

— Je veux que vous vous en alliez. Très, très loin.

— J'ai bien compris, mais accordez-moi au moins cinq minutes.

— Je vous ai déjà consacré beaucoup trop de mon temps.

— Dans ce cas, cinq minutes de plus ou de moins...

Malgré le désarroi d'Anna, il entra.

— S'il n'y avait pas Seth, je préviendrais la police et vous vous retrouveriez en prison.

Il acquiesça. Il avait eu son compte de femmes en colère. Il savait qu'il y avait un moment où il valait mieux se taire.

— Écoutez...

— Je n'ai pas à vous écouter, trancha-t-elle. Vous êtes insolent, obstiné, et vous avez tort.

— Non, je n'ai pas tort. C'est vous ! Je sais...

— Vous savez tout sur tout ! interrompit-elle. Le playboy casse-cou qui parcourt le monde est rentré au pays et, tout à coup, il est au courant de ce qui convient à un enfant de dix ans qu'il connaît depuis à peine un mois.

— Je ne suis pas un casse-cou. J'ai une carrière, protesta-t-il, oubliant toutes ses résolutions de faire la paix. Une sacrée carrière, en plus ! Et je comprends ce gamin parce que j'en suis passé par là, moi aussi. Vous lui consacrez deux heures d'entretien, et vous prétendez savoir vous y prendre avec lui. C'est n'importe quoi !

— C'est mon travail.

— Vous savez bien que chaque cas est unique. Peut-être certaines personnes éprouvent-elles le besoin de se confier à un inconnu et de faire analyser leurs rêves. Je n'y vois aucun inconvénient, mais ce n'est pas la panacée.

— Figurez-vous que je me penche longuement sur chaque dossier qui m'est confié. Je ne suis pas une de ces bureaucrates bornées qui ne connaissent rien à rien. Je suis assistante sociale, j'ai plus de six années d'expérience, et tout cela parce que je sais précisément ce que c'est que la peur, la solitude. Aucun des enfants dont j'ai la charge n'est un simple numéro sur un formulaire.

Sa voix se brisa, et un silence de plomb tomba. Puis, d'une voix tremblotante, elle le supplia :

— Partez. Partez tout de suite !

Paniqué, il vit les larmes ruisseler sur ses joues. S'il savait quel comportement adopter en face d'une femme en colère, il perdait tous ses moyens devant une femme en détresse.

— Ne pleurez pas ! l'implora-t-il.

— Laissez-moi tranquille.

Ignorant sa supplique, il la serra dans ses bras.

— Pardon. Pardon. Pardon, répéta-t-il. Je me suis trompé.

Il lui caressa les cheveux. Puis il posa les lèvres sur les siennes, tout doucement d'abord, pour la consoler, la réconforter en lui murmurant des mots doux. Elle mit les bras autour de son cou et se pressa contre lui, s'abandonnant.

Emmène-moi, se dit-elle, empêche-moi de réfléchir. Prends-moi. Elle voulait sentir ses mains sur sa peau, ses muscles sous ses doigts.

Un frémissement la parcourut, un gémissement lui échappa. Il eut un mouvement de recul.

— Ce n'est pas...

Il dut se taire, s'accorder un instant pour reprendre ses esprits.

— Ce n'est pas une bonne idée... Vous êtes bouleversée, vous n'êtes pas dans votre état normal et...

Il avait encore le goût de ses lèvres sur les siennes.

— ... j'ai soif.

Elle essuya sa joue maculée de larmes.

— Je vais préparer du café.

— Je préférerais quelque chose de plus fort.

— Je sais, mais si nous voulons garder la tête froide, contentons-nous de café.

Elle s'activa dans la cuisine.

— Si nous étions allés jusqu'au bout, Anna, vous m'auriez peut-être reproché d'avoir abusé de la situation.

Elle opina, versa les grains dans le moulin.

— Ou inversement. Vous avez raison, mieux vaut arrêter. Je ne veux pas mélanger sexualité et culpabilité... C'est vital, pour moi, ajouta-t-elle en le regardant dans les yeux.

Il comprit, alors. Un sentiment de rage le submergea.

— Anna... Quand ?

— J'avais douze ans.

— Je suis désolé, murmura-t-il, anéanti. Vraiment désolé, répéta-t-il sans raison. Vous n'êtes pas obligée de m'en parler, vous savez.

— Sur ce point, nous sommes en désaccord. Au contraire, c'est le fait d'en parler qui m'a sauvée.

Cette fois, il l'écouterait.

— Ma mère et moi avions décidé de passer la journée à Philadelphie. Nous avons visité la ville, vu les monuments, mangé une glace, acheté des souvenirs...

— Anna...

Elle se redressa brusquement.

— Quoi ? Vous avez peur d'entendre la suite ?

— Peut-être.

Il passa une main dans ses cheveux. Que craignait-il, au juste ? Un changement dans leur relation ? Après tout, les dés étaient jetés. Il attendit la suite, comprenant qu'il avait besoin de savoir.

— Je vous écoute.

Elle sortit des tasses du placard.

— Nous étions toujours ensemble, toutes les deux. Maman était tombée enceinte à l'âge de seize ans et elle a toujours refusé de me dire qui était mon père. Ma naissance lui a énormément compliqué la vie. Elle a beaucoup souffert. Mes grands-parents étaient des gens très religieux, un peu vieux jeu. Italiens, ajouta-t-elle avec un petit rire. Ils n'ont pas rejeté ma mère, mais elle était mal à l'aise avec eux.

Elle servit le café.

— C'était en plein mois d'avril, un samedi. Elle avait pris sa journée. Nous avons passé un moment formidable. Il était plus tard que prévu, on s'était beaucoup amusées. J'étais à moitié endormie sur la banquette arrière, et ma mère a dû se tromper de direction. Bref, nous nous sommes perdues. Ensuite, nous sommes tombées en panne. De la fumée sortait du capot. Elle s'est garée sur le bas-côté, nous sommes descendues en rigolant. C'était rigolo.

— Vous devriez vous asseoir.

— Non, non, ça va. Nous avons décidé de nous rendre à la maison la plus proche demander de l'aide. Une voiture s'est arrêtée. Il y avait deux hommes. L'un d'entre eux nous a demandé si nous avions un problème.

Elle but, songeuse. Ses mains ne tremblaient plus.

— Je me rappelle la façon dont elle m'a serré la main, si fort que j'ai eu mal. J'ai compris plus tard qu'elle était terrifiée. Ils étaient ivres. Elle a répondu qu'on se rendait chez son frère, pas loin, et que tout allait bien. Ils sont descendus. Elle m'a poussée derrière elle. Quand le premier l'a saisie, elle m'a crié de courir. J'en étais incapable. J'étais clouée sur place. Il riait en la caressant, et elle se débattait. Quand il l'a entraînée à l'écart, je me suis précipitée vers elle pour la suivre. Le deuxième homme s'est jeté sur moi à ce moment-là.

Une femme sans défense et une enfant. De rage, Cameron crispa les poings et ravala un torrent de jurons.

— Il ricanait, poursuivit Anna. J'ai vu son visage très clairement, un bref instant. Il est imprimé à tout jamais. J'entendais les hurlements de ma mère qui les suppliait de ne pas me toucher. L'homme l'a frappée, lui a ordonné de se taire. Quand l'autre s'est couché sur moi, j'ai eu l'impression que ce n'était qu'un interminable cauchemar. Ce ne pouvait pas être vrai... Quand ils en ont eu assez, ils sont remontés dans leur voiture et sont partis. Ma mère était inconsciente. Je ne savais pas quoi faire. Je ne me souviens plus de rien, jusqu'à l'arrivée à l'hôpital. Ma mère est restée dans le coma deux jours, puis elle est morte.

— Anna, je ne sais pas quoi vous dire.

— Si je vous ai raconté tout ça, ce n'est pas pour susciter votre compassion. Elle avait vingt-huit ans. L'âge que j'ai aujourd'hui. Cela s'est passé il y a très longtemps, mais on n'oublie jamais. La douleur ne s'efface jamais totalement. Je me souviens de chaque détail de cette terrible nuit. J'ai vécu ensuite avec mes grands-parents. J'ai voulu me venger en leur faisant du mal, ainsi qu'à moi-même. C'était ma façon de surmonter le problème, je refusais de me soigner. Je n'allais pas me confier à un psy – pas moi ! Je préférais me bagarrer, coucher à droite et à gauche, me droguer, faire les quatre cents coups, me révolter contre les assistantes sociales. Je haïssais le monde entier, et moi par-dessus tout. C'était moi qui avais voulu aller à Philadelphie. Si nous n'y étions pas allées, elle serait encore vivante.

— Vous n'avez absolument rien à vous reprocher.

— À l'époque, je me sentais coupable. Et plus je me sentais coupable, plus je m'en prenais à mon entourage.

— Souvent, c'est la seule solution, murmura-t-il. Se rebeller, se battre… parce qu'on est trop malheureux.

— Et un jour, je me suis retrouvée en détention. L'assistante sociale a cru en moi et elle a fini par obtenir ma libération. Mes grands-parents ne m'ont pas laissée tomber et, pour finir, je m'en suis sortie. L'histoire aurait pu se terminer différemment.

Cameron était impressionné qu'elle ait choisi ce métier qui lui rappelait quotidiennement le drame de son passé.

— Vous avez donc décidé de rembourser votre dette à la société. De suivre la carrière de celle qui avait su vous venir en aide.

— Je savais que je pouvais, moi aussi, me rendre utile. Oui, je lui suis redevable. J'ai survécu. Mais survivre ne suffit pas. Ça n'a pas suffi pour moi, ni pour vous, ni pour Seth.

— Une chose à la fois, marmonna-t-il. Ce que je veux savoir, c'est s'ils ont rattrapé ces deux monstres.

— Non, dit-elle à regret. Ils n'ont jamais été retrouvés.

Il tendit la main vers elle, mais se ravisa.

— Je suis désolé de vous avoir blessée, d'avoir ravivé ces souvenirs.

— Ils sont toujours présents mais j'arrive à les oublier pendant de longues périodes.

— Vous avez suivi une thérapie ?

— J'ai fini par m'y résoudre, avoua-t-elle. Bon, d'accord, ce n'est pas forcément miraculeux, Cameron, mais ça peut aider. J'en avais besoin et, quand je me suis enfin décidée, je me suis sentie mieux.

— Je vous promets d'y réfléchir, dit-il doucement. Pour l'instant, voyons d'abord comment les choses vont se passer…

Elle était trop fatiguée pour discuter.

— Entendu. Cependant, je maintiendrai ma recommandation dans mon rapport.

— N'oubliez pas le coup des chaussures, railla-t-il.

Elle s'esclaffa.

— Je n'en ferai pas mention, parce que je suis certaine que vous lui en aurez acheté d'ici la fin du week-end.

— Disons que c'est un compromis. Ces temps-ci, je m'en accommode pas mal.

— Vous deviez être incroyablement obstiné auparavant.

— Mes parents me traitaient de tête de mule.

— C'est réconfortant d'être comprise… Si vous demandiez à rester, je ne le refuserais pas, ajouta-t-elle en contemplant sa main sur la sienne.

— J'en ai très envie, mais pas ce soir. Ce ne serait pas raisonnable.

— Est-ce parce que j'ai été violée ?

— Ce soir, vous n'êtes pas en état de me dire non, et demain, vous risqueriez de le regretter.

Surprise, elle le dévisagea.

— Décidément, vous n'êtes pas celui que je pensais.

Lui non plus ne se reconnaissait guère.

— Si nous sortions ensemble samedi soir ?

— J'avais une sortie prévue, mais je vais l'annuler.

— Dix-neuf heures, précisa-t-il en se penchant pour l'embrasser. Nous finirons ce que nous avons si bien commencé.

— Avec plaisir.

Sur le pas de la porte, il se retourna.

— Vous dites que vous avez survécu, Anna, mais c'est faux. Vous avez triomphé. Grâce à votre courage et à votre force de caractère. Ce n'est pas l'œuvre de l'assistante sociale ou du psychologue. Eux se sont contentés de vous aider. D'après moi, vous avez hérité ces qualités de votre mère. Ce devait être une femme formidable.

— En effet, murmura Anna, au bord des larmes.

— Vous aussi, vous êtes une femme formidable.

Il ferma doucement la porte derrière lui. Il prendrait tout son temps pour rentrer à la maison. Il devait réfléchir.

11

La perspective de passer ce magnifique samedi de printemps dans les rues encombrées de la ville n'enchantait pas Ethan.

— Je ne comprends pas pourquoi vous avez besoin de moi, marmonna-t-il.

Cameron, qui était à l'avant, se retourna.

— Parce que nous sommes tous impliqués dans cette affaire.

— C'est complètement fou, grogna Phillip en bifurquant dans Market Street.

— Le vieux hangar de Claremont est à louer, et nous avons besoin d'un local pour construire nos bateaux. L'occasion est inespérée. Nous allons traiter avec le propriétaire et nous mettre à l'ouvrage. Dès que nous aurons signé le bail et acheté une paire de chaussures pour le petit, Phillip pourra se consacrer à la suite des événements.

— Moi ? gémit Phillip, alors que Seth clamait qu'il n'avait pas besoin de chaussures.

— Ethan a obtenu notre première commande, j'ai déniché ce local. Occupe-toi de la paperasserie. Quant à toi, que tu le veuilles ou non, tu auras ta paire de chaussures.

— Depuis quand est-ce toi le chef ?

Cameron émit un petit rire.

— Je n'en sais rien.

Le bâtiment n'était pas une véritable grange, mais il en avait la taille. Au XVIIIe siècle, il avait servi d'entrepôt pour le tabac. Après la Révolution, les navires britanniques avaient cessé d'arriver à St. Christopher et l'économie de la ville avait chuté.

La situation s'était améliorée à partir de la fin du XIXe siècle. Les progrès en matière de conservation et d'emballage avaient ouvert un nouveau marché, celui des huîtres, et St. Christopher avait retrouvé sa prospérité. L'entrepôt était devenu une usine de conditionnement. Depuis une cinquantaine d'années, il était à l'abandon.

L'extérieur était en piteux état. Une façade en briques décolorée par le soleil et les intempéries, des trous gros comme le pouce dans le mortier, un toit délabré, de petites fenêtres, pour la plupart brisées.

— Ça promet, grommela Phillip en garant la voiture sur le côté.

— Nous avons besoin d'espace, lui rappela Cameron. L'esthétique n'est pas notre souci premier.

— Tant mieux, parce que c'est loin d'être beau.

Ethan descendit du véhicule, s'approcha d'une fenêtre et se servit du bandana fourré dans sa poche pour essuyer le carreau noir de saleté.

— C'est vaste. Des portes-cargo, au fond. Un quai. Il faut prévoir quelques travaux.

— Quelques travaux ? ironisa Phillip en regardant par-dessus l'épaule de son frère. Le plancher est pourri.

— Nous le signalerons à Claremont, décida Ethan. Il baissera le loyer.

Un tintement de verre lui fit tourner la tête. Cameron venait de passer le coude à travers une vitre.

— Tiens, j'ai l'impression qu'on va entrer.

— Effraction, constata Phillip en hochant la tête. Ça commence bien.

Cameron leva le loquet de la fenêtre.

— Elle était déjà cassée. Attendez-moi une minute.

— Super ! s'exclama Seth.

— Bel exemple que nous lui donnons là, dit Phillip. Écoute, Ethan, il faut bien réfléchir. Je ne vois pas pourquoi tu ne pourrais pas construire ton premier bateau chez toi. Louer un local, remplir les formulaires administratifs, c'est s'engager.

— Qu'est-ce que nous risquons ? Perdre du temps et de l'argent ? On peut se le permettre, non ? De plus, ça pourrait être amusant.

Il se dirigea vers la porte d'entrée, sachant que Phillip le suivrait, bon gré mal gré.

— Oh, un rat ! s'écria Seth, enchanté. C'est génial !

— Des rats, grogna Phillip. Sympa !

— Nous viendrons avec quelques chats, proposa Ethan.

Levant les yeux, il examina le plafond, abîmé par plusieurs dégâts des eaux. Un escalier menait à une mezzanine, mais les marches étaient cassées. La pourriture et les rongeurs avaient dévoré les planchers.

Bien sûr, il faudrait faire des travaux, mais le hangar présentait l'avantage d'être vaste et facilement aménageable. Il s'autorisa à rêver : l'odeur du bois sous la lame de la scie, l'arôme de l'huile de graissage, le claquement du marteau sur les clous, le brillant du cuivre, le grincement des gréements.

— Il faudrait peut-être envisager de monter quelques cloisons pour les bureaux, suggéra Cameron.

Seth allait et venait en poussant des cris de surprise et de joie.

— Il faut dessiner des plans.

— Cet endroit est un taudis, déclara Phillip.

— Tant mieux. Il sera moins cher. Nous pourrons investir deux ou trois mille dollars pour les réparations et...

— À mon avis, il vaudrait mieux raser le tout.

— Phillip, sois gentil, essaie de maîtriser ton trop-plein d'optimisme, s'emporta Cameron. Alors, Ethan, qu'en penses-tu ?

— Ça me convient.

Phillip leva les bras au ciel, effondré.

— Ça te convient ? Le toit va nous tomber dessus !

À cet instant précis, une araignée qu'il estima de la taille d'un chihuahua décida de s'aventurer sur le bout de sa chaussure.

— Vite, un fusil ! cria-t-il.

Cameron s'esclaffa et lui tapa dans le dos.

— Allons voir Claremont.

Stuart Claremont était un petit homme aux yeux vifs et à la bouche pincée. Les immeubles qu'il possédait ici et là dans St. Christopher étaient pour la plupart laissés à l'abandon. Si ses locataires se plaignaient trop fort, il consentait à quelques menus travaux.

Sa maison située dans Oyster Shell Lane était pourtant splendide. Tout le monde à St. Christopher savait que c'était le domaine de son épouse, Nancy. La moquette était épaisse et moelleuse, les murs joliment tapissés. Les rideaux à froufrous s'harmonisaient au tissu des fauteuils. Des piles de revues s'alignaient sur les tables basses. Tout était à sa place.

Mais l'ensemble manquait singulièrement de chaleur, songea Cameron.

— Ainsi, le hangar vous intéresse, décréta Claremont en les invitant à entrer dans son bureau.

— Vaguement, dit Phillip, qui avait été désigné pour mener les négociations. Nous n'en sommes qu'au début de nos recherches.

— C'est un lieu magnifique, assura Claremont en s'installant derrière sa table et en les invitant d'un geste à s'asseoir. Chargé d'histoire.

— Ce n'est pas son histoire qui nous intéresse. L'ensemble est en fort mauvais état.

— Assez, concéda Claremont. Mais vous connaissez la région. Vous avez le projet de monter une affaire ?

— En effet. Il en est question.

— Hum...

Claremont se dit que s'ils s'étaient déplacés tous les trois, c'était parce qu'ils avaient déjà pris leur décision. Il se demanda quel montant il pourrait leur soutirer pour le loyer.

— Très bien, discutons. Le petit préfère peut-être sortir ?

— Non, répliqua Cameron d'un ton sec. Nous sommes tous concernés.

— Comme vous voudrez.

Claremont mourait d'impatience de raconter cette rencontre à Nancy. Il avait eu tout le loisir d'examiner l'enfant. Il fallait être aveugle pour ne pas voir sa ressemblance avec Ray Quinn. Saint Ray, se dit-il, vous voilà tombé de votre piédestal.

— Je vous propose un bail de cinq ans, annonça-t-il à Phillip.

— Pour l'instant, nous ne voulons nous engager que sur un an, avec une option sur sept. Bien sûr, nous souhaiterions que vous preniez en charge certaines réparations.

— Des réparations ? répéta Claremont en se balançant sur son fauteuil. Mais l'édifice est solide comme un roc.

— Nous exigeons aussi une inspection des services sanitaires et un traitement antitermites. Naturellement, nous assurerons l'entretien au quotidien.

— Il n'y a pas la moindre bestiole, bougonna Claremont.

— Dans ce cas, il ne vous reste plus qu'à prendre rendez-vous pour une inspection, répondit Phillip avec un sourire engageant. Combien demandez-vous ?

Parce qu'il était irrité, et parce qu'il avait toujours détesté Ray Quinn, Claremont gonfla son prix.

— Deux mille dollars par mois.

— Deux...

Avant que Cameron puisse protester, Phillip s'était levé.

— Dans ce cas, ne perdons pas davantage votre temps ni le nôtre. Merci de nous avoir reçus.

— Attendez ! Attendez ! s'écria Claremont dans un sursaut de panique. Je n'ai pas dit qu'on ne pouvait pas discuter. Après tout, je connaissais votre père depuis plus de vingt-cinq ans. Je trouve normal de donner un petit coup de pouce à ses fils.

— Très bien.

Phillip se rassit.

— Discutons.

— Qu'est-ce que j'ai fait ! se lamenta Phillip, trente minutes plus tard, en s'installant au volant de la Jeep.

— Tu t'es débrouillé comme un chef, le rassura Ethan en lui tapotant l'épaule. Tu as fait baisser le prix de cinquante pour cent, il est d'accord pour payer la plupart des réparations à condition que nous les fassions nous-mêmes et, pour couronner le tout, tu as obtenu que le loyer ne soit pas augmenté si nous prolongeons le bail pour sept ans.

— Nous allons débourser douze mille dollars par an, sans compter les faux frais et l'entretien, pour une ruine.

— Oui, mais elle sera à nous, déclara Cameron, enchanté.

— Vous pourriez peut-être me déposer là-bas, suggéra Ethan. Je vais me mettre au travail. Je me débrouillerai pour rentrer à la maison.

— Nous allons faire des courses, lui rappela Cameron.

— Je n'ai pas besoin de chaussures ! hurla Seth.

— Tais-toi ! Et en prime, tu iras faire un tour chez le coiffeur. Direction, le centre commercial !

— Plutôt me pendre que d'aller là-bas un samedi, grogna Ethan en se recroquevillant sur lui-même, la casquette au ras des yeux.

— Si je dois me faire couper les cheveux, tout le monde y passera.

Cameron jeta un coup d'œil à Seth qui souriait.

— Tu crois que nous vivons en démocratie ? Erreur, tu n'as que dix ans, tu n'as pas droit à la parole.

— Tes cheveux sont sans doute plus longs que les siens, fit remarquer Phillip d'un ton sarcastique.

— La ferme !

— J'ai horreur du centre commercial, grommela Ethan. Il y a trop de monde. Pete a toujours son salon de coiffure, à Market Street.

— Oui, et quand on sort de chez lui, on a la boule à zéro, riposta Cameron.

— Si vous continuez comme ça, vous irez à pied, les prévint Phillip.

— Si je suis obligé d'avoir de nouvelles chaussures, c'est moi qui les choisirai, avertit Seth. Vous n'aurez pas votre mot à dire.

— Comme c'est moi qui vais les payer, c'est moi qui déciderai.

— J'ai vingt dollars, je peux me les offrir !

Cameron s'esclaffa.

— Tu comptes acheter quoi, avec vingt dollars ? Une paire de chaussettes ?

— Tu exagères, rétorqua Ethan. On n'est pas à Paris, ici.

— Tu ne t'es pas offert une paire de chaussures décentes depuis plus de dix ans, lança Cameron. Et...

— Taisez-vous ! explosa Phillip. Taisez-vous immédiatement ou je m'arrête sur le bas-côté et j'en prends un pour cogner sur l'autre. Et puis, non ! Entre-tuez-vous. Je déposerai les cadavres sur le parking du centre commercial et j'irai me réfugier au Mexique. J'apprendrai à tisser des tapis et je les vendrai aux touristes. Je mènerai une vie peinarde. Je me ferai appeler Raul, et personne ne saura jamais d'où je suis venu.

Seth se gratta le ventre et se tourna vers Cameron.

— Il parle toujours comme ça ?

— La plupart du temps, oui. Certains jours, il promet de se prénommer Pierre et de tenir un café à Paris, mais c'est du pareil au même.

— C'est bizarre, marmonna Seth.

Il sortit un chewing-gum de sa poche et se mit à le mastiquer.

Ils s'en seraient tenus là si Cameron ne s'était pas aperçu que le jean de Seth était usé jusqu'à la corde. Tant qu'à faire, pourquoi ne pas lui acheter un ou deux pantalons ?

Il lui prit aussi des chemises, des bermudas et un anorak. Sans trop savoir comment, ils ressortirent du magasin avec en plus trois casquettes, un sweat-shirt et un Frisbee fluorescent.

Au retour, les chiens leur réservèrent un accueil enthousiaste qui aurait été très attendrissant s'ils n'avaient pas empesté le poisson mort. Entre jurons, bousculades et menaces, ils se réfugièrent dans la maison, laissant les bêtes dehors. Le téléphone sonnait.

— Décrochez ! cria Cameron. Seth, monte toutes ces affaires là-haut. Ensuite, tu donneras un bain aux chiens.

— Aux deux ? s'enquit-il, enchanté par cette perspective quoique par principe, il dût protester. Pourquoi moi ?

— Parce que je te le demande. Le tuyau d'arrosage est derrière. Hmm ! Je meurs d'envie d'une bière.

N'ayant même plus l'énergie de se servir, il se laissa choir dans le fauteuil le plus proche et fixa le vide. Plutôt se tirer une balle dans la tête que de retourner au centre commercial.

— C'était Anna, annonça Phillip en traversant le salon.

— Anna ? Samedi soir, murmura-t-il. Au secours ! J'ai besoin d'une transfusion.

— Elle dit qu'elle se charge du dîner.

— Très bien. Il faut que je me ressaisisse. Vous vous occupez du môme ce soir.

— Ethan jouera les baby-sitters, rectifia Phillip. J'ai rendez-vous, moi aussi.

Il s'écroula dans le canapé et ferma les yeux en murmurant :

— Il n'est même pas dix-sept heures et je n'ai qu'une envie, m'enfouir sous ma couette et dormir. Cette expédition m'a achevé.

— Maintenant il a suffisamment de vêtements pour tenir toute l'année. Si c'est l'histoire d'une fois par an, nous survivrons.

Phillip entrouvrit un œil.

— Il est juste habillé pour la belle saison. Pour l'automne, il n'a rien, ni pulls, ni manteaux, ni bottes. En plus, il aura grandi, plus rien de ce que nous lui avons pris aujourd'hui ne lui ira.

— Il doit bien exister une pilule pour l'empêcher de pousser. D'ailleurs, il a peut-être déjà un manteau.

— Il est arrivé avec ce qu'il avait sur le dos. Papa n'a pas touché le gros lot cette fois non plus.

Cameron se frotta les paupières.

— Tu as vu la façon dont Claremont l'a observé ? Tu as remarqué cette lueur de méchanceté dans son regard ?

— Oui. Il va jaser. On n'y peut rien.

— Tu crois que le petit est au courant ?

— Je n'en sais rien. Je n'ai pas réussi à le faire parler. Dès lundi, je vais engager un détective pour retrouver la mère.

— C'est risqué.

— Il faut bien qu'on sache si Seth est le vrai fils de papa.

— Papa n'aurait jamais trompé maman. Leur mariage était solide.

— S'il a eu une liaison, il lui en aurait sûrement parlé, répondit Phillip, sincèrement convaincu. De toute façon, cet aspect de leur vie privée ne nous regarde pas.

— C'est sûr, papa n'aurait jamais eu de maîtresse, murmura Cameron. Il croyait dur comme fer aux liens sacrés du mariage. D'après moi, c'est ce qui explique que nous soyons tous trois encore célibataires.

— C'est possible. Mais nous ne pouvons pas ignorer les rumeurs. Quant à la compagnie d'assurances, si elle refuse de nous verser ce qu'elle nous doit, nous serons tous les quatre dans un drôle de pétrin. D'autant que nous venons de signer un bail de location, je te le rappelle.

— Tout ira bien. La chance est avec nous.

— Je ne vois pas ce qui te permet de dire cela, railla Phillip tandis que Cameron se levait.

— Je m'apprête à passer la soirée avec une des femmes les plus séduisantes de la planète, je m'estime très chanceux. Ne m'attends pas, frérot ! lâcha-t-il en sortant.

Lorsqu'il pénétra dans sa chambre, Cameron entendit du bruit dans la cour. Il s'approcha de la fenêtre et vit Seth avec les chiens. Stoïque, Sim se laissait savonner. Balourd courait comme un forcené en jappant d'excitation et de terreur autour du tuyau d'arrosage abandonné momentanément sur la pelouse.

Bien entendu, Seth portait ses chaussures neuves, qui étaient maintenant trempées et pleines de boue. Il riait de bonheur. Cameron ne l'avait jamais vu aussi joyeux.

Sim se dressa et se secoua énergiquement. Seth glissa dans l'herbe mouillée et tomba à la renverse. Il continua de rire aux éclats tandis que les deux chiens lui sautaient dessus. Ils luttèrent ainsi un bon moment, jusqu'à être noirs de saleté.

À l'étage, Cameron contemplait la scène en souriant.

L'image lui revint alors qu'il longeait le couloir menant à l'appartement d'Anna. Il avait envie de lui raconter l'épisode au cours du repas pour partager ses joies avec elle.

Les fleurs qu'il avait achetées étaient magnifiques. Il en huma le parfum. Il était prêt à parier qu'Anna Spinelli avait un faible pour les roses jaunes.

Il allait frapper lorsque la porte d'en face s'ouvrit.

— Bonjour. Vous êtes le nouveau fiancé d'Anna ?

— Bonjour, madame Hardelman. Nous nous sommes rencontrés il y a quelques jours.

— Non, c'était ma sœur.

— Ah, marmonna-t-il avec un sourire prudent, car les deux femmes se ressemblaient comme deux gouttes d'eau.

— Vous lui avez apporté des fleurs ? Ça lui plaira. Mes prétendants m'en offraient toujours. Mon Henri, paix à son âme, me couvrait de lilas au mois de mai. Pensez-y, le mois prochain, jeune homme, si vous voyez toujours Anna, bien sûr. Elle ne reste pas longtemps avec le même homme, enfin... vous aurez peut-être plus de chance que les autres.

— Oui, marmonna-t-il, peut-être.

Spontanément, sans trop savoir pourquoi, il lui tendit une rose qu'elle accepta en rougissant comme une jeune fille.

— Comme c'est gentil ! Si j'avais quarante ans de moins, je ferais concurrence à Anna pour vous séduire. Et je gagnerais, acheva-t-elle avec un clin d'œil.

— Sans aucun doute. Euh… bonjour à votre sœur.

— Passez une bonne soirée. Allez danser ! recommanda-t-elle en fermant sa porte.

— Excellente idée.

Cameron sonna chez Anna en riant sous cape. Elle était tellement époustouflante qu'il la prit dans ses bras et la fit tournoyer.

— Bonsoir, dit-elle en souriant. Attention ! J'ai la tête qui tourne.

— Tant mieux.

Il posa sur ses lèvres un baiser qui la fit chavirer, et elle s'accrocha à ses épaules.

— Hum, la porte n'est pas fermée, bredouilla-t-elle.

— Votre voisine m'a conseillé de vous emmener danser, avoua Cameron en poussant la porte.

— Je comprends.

— Ce n'est qu'un début. M'accordez-vous ce tango, chère Anna ?

— Je crois que nous ferions mieux d'attendre un peu… Oh, vous m'avez apporté des fleurs, comme c'est gentil ! J'adore les roses jaunes.

— J'en étais sûr.

— Je vais les mettre dans l'eau. Pendant ce temps, servez-nous à boire. La bouteille est sur le comptoir. Là.

— Très bien. Je…

Il jeta un coup d'œil sur la plaque chauffante et y vit une casserole fumante. Sur le plan de travail trônait un somptueux plat d'*antipasti*.

— Vous avez fait à dîner ?

— Évidemment, répliqua-t-elle. Phillip ne vous a pas transmis le message ?

— J'avais pensé que nous irions au restaurant et que vous vous étiez chargée des réservations. Je n'ai pas imaginé un seul instant que vous alliez vous mettre aux fourneaux pour moi.

— J'aime cuisiner, expliqua-t-elle, très simplement. Et j'avais envie d'être seule avec vous.

Il retint son souffle.

— Difficile de refuser. Qu'y a-t-il au menu ?

— Des *linguini* à la sauce Spinelli.

Elle prit le verre de vin qu'il lui tendait. Dieu qu'elle était désirable ! Sa robe moulait ses courbes, ses cheveux tombaient en cascade sur ses épaules, une véritable invitation à la luxure.

Cameron décida que s'il voulait soutenir une conversation un peu plus de trois minutes, il devrait garder ses distances, sinon il ne répondait plus de rien.

— Ça sent bon.

— C'est encore meilleur quand on y goûte.

Il la dévorait des yeux. Soudain, elle s'approcha, posa leurs verres.

— Tout comme moi, chuchota-t-elle. Essayez, si vous voulez.

12

Le cœur battant, il la regarda droit dans les yeux en s'avançant d'un pas.

— Comptez sur moi.

Parfois, se dit-elle, il faut suivre ses instincts.

— Vous ne seriez pas là ce soir, si je n'en avais pas envie aussi.

Il plaqua les mains sur ses hanches. Elle n'avait pas le corps mince et plat d'un mannequin, mais bien celui d'une femme. Il lui sourit à son tour.

— Aimez-vous jouer, Anna ?

— De temps en temps, oui.

— Jetons les dés.

Il l'attira brusquement contre lui, d'un geste qui lui coupa le souffle. L'instant d'après, il écrasait ses lèvres en un baiser affamé.

Elle déboutonna sa chemise et caressa son torse. Il lutta quelques instants avec sa robe, en quête d'une fermeture Éclair. Un petit rire s'échappa des lèvres de la jeune femme.

— Il n'y en a pas, chuchota-t-elle. Il faut... m'éplucher.

Il tira sur l'étoffe moulante. Grisés, ils se déshabillèrent mutuellement sur un fond de musique classique, tout en se dirigeant vers la chambre.

Haletants, emportés dans un tourbillon de sensations, ils roulèrent sur le lit.

De cet épisode, Anna garderait le souvenir d'une étreinte passionnée, sauvage et triomphante.

Il ne pouvait absolument plus bouger. Si quelqu'un avait pointé un fusil sur sa tempe à cet instant précis, il aurait simplement attendu le coup de feu. Il serait mort dans l'extase.

Il se sentait merveilleusement bien, allongé sur le corps d'Anna, le visage enfoui dans ses cheveux.

— Si tu as l'intention de dormir sur moi, je te préviens, je ne suis pas d'accord.

— Je n'ai pas sommeil. Je veux encore te faire l'amour.

— Ah !

Du bout des doigts, elle effleura ses lèvres.

— Vraiment ?

— Oui. Accorde-moi seulement quelques minutes.

— Ce serait avec grand plaisir, si je pouvais respirer.

— Je suis désolé.

— À présent, je vais m'occuper du repas. Si nous voulons recommencer, nous allons avoir besoin de forces.

Enchanté et étonné, il secoua la tête.

— Anna, tu es une drôle de femme. Tu as une façon de jouer franc jeu... Tu pourrais avoir tous les hommes à tes pieds.

— C'est peut-être le cas. Après tout, tu es dans mon lit parce que je le voulais, non ?

Nue, parfaitement à l'aise, elle s'avança jusqu'à l'armoire.

— Tu as un corps magnifique, Anna.

Elle jeta un coup d'œil par-dessus son épaule en enfilant un peignoir.

— Toi aussi.

Elle se dirigea vers la cuisine en chantonnant. Que c'était bon de se sentir aussi détendue ! Prendre Cameron Quinn pour amant était un pari risqué mais, pour l'heure, elle ne regrettait rien.

Elle dégustait son verre de vin lorsque Cameron apparut. Elle l'observa tranquillement en buvant. Épaules larges, torse musclé, taille fine, hanches minces, longues jambes. Oui, vraiment, c'était un bel homme.

Et pour l'instant, il était tout à elle.

— Tu as faim ?

— Oui.

— Ce ne sera pas long. L'eau va bientôt bouillir pour les pâtes, le rassura-t-elle.

Soudain, un dessin accroché à la porte du réfrigérateur attira l'attention de Cameron.

— Tiens ! On dirait Balourd.

— C'est lui. Le dessin est de Seth.

— Pas possible ! s'exclama Cameron en l'examinant de plus près. C'est drôlement bien ! Je ne savais pas qu'il dessinait.

— Si tu passais plus de temps avec lui, tu le saurais.

— Je suis avec lui toute la journée, marmonna Cameron. Il ne me raconte rien.

Pourquoi cette pointe d'irritation ?

— Comment lui as-tu soutiré ce dessin ?

— Je le lui ai demandé, répondit-elle en toute simplicité.

Cameron se balança d'un pied sur l'autre.

— Écoute, je fais de mon mieux.

— Je ne dis pas le contraire. Mais avec un peu d'habitude et quelques efforts, tu amélioreras encore.

Elle n'avait pas eu l'intention d'aborder le sujet de Seth, ce soir. Ce soir, elle avait décidé d'être la maîtresse de Cameron ; cela concernait sa vie privée, pas sa vie professionnelle.

— Tu te débrouilles déjà très bien, je t'assure. Ce n'est que le début, Cameron. Tu commences à peine à gagner son affection et sa confiance. Seth est un jeune garçon. Il a besoin d'amour. Tu as de l'affection pour lui, j'ai pu le constater à plusieurs reprises. Tu es encore un peu maladroit avec lui, c'est tout.

Cameron soupira.

— Il faut donc que je me mette à lui parler de dessins de chiens ?

Anna soupira.

— Tu es un homme bon, laisse parler ton cœur. Le reste viendra tout seul.

Agacé, il lui agrippa les poignets.

— Je ne suis pas un homme bon, protesta-t-il en plissant les yeux. Rembourser ses dettes n'a rien à voir avec la bonté, Anna. Je suis un égoïste, un goujat, et je n'ai pas l'intention de changer.

Elle haussa les sourcils.

— C'est déjà ça, de connaître ses défauts.

Un sentiment de panique le saisit.

— Tu sais, je risque de te faire beaucoup de mal.

Elle inclina la tête.

— Peut-être pas cette fois-ci. Tu es prêt à parier ?

Il ne savait pas s'il devait rire ou se fâcher. Il se contenta de la serrer contre lui et de l'embrasser.

— Si on mangeait au lit ?

— C'est exactement ce que j'avais prévu.

Les pâtes étaient froides lorsque enfin ils s'y attaquèrent, mais cela ne les empêcha pas de dévorer.

Assis face à face en tailleur, leurs genoux se frôlant, ils mangèrent sur le lit à la lueur des bougies qu'Anna avait allumées. Cameron ferma les yeux.

— Mum ! C'est délicieux.

— Tu n'as pas goûté mes lasagnes.

— Ça ne saurait tarder.

Sa chambre était très différente du reste de l'appartement. Tout, ici, était sensualité, romantisme et douceur.

La commode, un meuble ancien en acajou, était recouverte de petits bibelots. Au-dessus était accroché un miroir ovale. Dans un coin, trônait une jolie coiffeuse. Un bouquet de fleurs jaillissait d'un vase en cuivre, les murs étaient recouverts de tableaux, les fenêtres ornées de rideaux jaunes.

Cette chambre était le domaine d'Anna, le reste de l'appartement celui de Mlle Spinelli. Côté pratique, côté sensuel. Les deux aspects lui seyaient.

Il se pencha pour ramasser la bouteille de vin qu'il avait posée par terre.

— Tu cherches à me soûler ? le taquina-t-elle tandis qu'il remplissait son verre.

Il lui sourit. Les cheveux emmêlés et le peignoir glissant sur une épaule, elle avait les yeux brillants de malice.

— Ce n'est pas nécessaire... mais ce pourrait être une expérience intéressante.

Elle haussa les épaules et but.

— Si tu me racontais ta journée ?

— Ma journée ? Un cauchemar !

— Vraiment ?

— Le centre commercial. L'achat de vêtements pour Seth. L'horreur.

Elle s'esclaffa.

— J'ai obligé Ethan et Phillip à m'accompagner. Il n'était pas question pour moi d'entrer là-dedans tout seul. Nous avons pratiquement été obligés de mettre des menottes au petit pour qu'il vienne.

— Les hommes apprécient rarement les joies et les difficultés d'une séance de courses en ville.

— La prochaine fois, tu pourras y aller à notre place... J'avais aussi repéré un bâtiment vide au bord de l'eau. Nous sommes allés le voir. Ça nous conviendra très bien.

— Pour ?

— Construire des bateaux.

Anna posa sa fourchette.

— C'est donc sérieux !

— Très sérieux. Le hangar est en mauvais état, mais le loyer abordable, d'autant que nous avons convaincu le propriétaire d'effectuer les réparations de base.

— Tu veux vraiment te lancer dans cette aventure ?

— Ça m'occupera. Je crois que cela pourrait me plaire. Du moins, pour le moment. Ethan a déjà une commande. Nous allons l'honorer, et nous verrons ensuite.

— Vous avez signé un bail ?

— Oui. Pourquoi traîner ?

— Il serait peut-être plus prudent de prendre son temps, de réfléchir.

— Qu'est-ce qu'on risque ? Si ça ne marche pas, on aura perdu un peu d'argent et de temps, ce n'est pas un drame.

— Et si ça marche ? Y as-tu pensé ?

— Que veux-tu dire ?

— Si ça marche, tu auras pris encore un engagement. Ça devient une manie...

Cette fois, elle rit devant son expression moitié ahurie, moitié furieuse.

— On verra ce que tu ressens d'ici environ six mois, ça risque d'être rigolo... Tu veux un dessert ? ajouta-t-elle en l'embrassant sur le front.

Il oublia aussitôt le mot « engagement ».

— Qu'est-ce que tu me proposes ?

— Un tiramisu.

— Excellent...

— Ou alors...

Elle défit la ceinture de son peignoir et le laissa glisser...

— ... moi.

— Encore mieux.

Il était trois heures du matin, lorsque Seth entendit la voiture dans l'allée. Il ne dormait pas. Toutes les nuits, il faisait le même cauchemar. Il rêvait qu'il se trouvait dans une chambre empestant le moisi, aux murs minces comme du papier.

Il entendait les grognements, les grincements du lit, le rire méchant de sa mère sous l'influence de la cocaïne. Il en avait des sueurs froides. Parfois, elle venait le retrouver sur le canapé. Si elle était de bonne humeur, elle l'étouffait de câlins. Dans le cas contraire, elle l'insultait, le giflait, et finissait la plupart du temps par terre, hystérique. Mais le pire, c'était lorsque l'un des hommes avec lesquels elle avait couché s'avisait de traverser la pièce dans le noir...

Ce n'était pas arrivé souvent, et ses cris les avaient la plupart du temps découragés de poursuivre leurs attouchements. Mais la peur était restée. Il avait appris à se cacher derrière le canapé lorsqu'un homme venait passer la soirée avec elle.

Il s'était réveillé en sursaut dans des draps propres, un chiot ronflant à ses côtés.

Il avait un peu pleuré, parce qu'il était seul. Puis il s'était pelotonné contre Balourd, réconforté par la douceur de sa fourrure et le rythme régulier de son cœur. Le bruit du moteur attira son attention.

Il pensa tout d'abord aux flics. Ils venaient le chercher, l'arracher à son foyer. Il s'approcha de la fenêtre sur la pointe des pieds.

C'était la Vette. Cameron en descendit en sifflotant.

Il était avec une femme, songea Seth avec ironie. Ah, les grandes personnes, toutes pareilles ! Il se rappela que Cameron devait dîner avec l'assistante sociale. Ça alors ! Il sautait Mlle Spinelli... Bizarre... En tout cas, il avait l'air heureux.

La porte d'entrée se referma doucement. Seth allait se diriger vers le couloir, mais il se ravisa et se recoucha.

Le chiot gémit, changea de position. Seth ferma les yeux, tandis que la porte de sa chambre s'ouvrait.

Il entendit les pas approcher de son lit. Son cœur se mit à battre follement. Balourd remua la queue. Effrayé, Seth attendit.

— Toi, au moins, tu n'as pas à te plaindre, murmura Cameron. Tu as trouvé la bonne planque, mon vieux. Nourri, un bon lit, que rêver de mieux, hein, gros bêta !

Seth faillit entrouvrir les yeux puis comprit que Cameron parlait au chien, et pas à lui.

— ... Le problème, c'est que bientôt tu prendras plus de place que lui sur ce matelas.

Seth souleva prudemment une paupière. Il vit Cameron gratifier Balourd d'une caresse, puis il sentit qu'on remontait le drap sur ses épaules, qu'on lui effleurait le front.

Une fois la porte refermée, Seth attendit quelques secondes avant d'oser ouvrir les yeux. Il contempla le chiot qui semblait lui sourire, complice.

— Au fond, on n'est pas si mal ici, hein, gros bêta ?

Parfaitement d'accord, Balourd lui lécha la figure, puis bâilla ostensiblement et se rendormit.

Cette fois, Seth plongea dans un sommeil paisible.

13

— Tu as l'air drôlement heureux, ces temps-ci.

Cameron accepta le commentaire sibyllin de Phillip avec un haussement d'épaules et continua de travailler en sifflotant. Leur « chantier naval », comme se plaisait à l'appeler Cameron, avançait bien. C'était dur et fatigant, mais comparé à de la lessive ou du repassage, c'était le paradis.

Les fenêtres étaient grandes ouvertes pour aérer. Sur les instances de Phillip, ils avaient acheté un lot de bombes insecticides et pulvérisé les moindres recoins. Une fois l'épais nuage dissipé, ils avaient pu juger de l'efficacité des produits… Il leur avait fallu plus d'une demi-journée pour dégager les cadavres d'insectes.

Les châssis devaient être remplacés dans la journée. Claremont avait rouspété quand on lui avait présenté les factures, mais il s'était calmé lorsque les frères Quinn avaient proposé de faire l'installation eux-mêmes. Au fond, il n'était pas mécontent : une fois le hangar restauré, il pourrait le vendre un meilleur prix.

Oui, vraiment, songea Cameron, depuis quinze jours, la chance est de mon côté.

Il rentrait le soir dans une maison bien tenue, fréquentait une ravissante jeune femme. Et le petit faisait même ses devoirs.

Phillip, en revanche, n'appréciait pas du tout sa nouvelle vie. Adieu, les restaurants quatre toques et les jolies filles ! C'était terminé ! Il jonglait avec l'administration et la paperasserie, se faisait des ampoules aux doigts à force de frapper avec un marteau et passait ses soirées à se demander ce qu'était devenue son existence.

Pour couronner le tout, il était horriblement jaloux de Cameron.

En soulevant une planche, il se planta une écharde dans la main. Un juron lui échappa.

— Pourquoi n'avons-nous pas engagé des menuisiers ?

— Parce que toi, le gardien de nos sous, tu nous as démontré que c'était trop cher. Et parce que Claremont nous a accordé un mois de loyer gratuit si nous faisions nous-mêmes les travaux. Tu nous as dit toi-même que c'était une bonne affaire.

Serrant les dents, Phillip arracha l'écharde et suça son pouce.

— Je devais être fou.

Il recula d'un pas, les mains sur les hanches, et balaya du regard le chantier. Un véritable capharnaüm. Des tonnes de poussière et de sciure, des montagnes de détritus, des piles de bois, des bâches en plastique. Non, vraiment, ce n'était pas une vie.

— Je devais être fou, répéta-t-il. Ce lieu est épouvantable.

— Ouais.

— Monter cette société va engloutir notre capital.

— Sans aucun doute.

— D'ici six mois, nous serons ruinés.

— C'est possible.

Phillip grogna et se pencha pour prendre une bière.

— Ça t'est complètement égal ?

— Ça passe ou ça casse, riposta Cameron en sortant son mètre. Si ça casse, ce ne sera pas dramatique. Si ça passe, nous aurons ce dont nous avons besoin.

— C'est-à-dire ?

Cameron ramassa une planche, estima sa longueur et la posa sur un tréteau.

— Nous aurons une affaire qu'Ethan pourra diriger quand le plus gros sera fait. Il engagera quelques intérimaires, construira trois ou quatre bateaux par an, et ce sera parfait.

Il marqua une pause, dessina un repère et s'empara de la scie, qui démarra dans un bruit assourdissant. Cameron fixa la planche.

— Je lui donnerai un coup de main de temps en temps, toi, tu t'occuperas de la comptabilité. Nous devrions gagner de quoi nous en sortir. Je pourrai participer à quelques courses, et toi, tu retourneras dans ton agence de publicité. Tout le monde sera content.

Phillip inclina la tête et se gratta le menton.

— Tu as beaucoup réfléchi.

— Parfaitement.

— Quand, d'après toi, la situation atteindra-t-elle son rythme de croisière ?

Cameron essuya son front.

— Plus vite nous aurons fini ces travaux, plus vite nous attaquerons notre premier bateau.

— Ce qui explique que tu sois si pressé. Mais après ?

— J'ai suffisamment de contacts pour remplir le carnet de commandes.

Il pensait à Tod Bardette, qui se préparait pour la Coupe internationale. Oui, il le convaincrait d'acheter un bateau signé Quinn. Et il en connaissait d'autres, plein d'autres, qui paieraient sans compter.

— Moi, je m'occuperai des relations publiques. Six mois, décida-t-il. Il faut tenir six mois.

— Je reprends à l'agence lundi, annonça Phillip. Je n'ai pas le choix. J'ai demandé un aménagement d'horaires. Je serai à Baltimore du lundi au jeudi. Je n'ai pas pu faire mieux.

— Bien. Ce n'est pas un problème. Cependant, le week-end, attends-toi à ne pas chômer.

Six mois, se dit Phillip. Ni plus, ni moins.

— Il me semble que tu as oublié un élément essentiel dans ton plan : Seth.

— Quoi, Seth ? Je ne vois pas où est le problème ?

— Quand tu parcourras le monde en quête de records à pulvériser et de femmes à conquérir, qui s'occupera de lui ?

Cameron grimaça et tapa de toutes ses forces sur une tête de clou.

— Je ne vais pas l'emmener partout avec moi, tout de même. Vous serez là, il ne sera pas laissé à l'abandon.

— Que se passera-t-il si la mère revient ? Ils ne l'ont pas retrouvée. Rien. Mystère. Je serais plus rassuré si je savais où elle est et ce qu'elle devient.

— Elle ne m'intéresse pas.

— Tout de même, insista Phillip. J'aimerais bien savoir où elle est, et surtout qui elle est.

Cameron s'efforça de chasser ces pensées de son esprit. Il était passé maître dans l'art d'oublier ce qui le gênait. Le problème, pour l'heure, était de réparer le bâtiment, de commander des machines et des matériaux, et de commencer le plus rapidement possible.

Chaque jour de travail le rapprochait de la liberté. Chaque dollar dépensé était un investissement pour l'avenir. Le sien.

Il tenait sa promesse. À sa façon.

Perché sur le toit, un bandana délavé autour du front, il arrachait les vieilles tuiles qu'Ethan et Phillip remplaçaient.

Seth, quant à lui, semblait beaucoup s'amuser à jeter les vieilles tuiles au sol. Il était content d'être là-haut, sous le ciel bleu. La vue était superbe. On voyait la ville, avec ses rues toutes droites et ses cours carrées, les arbres qui jaillissaient d'îlots de verdure. Quelqu'un tondait sa pelouse, au loin, et le son montait comme un ronronnement paisible. On apercevait le port, les bateaux amarrés le long du quai. Un esquif à voiles bleues voguait sur les flots.

Les promeneurs affluaient, les touristes observaient les pêcheurs de crabes. Seth regretta de ne pas avoir avec lui la paire de jumelles que lui avait donnée Ray. La prochaine fois, je prendrai un cahier de dessin, se promit-il.

Une odeur de hot dogs lui titilla les narines, et son estomac se mit à gargouiller. Il observa Cameron du coin de l'œil. Un jour, il serait musclé comme lui. Avec des muscles pareils, on n'avait peur de rien.

Il tâta son biceps. Pas terrible. À force d'user du marteau, peut-être...

— Tu as dit que je pouvais arracher des tuiles, moi aussi.

— Plus tard.

— Tu as dit plus tard tout à l'heure.

— Je le répète.

Il avait ôté son tee-shirt trempé de sueur. Son dos luisait sous le soleil, et il avait la gorge sèche.

— Tu les jettes toutes au même endroit ?

— C'est ce que tu m'as dit de faire.

Il dévisagea le jeune garçon qui portait la casquette de base-ball qu'ils avaient achetée la semaine précédente lors du match des Orioles. Depuis ce jour, Seth ne la quittait plus.

— Tu ne regardes pas bien où tu les lances.

— Si ça ne te plaît pas, tu peux les jeter toi-même. Tu as promis que je pourrais t'aider.

À quoi bon discuter ?

— Très bien. Alors, écoute-moi bien. Tu te sers du marteau comme ça et...

— Je te regarde faire depuis une heure. Ce n'est pas sorcier.

— Parfait, grogna Cameron. À toi de jouer. Je meurs de soif, je vais boire.

Cameron descendit l'échelle avec agilité en essayant de se convaincre que tous les garçons de dix ans étaient impertinents. Après tout, si Seth l'aidait, il finirait plus tôt. Il avait promis à Anna de passer la soirée avec elle. Il avait bien l'intention d'en profiter.

Quelle femme ! se dit-il en avalant de l'eau fraîche à grosses goulées. La perfection incarnée.

Elle était belle, intelligente, sexy, pleine d'humour. De plus, elle cuisinait à merveille.

Il rit tout bas et s'essuya le visage avec son bandana.

S'il avait été du genre à se fixer, il aurait saisi l'occasion sur-le-champ : alliances, échange de vœux... Tendres câlins, bons petits repas, conversations intéressantes, fous rires complices...

Mais qu'est-ce qu'il lui prenait ? Décidément, le soleil lui montait à la tête. Les engagements à long terme n'étaient pas faits pour lui. Le mariage, c'était pour les autres.

Dieu merci, Anna ne cherchait pas un mari ! Cette relation agréable, décontractée, sans engagement leur convenait à tous deux.

Il s'aspergea d'eau froide, histoire de ne pas se laisser aller. D'ici six mois, il réintégrerait son univers, celui des courses, de la vitesse, des soirées à paillettes et des femmes frivoles.

Il n'était pas fait pour construire des bateaux, élever un enfant.

Bien sûr, il prenait plaisir à apprendre au môme à jouer au base-ball ou à fabriquer un cerf-volant. Quant à Anna Spinelli... pour l'instant, elle hantait ses pensées, mais il finirait bien par l'oublier.

Il avait besoin d'espace et de liberté.

Comme il sortait, une rallonge de l'échelle en aluminium faillit lui tomber dessus. Il poussa un cri.

Levant les yeux, son cœur cessa de battre.

Seth s'agrippait des deux mains au cadre d'une fenêtre, six mètres plus haut. En un éclair, Cameron vit le bas de la salopette, les lacets qui pendouillaient, les chaussettes. Ethan et Phillip apparurent aussitôt pour essayer de le hisser.

— Accroche-toi ! hurla Ethan.

Paniqué, Seth en avait presque perdu la voix.

— Ça glisse...

— Nous ne pouvons pas l'attraper d'ici, décréta Phillip d'un ton très calme, malgré son air affolé. Il faut se servir de l'échelle. Vite.

Cameron prit sa décision en un quart de seconde :

— Lâche, Seth. Lâche tout. Je vais te rattraper, cria-t-il.

— Tu n'y arriveras jamais.

— Fais-moi confiance. Ferme les yeux, et saute. Je suis là.

— J'ai peur.

— Moi aussi. Vas-y ! aboya-t-il, si fort que Seth, impressionné, sauta.

Cameron attendait, les bras tendus.

Ils tombèrent lourdement ensemble et Cameron se servit de son corps pour amortir la chute du petit. Il le serra de toutes ses forces contre lui.

— Ça va ? s'enquit Ethan du haut du toit.

— Je crois que oui.

Seth tremblait et claquait des dents. Quand il le relâcha, Cameron vit qu'il était pâle comme un linge, les yeux vitreux. Il s'assit par terre, attira l'enfant à lui et lui posa la tête sur ses genoux.

— Il est sous le choc, c'est tout.

— Bon Dieu ! sacra Phillip, accroupi, en se frottant la figure, le cœur battant follement, quelle idée j'ai eue de l'envoyer chercher de l'eau !

— Ce n'est pas ta faute, le rassura Ethan en lui tapotant l'épaule. Ce n'est la faute de personne. Il va bien, c'est l'essentiel. On va les rejoindre.

Lorsqu'il baissa les yeux, il vit Cameron qui étreignait l'enfant avec tendresse. Ému, Ethan patienta quelques instants avant de descendre.

— Respire, ordonna Cameron. Tout doucement. Tu as eu très peur.

— Ça va.

Mais Seth gardait les paupières closes. Lorsque, enfin, il prit conscience qu'il était dans les bras de Cameron, il ressentit non pas de la panique ni du dégoût, mais un immense soulagement.

Cameron avait fermé les yeux, lui aussi. Erreur. Il ne cessait de revoir la chute de Seth mais, cette fois, il n'était pas assez rapide, pas assez fort...

Sa peur fut chassée par la colère.

— Que fabriquais-tu ? explosa-t-il soudain. À quoi pensais-tu ? Espèce d'idiot, tu aurais pu te casser le cou !

— Je voulais simplement... Je ne... je ne sais pas. Mon lacet était défait. J'ai dû marcher dessus, je...

Cameron le serra très fort dans ses bras.

— Ce n'est rien, chuchota-t-il enfin. Tu n'y es pour rien. Mais tu m'as fait très peur.

Cameron se rendit compte que ses mains tremblaient. Vraiment, il était ridicule. Il repoussa le petit garçon et se mit à blaguer :

— Alors ? C'était comment ?

Seth parvint à ébaucher un sourire.

— Cool.

— Un véritable défi à la mort, insista maladroitement Cameron. Heureusement que tu es maigre, sinon tu m'aurais écrasé.

— Zut, répondit Seth, à court d'imagination.

— Tu t'es un peu abîmé les paumes, découvrit Cameron en fronçant les sourcils. On ferait mieux de demander aux autres de descendre te soigner.

— Ce n'est rien.

La brûlure était insupportable.

— Inutile de saigner, insista Cameron en remettant l'échelle à sa place. Va chercher la trousse de secours. Phillip a eu raison de l'acheter. Autant s'en servir.

Lorsque Seth disparut, Cameron se prit la tête entre les mains. Une douleur fulgurante faisait battre ses tempes.

— Ça va ? s'enquit Ethan qui était descendu du toit.

— Jamais de ma vie je n'ai eu aussi peur.

— Nous non plus, décréta Phillip, les jambes encore flageolantes. Il n'a rien ?

— Il s'est égratigné le bout des doigts. Ça n'a pas l'air trop méchant.

Le bruit d'un moteur fit diversion. Cameron se redressa, et soudain son estomac se noua.

— Il ne manquait plus que ça. Une visite de l'assistante sociale à trois heures de l'après-midi.

— Qu'est-ce qu'elle fait ici ? demanda Ethan en baissant sa casquette sur son front.

— Je n'en sais rien. Nous avions rendez-vous ce soir, mais pas avant sept heures. Elle va sûrement nous reprocher d'avoir laissé le petit monter sur le toit.

— Nous ne sommes pas obligés de lui dire ce qui s'est passé, murmura Phillip alors qu'Anna s'avançait, un sourire aux lèvres. Ah ! Voilà qui éclaire notre journée ! Il n'y a rien de plus agréable que de voir apparaître une jolie femme après une matinée de dur labeur.

— Messieurs…

Phillip porta sa main à ses lèvres, et elle rit, amusée. Trois hommes, trois frères, trois tempéraments bien distincts. Phillip, toujours courtois, Ethan, toujours timide, se contentant d'un vague salut de la tête, Cameron toujours ronchon.

— J'espère que cela ne vous dérange pas, mais j'avais très envie de voir l'avancement des travaux. J'ai apporté un panier de pique-nique dans ma voiture… au cas où vous auriez une petite faim.

— C'est gentil. Je vais le chercher, annonça Ethan.

— Merci.

Elle enleva ses lunettes de soleil et examina la bâtisse. Elle ne regrettait pas d'avoir mis un jean et un vieux tee-shirt : on ne pouvait sûrement pas entrer là-dedans sans se salir.

— C'est ici, donc ?

— Les fondations de notre empire, commenta Phillip.

Il avait décidé qu'il lui proposerait d'en faire le tour par l'extérieur. Pendant ce temps, Cameron en profiterait pour soigner Seth et le supplier de se taire.

Le garçon avait retrouvé ses couleurs, mais son visage en sueur était maculé de saleté et de sang, son polo blanc dans un piteux état. Il brandissait la trousse de premiers secours comme une bannière.

Anna s'alarma aussitôt. Elle se précipita vers lui et le prit par les épaules avant que Cameron ou Phillip ne puissent inventer une histoire vraisemblable.

— Tu es blessé ! Que s'est-il passé ?

— Je suis tombé du toit, expliqua Seth, très fier de sa mésaventure.

— Tombé du...

Épouvantée, Anna le palpa, en quête d'os brisés. Seth se raidit, mais elle poursuivit son examen d'un air inquiet.

— Mon Dieu ! Tu aurais pu te casser le cou ! Avez-vous appelé une ambulance ? cria-t-elle en direction de Cameron.

— Il n'en a pas besoin. Ne te mets pas dans un état pareil pour si peu.

— En voilà de bonnes ! bredouilla-t-elle. Vous êtes là, tous les trois, à traîner comme un trio de babouins, alors que cet enfant pourrait souffrir de blessures internes ! Et il saigne.

— Juste mes doigts, dit Seth. J'ai glissé de l'échelle en voulant descendre, mais je me suis rattrapé au cadre de la fenêtre. Cameron m'a dit alors de tout lâcher et qu'il allait m'attraper ; c'est ce qui est arrivé.

Il mourait d'impatience de raconter cela à ses camarades de classe lundi matin.

— Mince ! grommela Cameron à l'oreille de Phillip. En général, il est moins bavard. Il va bien, ajouta-t-il plus fort, pour Anna. Il a eu peur, c'est tout.

Elle ne prit pas la peine de lui répondre, se contentant de lui lancer un regard furieux, avant de se retourner en souriant vers Seth.

— Si tu me montrais tes mains, mon chéri ? Nous allons les nettoyer et voir si tu as besoin de points de suture. Après, j'aimerais avoir une petite conversation avec toi, Cameron.

— Je n'en doute pas, murmura-t-il tandis qu'elle entraînait Seth jusqu'à la voiture.

Seth découvrit que ce pouvait être un plaisir de se laisser dorloter. Il n'avait pas l'habitude qu'une femme prenne soin de lui. Elle avait des mains douces, une voix réconfortante.

— La chute a duré longtemps.

— Tu m'étonnes ! répondit-elle, furieuse. Tu as dû avoir très peur.

— Juste une minute.

Il se mordit l'intérieur des joues pour ne pas gémir, tandis qu'elle pansait ses blessures.

— J'en connais qui auraient crié comme des fillettes et fait pipi dans leur culotte.

Il ne savait plus trop s'il avait hurlé ou non.

— Cameron était fou de rage. Comme si j'avais fait tomber l'échelle exprès.

Elle leva la tête.

— Il t'a grondé ?

Seth voulut se lancer dans une description détaillée de la réaction de Cameron, mais une lueur dans les prunelles d'Anna Spinelli l'empêcha de mentir.

— Très peu, finit-il par avouer. Il était surtout affolé. À l'entendre, on aurait cru que j'avais perdu un bras. Il me tâtait partout.

Le sourire d'Anna se radoucit, et elle lui caressa les cheveux.

— Enfin, pour quelqu'un qui vient de plonger du haut d'un toit, tu ne m'as pas l'air en mauvaise forme. Ne recommence pas, d'accord ?

— Une fois m'a suffi.

— Tant mieux. Il y a du poulet rôti dans le panier... à moins qu'ils n'aient déjà tout mangé.

— Mmm ! J'en dévorerais bien une douzaine de morceaux !

Il partit en courant, se ravisa, se tourna vers elle, très grave.

— Cameron m'a dit qu'il me rattraperait, et il l'a fait. Il a été génial.

Puis il se précipita vers le hangar en suppliant Ethan de lui laisser du poulet.

Anna s'assit sur le siège de la voiture pour ranger la mallette de premiers secours. Une ombre se pencha sur elle, mais elle poursuivit sa tâche. Elle avait reconnu son odeur.

— Je suppose qu'il est inutile que je te dise qu'un petit garçon de dix ans n'a rien à faire sur une échelle.

— En effet.

— Ni qu'un petit garçon de dix ans est souvent maladroit.

— Pas Seth, riposta Cameron. Il est agile comme un singe. Évidemment, comme nous sommes des babouins, ça peut se comprendre.

— Apparemment. Cependant, un accident est toujours possible, même si l'on est très prudent.

Elle le dévisagea longuement.

— Alors, murmura-t-elle, combien d'années as-tu prises, à la suite de cet épisode ?

Il souffla.

— Dix ans, au moins. Mais le petit s'en est bien tiré.

Il se détourna légèrement, et Anna aperçut dans son dos les traces de sang, laissées par les mains de Seth. Elle eut un pincement au cœur. Cameron l'avait serré contre lui. Et l'enfant s'était accroché à son cou.

Cameron revint vers elle et la vit sourire.

— Qu'y a-t-il ?

— Rien. Bon, puisque je suis là et que vous mangez mon pique-nique, je pense que cela me donne droit à une visite guidée ?

— Qu'est-ce que tu vas noter dans ton rapport ?

— Je ne suis pas en service, répliqua-t-elle d'un ton plus sévère que prévu. Je pensais rendre visite à des amis.

— Pardon, Anna, ce n'est pas ce que je voulais dire.

— Vraiment ?

Elle claqua la portière, irritée. Elle était venue le voir lui, pas jouer les fonctionnaires zélées !

— Tout ce qui t'intéresse, c'est ce que je vais écrire dans mon rapport, n'est-ce pas ? Eh bien, tu vas le savoir. Pour l'instant, j'estime que Seth est entre de bonnes mains. Je t'enverrai un double. Pour la visite guidée, cela peut attendre.

Jolie sortie, songea-t-elle. Elle était restée maîtresse d'elle-même. Malheureusement, à l'instant où elle voulut s'engouffrer dans son véhicule, il la saisit par le bras.

— Bas les pattes !

— Où vas-tu ? Un petit instant, s'il te plaît.

— Lâche-moi.

— Si tu voulais seulement rester tranquille et m'écouter…

— À quoi bon ? Tu crois que je n'ai pas compris ? En me voyant arriver, vous vous êtes tous dit : « Tiens ! voilà l'assistante sociale. Frangins, unissons-nous ! » Allez au diable !

Il aurait pu nier, mais son regard l'en dissuada.

— D'accord, tu as raison.

— Au moins, tu as la franchise de l'admettre.

— Je ne comprends pas ta réaction.

— Ah bon ? riposta-t-elle. Je vais t'expliquer. Je t'ai vu, et j'ai vu l'homme qui est aussi mon amant. Tu m'as regardée, et tu as vu en moi la représentante d'un système pour lequel tu n'éprouves ni confiance ni respect. Ce point étant éclairci, écarte-toi de mon chemin.

— Je suis désolé, murmura-t-il. Une fois de plus, tu as encore raison. Je suis désolé.

— Pas autant que moi.

Elle s'apprêta à monter dans sa voiture.

— Peux-tu m'accorder une petite minute ? supplia-t-il en passant les mains dans ses cheveux d'un geste las.

— Très bien, concéda-t-elle. Une minute, pas plus.

— Nous étions sous le choc. Tu ne pouvais pas choisir un plus mauvais moment pour arriver. J'en tremblais encore.

Il avait honte de l'avouer. Il se détourna et poursuivit son discours en allant et venant :

— J'ai eu un accident, il y a trois ans, dans un grand prix. J'ai heurté la barrière de sécurité, effectué plusieurs tonneaux. J'ai eu peur que la voiture ne prenne feu. Terriblement peur. Je me suis vu carbonisé. Mais je t'assure, Anna, qu'à attendre la chute de ce petit, les yeux rivés sur ses lacets défaits, ç'a été pire. Bien pire.

Comment rester en colère ? Mais aussi, quand se déciderait-il à aimer librement, sans s'y sentir contraint ? Il lui avait bien dit qu'il la ferait souffrir, mais elle n'avait pas imaginé que cela viendrait si vite. Elle avait commis une grave erreur : elle ne s'était pas rendu compte à quel point elle était amoureuse de lui.

Était-il encore temps de se sauver ?

— Je ne sais pas ce qui m'a pris, enchaîna-t-elle. Ma relation avec toi complique la situation vis-à-vis de l'enfant.

— Ne te dérobe pas, Anna, répliqua-t-il, subitement paniqué. Nous avons commis quelques faux pas. Nous nous entendons si bien, tous les deux.

— Au lit, oui.

— Seulement ?

— Non, pas seulement. Mais…

— Anna, dit-il en posant les mains sur ses épaules, pour la première fois, avec toi, j'ai envie d'atteindre la ligne d'arrivée.

— Ne mélange pas tout. Il faut que tu sois honnête avec moi.

— Jamais je n'ai été aussi sincère avec une femme.

— Bien, murmura-t-elle en effleurant sa joue d'une caresse, nous verrons ce qui se passera.

14

C'était un magnifique après-midi de printemps. L'air embaumait, la brise était douce, les nuages juste assez nombreux pour filtrer la violence du soleil. Ethan manœuvrait pour entrer à quai.

Il avait rempli son quota rapidement, ce qui l'arrangeait. Les réservoirs à eau sous l'auvent à rayures étaient remplis de crabes. Après avoir remis sa pêche du jour, il laisserait à son camarade le soin de réparer le moteur qui peinait légèrement. Pendant ce temps, il irait sur le chantier voir où en étaient les travaux de plomberie.

Il était impatient d'en finir, et pourtant Ethan Quinn n'était pas de ceux qui trépignent. Du moins s'en persuadait-il. Car cette entreprise de construction de bateaux était un rêve de longue date, un rêve qui allait bientôt se réaliser.

Ethan s'apprêtait à amarrer, lorsqu'une jolie paire de mains saisit le cordage.

— Je l'ai, Ethan.

Il leva les yeux et adressa à Grace un large sourire.

— Merci. Qu'est-ce que tu fabriques ici en plein milieu de la journée ?

— Je suis venue aider à la pêche aux crabes. Betsy n'était pas en forme, il manquait quelqu'un. Maman était ravie d'avoir Audrey pendant quelques heures.

— Tu devrais garder un peu de temps pour toi, Grace.

— Bof...

Elle vérifia son nœud en se recoiffant machinalement.

— ... Un jour peut-être, enchaîna-t-elle. Vous avez fini le ragoût que je vous avais préparé, l'autre jour ?

— On s'est battus pour la dernière cuillerée. C'était délicieux, merci.

Il avait sauté à quai et se tenait devant elle, ne sachant trop que faire de ses mains. Pour cacher son malaise, il se pencha et caressa la tête de son chien.

— Belle pêche, aujourd'hui ! commenta-t-il.

— En effet, je vois ça.

Elle se mordait la lèvre inférieure. Quelque chose la tracassait.

— Tu as un problème ?

— Je suis désolée de t'embêter alors que tu es si occupé en ce moment, Ethan, soupira-t-elle, le regard lointain. Peux-tu me consacrer une minute ?

— Bien sûr. Je boirais bien un verre.

Sim trottinant entre eux, Ethan mit les poings dans ses poches. Il répondit à quelqu'un qui le saluait. L'air embaumait la mer et le parfum subtil du shampooing de Grace.

— Ethan, je ne veux surtout pas vous causer de soucis, à toi et à ta famille.

— C'est impossible, Grace.

— Tu es peut-être déjà au courant. Ça m'ennuie, vraiment, murmura-t-elle, tout bas.

Ethan décida qu'il se rafraîchirait plus tard.

— Tu ferais mieux de me dire ce qui te préoccupe.

Elle s'en voulait d'avance. Ethan était toujours là lorsqu'on avait besoin de lui. Un temps, elle avait regretté qu'il ne lui offre que son épaule pour y pleurer. Depuis, elle avait appris à s'en contenter.

— Il vaut mieux que tu le saches, dit-elle, presque pour elle-même. Il y a un enquêteur de la compagnie d'assurances qui interviewe les gens du quartier, qui pose des questions sur ton père et sur Seth.

Ethan effleura son bras.

— Quelle sorte de questions ?

— Il demande dans quel état d'esprit était ton père, les dernières semaines avant l'accident. Comment il a ramené Seth à la maison. Ce type est passé me voir ce matin.

Elle fut soulagée de constater qu'Ethan approuvait d'un signe de tête.

— Je lui ai dit que Ray Quinn était un des hommes les plus épatants que j'aie connus. Je ne me suis pas gênée pour lui dire ce que je pensais de cette façon d'aller à la pêche aux ragots !

Ethan sourit.

— C'est vrai, insista-t-elle. Il m'a mise en colère. Il prétend qu'il fait uniquement son boulot. Il m'a cuisinée sur la mère de Seth. Ça m'a gênée. Je lui ai expliqué que je n'étais au courant de rien, et que ça n'avait aucune importance.

Seth est bien là où il est, un point c'est tout. J'espère que j'ai eu raison.

— Absolument.

Son regard bleu trahit son émotion.

— Ethan, certaines personnes parlent trop, et ça risque de vous nuire.

— Nous nous en sortirons, marmonna Ethan en lui serrant les mains. Je suis content que tu m'en aies parlé.

Il la dévisagea avec une telle intensité qu'elle en devint écarlate.

— Tu ne dors pas suffisamment, constata-t-il. Tu as les yeux cernés.

— Oh, souffla-t-elle, troublée et agacée par la remarque d'Ethan. Audrey s'est réveillée la nuit dernière. Il faut que je rentre... Je passerai chez vous demain pour le ménage.

Elle partit d'un pas précipité en songeant avec dépit qu'un homme uniquement sensible au fait qu'elle paraissait fatiguée ou inquiète ne pouvait guère s'intéresser à elle en tant que femme.

Ethan la regardait s'éloigner en se disant qu'elle était trop jolie pour se tuer à la tâche de cette manière.

L'inspecteur s'appelait Mackensie, et il poursuivait inlassablement son enquête. Beaucoup de témoignages concordaient : Raymond Quinn était un véritable saint. Avec sa fidèle épouse, il ne se contentait pas d'aimer son prochain mais secourait les pauvres.

D'autres, en revanche, le montraient comme un homme prétentieux, bigot, qui avait recueilli des petits voyous pour les utiliser comme main-d'œuvre bon marché, pour satisfaire son ego, voire ses goûts pervers.

Ces derniers commentaires intéressaient beaucoup plus Mackensie, mais il était bien obligé d'admettre qu'ils étaient rares.

Homme prudent et scrupuleux, il se disait que la vérité se trouvait sans doute entre les deux.

Son but n'était pas de canoniser ou de condamner Raymond Quinn. Il était responsable du contrat 005-678-LSQ2 et avait pour mission de rassembler les informations qui détermineraient si, oui ou non, la compagnie d'assurances devrait payer.

Quoi qu'il en soit, Mackensie serait rémunéré pour son travail et ses efforts.

Il s'était arrêté dans un restaurant minable, le Bay Side Eats, pour prendre un sandwich. Il avait un faible pour ces lieux qui sentaient le graillon, la mauvaise bière.

À cinquante-huit ans, il pesait quinze kilos de trop, était chauve, avait des problèmes digestifs chroniques et comptait deux divorces à son actif.

Mackensie était moche et s'en fichait. Il connaissait bien son métier. Employé depuis trente-deux ans par les assurances True Life, il n'avait rien à se reprocher sur le plan professionnel.

Il gara sa Ford Taurus devant le bâtiment que lui avait indiqué son dernier contact, une vermine du nom de Claremont. Il y trouverait sûrement Cameron Quinn, avait précisé le même Claremont avec un sourire pincé.

Mackensie avait détesté cet homme dès les premières minutes de leur entretien. Un envieux, jaloux et méchant, qui se dissimulait derrière un sourire mielleux.

Mackensie rota, secoua la tête et avala un cachet. Une camionnette, une voiture familiale et une superbe Corvette s'alignaient devant la bâtisse.

Il admira le troisième véhicule, tout en sachant que pour rien au monde il ne monterait dans un de ces tombeaux roulants. Jamais de la vie.

Deux hommes sortirent du bâtiment, dont l'un, le plus âgé, portait une chemises à carreaux rouges et une cravate. Un amateur de paperasses, décida Mackensie, qui se targuait d'être expert en physiognomonie.

Le plus jeune des deux semblait trop ambitieux, trop pressé pour se perdre dans les méandres de l'administration. S'il ne travaillait pas de ses mains, il en avait sans doute la capacité. Il paraissait très volontaire.

Si c'était lui, Cameron Quinn, Ray avait dû en voir de toutes les couleurs.

Cameron aperçut Mackensie alors qu'il raccompagnait le plombier. Il était content de l'avancement des travaux. D'ici une semaine environ, la salle de bains serait terminée. En attendant, Ethan et lui se passaient fort bien de ce luxe.

Il était pressé de se mettre à l'ouvrage et, l'installation électrique étant terminée, il ne voyait plus aucune raison d'attendre.

— Vous êtes sans doute M. Quinn ? dit Mackensie d'une voix affable.

— En effet.

— M. Mackensie, des assurances True Life.

— Nous sommes déjà assurés, merci. C'est mon frère Phillip qui s'occupe de ces détails.

Soudain, Cameron se raidit.

— Les assurances True Life, dites-vous ?

— Parfaitement. Nous avons quelques questions à éclaircir avant de clore le dossier de votre père.

— Mon père avait contracté une police d'assurance et votre compagnie rechigne à nous verser ce qu'elle nous doit, n'est-ce pas ?

Le soleil était chaud, et le sandwich pastrami-moutarde que venait d'ingurgiter Mackensie passait mal. Il souffla.

— L'hypothèse de l'accident est remise en cause.

— Une voiture heurte un poteau télégraphique. Le poteau est le plus fort. Croyez-moi, j'ai une grande habitude de la conduite automobile.

Mackensie opina. En d'autres circonstances, il aurait peut-être apprécié l'attitude glaciale de Cameron.

— Vous savez que la police d'assurance comprend une clause relative aux suicides...

— Mon père ne s'est pas suicidé, monsieur Mackensie. Et comme vous n'étiez pas avec lui dans la voiture, il va vous être très difficile de prouver le contraire.

— Votre père était stressé.

— Mon père a élevé trois voyous et enseigné pendant des années à des dizaines de petits morveux. Le stress, il l'a connu toute sa vie.

— Il venait de recueillir un quatrième garçon.

— C'est exact, confirma Cameron en calant les pouces dans sa ceinture, comme pour se mettre en position de combat. Ça n'a aucun rapport avec l'assurance.

— Il semble pourtant que ce fait ait pu avoir une influence sur les circonstances de l'accident. Il est question de chantage. En tout état de cause, la réputation de votre père a été ternie. J'ai ici une copie de la lettre qu'on a trouvée dans le véhicule après le drame.

Comme Mackensie ouvrait sa mallette, Cameron s'avança d'un pas.

— J'ai lu cette lettre. Elle ne signifie rien, sinon qu'il existe quelque part une femme à l'instinct maternel pour le moins douteux. Essayez de dire que Raymond Quinn s'est précipité contre ce poteau télégraphique parce qu'il avait peur de cette petite garce, et je vous garantis que vous allez prendre mon poing en pleine poire ! Je me fiche éperdument de l'argent. Si la True Life veut pinailler, c'est du ressort de mon frère et de notre avocat. En revanche, si vous ou qui que ce soit vous amusez à salir la mémoire de mon père, c'est à moi que vous aurez affaire.

Mackensie considéra en toute objectivité le rapport de force. Cameron Quinn avait vingt-cinq ans de moins que lui, était fort comme un Turc et fou de rage. En conséquence, il jugea plus prudent de changer de tactique. Il afficha un large sourire.

— Monsieur Quinn, True Life est une compagnie d'assurances sérieuse, pour laquelle je travaille depuis de longues années. J'effectue une enquête de routine, conclut-il.

— Elle ne me plaît pas, votre routine.

— Je le conçois. Le problème, en ce qui nous concerne, est l'accident. Les rapports médicaux confirment que votre père était en parfaite santé. Il n'a été victime d'aucun malaise qui aurait pu lui faire perdre le contrôle du véhicule. Il faisait beau, la route était bonne, le véhicule en excellent état. Lors de la reconstitution, l'expert n'a pas pu expliquer l'accident.

— Justement. À chacun son problème.

Cameron aperçut Seth, qui revenait de l'école. Les ennuis commencent, songea-t-il.

— Je ne peux pas vous aider. Ce que je peux vous dire, c'est que mon père a toujours affronté ses problèmes. Il n'a jamais baissé les bras. À présent, si vous voulez bien m'excuser, j'ai du travail.

Sur ce, Cameron tourna les talons pour rejoindre Seth.

Mackensie se frotta les yeux. La lumière était aveuglante. En tout état de cause, il savait maintenant que les frères Quinn se battraient jusqu'au bout pour obtenir leur dû. Ce n'était pas une question d'argent mais d'honneur.

— Qui est-ce ? demanda Seth en voyant Mackensie repartir vers sa voiture.

— Un imbécile de la compagnie d'assurances. Et eux, qui sont-ils ? ajouta Cameron en désignant d'un signe de tête deux garçons dans la rue.

Seth jeta un coup d'œil par-dessus son épaule.

— Aucune idée. Des types de l'école.

— Ils t'embêtaient ?

— Non. On monte sur le toit ?

— Le toit est achevé, murmura Cameron.

Amusé, il vit les deux camarades s'approcher en faisant mine de rien.

— Hé ! Vous deux !

— Qu'est-ce que tu leur veux ? fit Seth, effrayé.

— Détends-toi. Venez par ici ! ordonna Cameron, tandis que les petits curieux se figeaient, terrorisés.

— Laisse tomber ! Ce ne sont que deux abrutis de l'école.

— Ils pourraient m'être utiles, répliqua Cameron.

Le plus grand des deux, après concertation avec l'autre, s'avança.

— On ne faisait rien de mal, lança-t-il, sur la défensive.

— Je sais. Tu veux me rendre un service ?

Le gamin hésita avant de répondre :

— Faut voir.

— Tu as un prénom ?

— Oui. Je m'appelle Danny. Et lui, c'est mon petit frère, Will. J'ai eu onze ans la semaine dernière. Lui, il n'a que neuf ans.

— J'aurai dix ans dans dix mois ! protesta Will en gratifiant son aîné d'un coup de coude dans les côtes.

— Il est encore à l'école élémentaire, expliqua Danny d'un air méprisant. Chez les bébés.

— Je ne suis pas un bébé !

Will brandissait un poing que Cameron s'empressa de saisir au passage.

— Tu me parais déjà très fort.

— C'est sûr.

— Tu vas me le prouver. Tu vois tous ces détritus, dans la cour, les tuiles, les ordures, les vieux papiers ? Vous mettez tout ça dans la benne, là-bas, et je vous donne cinq dollars.

— À chacun ? s'enquit Danny, dont les yeux noisette brillaient au milieu d'un visage moucheté de taches de rousseur.

— Mais vous aurez droit à une prime de deux dollars si vous ne vous disputez pas. C'est lui le chef, ajouta-t-il en désignant Seth.

Dès que Cameron les eut laissés seuls, Danny se tourna vers Seth. Ils s'examinèrent en silence.

— Je t'ai vu te battre avec Robert.

Seth se balança d'un pied sur l'autre, près de se battre.

— Et alors ?

— T'as été génial.

Danny se mit à ramasser des ardoises cassées. Will sourit.

— Robert est un taré, et Danny a dit que quand tu l'as frappé il a saigné comme un cochon.

Seth ne put s'empêcher de sourire.

— C'est vrai. Comme un porc.

— Avec l'argent, on va pouvoir s'acheter des glaces, reprit Will, enchanté.

— Ouais… Peut-être.

Anna avait passé une mauvaise journée. Ça avait commencé dès le matin. Elle n'avait pas de quoi déjeuner : plus de pain, plus de yaourts, plus rien, parce qu'elle passait trop de temps avec Cameron, ou à penser à Cameron. Et en partant, elle avait troué sa dernière paire de collants.

Dès qu'elle était arrivée au bureau, le téléphone avait sonné : à l'autre bout de la ligne, une femme hystérique voulait savoir pourquoi elle n'avait toujours pas reçu ses allocations.

Elle avait calmé la dame, lui assurant qu'elle veillerait personnellement à ce que le problème soit résolu au plus vite. Puis on lui avait passé un vieux grincheux. Il accusait ses voisins de maltraiter leurs enfants parce qu'ils les autorisaient à regarder la télévision tous les soirs !

— La télévision, avait-il martelé, est l'outil des communistes. Elle ne montre que sexe et violence et envoie des messages subliminaux. J'ai lu un article à ce propos.

— Monsieur Bigby, je vais me pencher sur la question, avait-elle promis en ouvrant le tiroir dans lequel elle rangeait ses cachets d'aspirine.

— Vous avez intérêt. J'ai appelé les flics, mais ils refusent d'intervenir. Ces enfants-là sont fichus d'avance.

— Merci d'avoir attiré notre attention sur ce cas.

— C'est mon devoir d'Américain.

— Bien sûr, avait répondu Anna en raccrochant.

Elle avait allumé son ordinateur mais un message annonçant la présence d'un virus dans son logiciel était apparu sur l'écran. Elle n'avait pas piqué de crise de nerfs ; elle s'était contentée de fermer les yeux : décidément, la journée allait être mauvaise.

L'après-midi, elle devait témoigner au tribunal pour enfants à propos de l'affaire Higgins dont elle s'occupait depuis un an. Les trois enfants, âgés de huit, six et quatre ans, avaient tous été brutalisés. Leur mère, très jeune, était une femme battue typique. Elle s'était enfuie du domicile conjugal à maintes reprises, mais finissait toujours par y retourner.

Six mois plus tôt, Anna avait réussi à la convaincre d'entrer avec ses enfants dans un foyer mais la jeune femme n'y était restée que trente-six heures.

Le rôle d'Anna était désormais de protéger à tout prix les enfants. Ils étaient, pour l'heure, hébergés dans une famille généreuse, qui les accueillait tous les trois ensemble. Elle avait l'intention de se battre pour qu'ils y restent.

— Au mois de janvier de l'année dernière, lorsque cette affaire m'a été confiée, j'ai recommandé une thérapie, à la fois familiale et individuelle, déclara Anna. Ce conseil n'a pas été suivi. Il ne l'a pas été davantage au mois de mai de la même année, lorsque Mme Higgins a été hospitalisée avec une mâchoire déboîtée, ni en septembre, quand Michael Higgins, l'aîné des garçons, a eu la main brisée. Au mois de novembre, Mme Higgins et ses deux aînés ont été soignés aux urgences pour blessures diverses. On m'a prévenue, et j'ai trouvé pour Mme Higgins et ses enfants une place dans un foyer. Elle y est restée moins de trois jours.

— Vous êtes responsable de ce dossier depuis plus d'un an, dit l'avocat.

— En effet, avoua-t-elle avec un terrible sentiment d'échec.

— Quelle est la situation actuelle ?

— Le 6 février de cette année, suite à un appel d'un voisin, la police s'est rendue au domicile des Higgins. Mme Higgins, en pleine crise de nerfs, et Curtis, le plus jeune, qui avait un bras cassé, ont été conduits à l'hôpital. M. Higgins a été placé en garde à vue. On m'a avertie en tant qu'assistante sociale en charge du dossier.

— Avez-vous vu Mme Higgins et ses enfants ce jour-là ? demanda l'avocat.

— Oui. Je me suis rendue directement à l'hôpital. J'ai parlé avec Mme Higgins. Elle m'a affirmé que Curtis était tombé dans l'escalier. Au vu de la nature de ses blessures, et connaissant les antécédents des Higgins, j'ai refusé de la croire. L'interne partageait mon avis. Les enfants ont donc été confiés à une famille d'accueil, où ils sont depuis cette date.

Elle continua de témoigner, sans perdre patience, et parvint même à arracher un sourire à Curtis lorsqu'elle évoqua l'équipe de base-ball à laquelle il avait enfin pu se joindre.

Ensuite, elle se prépara pour l'irritant et épuisant contre-interrogatoire.

— Savez-vous que M. Higgins a entrepris volontairement une cure de désintoxication ?

Anna jeta un coup d'œil à l'avocat, puis regarda Higgins droit dans les yeux.

— Je sais que depuis un an M. Higgins prétend avoir commencé cette démarche au moins trois fois.

Elle vit sa figure s'empourprer de haine. Qu'il me déteste ! songea-t-elle. En tout cas, il ne portera plus jamais la main sur ses enfants.

— L'alcoolisme est une maladie, mademoiselle Spinelli. M. Higgins cherche à en guérir. Êtes-vous d'accord pour dire que Mme Higgins a été victime de la maladie de son mari ?

— Je suis d'accord pour dire qu'elle a beaucoup souffert physiquement et psychologiquement.

— Pensez-vous qu'elle doive souffrir encore plus si le tribunal décide de séparer ces trois garçons de leur mère ?

En fait, se dit Anna, c'était à elle de choisir entre l'homme qui la battait et terrorisait ses enfants, ou la santé et la sécurité de sa progéniture.

— Je suis convaincue qu'elle continuera à souffrir jusqu'à ce qu'elle décide de changer de vie. D'un point de vue strictement professionnel, j'estime que Mme Higgins est incapable de se prendre en charge en ce moment, encore moins d'assumer ses enfants.

— M. et Mme Higgins ont chacun un emploi, insista l'avocat. Mme Higgins a déclaré sous serment qu'elle s'est réconciliée avec son mari. Si elle perd ses enfants, cela lui brisera le cœur.

— Je sais qu'elle en est persuadée, répondit Anna d'une voix ferme en dévisageant Mme Higgins d'un regard empli de compassion. Cependant, il en va du bien-être des trois enfants. J'ai lu les rapports médicaux, ceux des psychiatres et ceux des policiers. En quinze mois, ces enfants ont été soignés en urgence à onze reprises.

Cette fois elle se tourna vers l'avocat, en se demandant quels arguments il avancerait.

— Je recommande avec insistance le maintien de ces enfants dans leur foyer d'accueil.

— Aucune plainte n'a jamais été formulée contre M. Higgins.

— C'est exact, murmura Anna.

Lorsque ce fut fini, Anna croisa les Higgins sans les voir. Cependant, le petit Curtis chercha sa main.

— Tu as une sucette pour moi ? chuchota-t-il.

Elle lui sourit. Elle en avait toujours sur elle, car elle connaissait son péché mignon.

— Peut-être bien. Attends une seconde.

Elle fouillait dans son sac, quand une voix tonna derrière elle.

— Ôte tes mains de ce qui m'appartient, espèce de garce !

Comme elle se retournait, Higgins la frappa violemment. Elle perdit l'équilibre, et le petit Curtis fut projeté à terre avec elle. Elle vit mille étoiles, perçut des cris et des hurlements lointains, puis parvint péniblement à se hisser sur ses genoux.

Sa joue lui faisait atrocement mal à l'endroit où elle avait heurté une chaise en bois. Ses paumes étaient en feu. Quant au collant qu'elle avait acheté ce matin, il était fichu.

— Ne bouge pas, ordonna Marilou, penchée sur elle.

— Ça va, marmonna Anna. Le jeu en valait la chandelle. Grâce à sa petite démonstration de force en plein tribunal, Higgins n'approchera plus ses gosses avant un bon moment.

— Tu m'inquiètes, Anna, dit Marilou en la regardant dans les yeux. Pour un peu, j'aurais presque eu l'impression que tu avais pris plaisir à être attaquée par cette armoire à glace.

— C'est le résultat qui compte. Aïe ! Tu ne peux pas savoir le plaisir que j'ai éprouvé en déposant plainte contre lui. En tout cas, je suis soulagée que les trois garçons restent avec leur famille d'accueil.

— Voilà qui achève une bonne journée de travail. Cependant, je me fais du souci. Tu t'impliques trop dans les affaires qui te sont confiées.

— Si on ne prend pas ce métier à cœur, il vaut mieux en changer.

Marilou soupira. Elle avait du mal à lui tenir tête car elle partageait le point de vue d'Anna.

— Rentre chez toi.

— J'ai encore une heure à travailler.

— Non, rentre chez toi.

— Si tu insistes... Au fond, ça m'arrange. Je n'ai absolument plus rien à manger à la maison. Si tu entends parler de...

Les mots moururent sur ses lèvres quand elle leva les yeux vers la porte.

— ... Cameron !

— Mademoiselle Spinelli, pourriez-vous m'accorder une minute pour... Bon Dieu, que vous est-il arrivé ? Qui vous a frappée ?

— Personne, en fait, c'est...

Sans lui laisser le temps de s'expliquer, il se tourna vers Marilou qui, mi-figue mi-raisin, recula d'un pas, les mains en avant.

— Je n'y suis pour rien, promis juré. Mes employés, je me contente de les intimider. Jamais je ne porte la main sur eux.

— Il y a eu du grabuge au tribunal, c'est tout, assura Anna en se levant, l'air le plus affairé possible. Marilou, je te présente Cameron Quinn. Cameron, Marilou Johnston.

— Très heureuse de vous connaître. J'ai été une élève de votre père, autrefois. Je l'adorais.

— Merci. Vous n'avez pas répondu à ma question, Anna. Qui vous a frappée ?

— Quelqu'un qui est maintenant derrière les barreaux... Marilou, je prends l'heure que tu viens de m'accorder. Cameron, s'il s'agit de Seth, nous pourrions en discuter en chemin ?

Elle enfila sa veste de tailleur, pressée de s'éloigner du regard trop perspicace de Marilou.

— À demain, Marilou.

— À demain. Nous aussi, nous discuterons ! conclut Marilou avec un sourire entendu.

15

Anna ne desserra pas les dents avant qu'ils ne fussent sur le parking.

— Pour l'amour du ciel, Cameron...

— Quoi, pour l'amour du ciel ?

— On est sur mon lieu de travail.

Elle s'arrêta devant la voiture de Cameron et se tourna vers lui.

— Tu n'as pas à faire irruption dans mon bureau et à jouer à l'amant outragé.

Il prit son menton entre ses doigts et se pencha vers elle.

— Je suis un amant outragé, et je veux le nom de ce type qui a osé te faire ça.

Au fond d'elle-même, elle était heureuse de sa réaction mais, bien sûr, elle n'en laissa rien paraître.

— La personne en question a été remise aux autorités compétentes. Je répète que tu n'as pas le droit de te comporter comme mon amant pendant mes heures de service.

— Ah, non ? Essaie de m'en empêcher ! s'exclama-t-il avant de réclamer sa bouche.

Elle se débattit un instant. N'importe qui aux fenêtres pouvait les voir. Mais son étreinte était trop fougueuse. Elle s'abandonna.

— Arrête, murmura-t-elle.

— Non.

— Très bien. Allons ailleurs, dans ce cas.

— Excellente idée, marmonna-t-il en tendant une main pour ouvrir la portière.

— Je ne pourrai pas m'asseoir si tu ne me lâches pas.

— C'est vrai, concéda-t-il.

Il la libéra et effleura du bout des lèvres sa joue meurtrie.

— Tu as mal ?

— Un peu.

Elle s'engouffra dans la voiture, chercha la ceinture de sécurité, s'obligeant à accomplir ces gestes machinaux avec calme.

— Que s'est-il passé ?

— Un père qui battait sa femme et ses enfants m'en a voulu d'avoir témoigné contre lui au tribunal. Il s'est jeté sur moi. J'avais le dos tourné, sinon je l'aurais gratifié d'un bon coup de genou où je pense, mais voilà... Prise de court, j'ai perdu l'équilibre. Résultat de cette histoire, il est enfin sous les verrous et ses enfants restent dans leur foyer d'accueil.

— Et la femme ?

— Je ne peux rien faire pour elle. Il faut savoir choisir, dans la vie, conclut-elle avec un petit soupir.

Cameron ne discuta pas. Il pensait comme elle. C'était la raison pour laquelle il avait laissé Seth et ses deux camarades aux bons soins d'Ethan et qu'il était venu la voir. Il avait décidé de lui parler de l'enquête de la compagnie d'assurances, des ragots concernant les origines de Seth, des recherches que Phillip effectuait pour retrouver la mère.

Il avait décidé de tout lui raconter et de lui demander conseil. À présent, il hésitait.

Autant attendre un peu. Elle avait eu une dure journée. Elle avait besoin qu'on s'occupe d'elle.

— On t'attaque souvent, dans ton boulot ?

— Hein ? Ah, non, non, le rassura-t-elle en riant tout bas. De temps en temps, un fou furieux brandit le poing ou me lance un objet à la figure, mais en général je n'ai droit qu'à des injures...

— C'est un drôle de métier.

— J'aime ce que je fais, répliqua-t-elle en lui prenant la main.

Ils étaient parvenus à destination. Main dans la main, ils pénétrèrent dans l'immeuble. Anna ouvrit sa boîte aux lettres, en sortit une pile de courrier et de magazines. Comme ils approchaient de sa porte, elle mit l'index sur ses lèvres, lui intimant le silence. Ils pénétrèrent dans l'appartement sur la pointe des pieds.

— Je n'ai pas envie que mes voisines s'intéressent de trop près à ma vie privée.

— Et moi, je peux ?

— Tout dépend comment tu t'y prends.

— Je vais commencer par ça, murmura-t-il en glissant un bras autour de sa taille.

— Je suppose que je pourrai le supporter... À propos, pourquoi es-tu venu me voir ?

— J'étais terriblement préoccupé. Surtout par toi. J'avais envie de te voir, d'être près de toi, de parler avec toi, de te faire l'amour.

— Tout ça en même temps ? plaisanta-t-elle.

— Pourquoi pas ? J'avais bien pensé t'emmener dîner, mais maintenant, je me demande si je ne préférerais pas commander une pizza.

— Parfait. Ouvre donc une bouteille de vin, pendant que je me change.

— Autre chose, chuchota-t-il en lui mordillant le lobe de l'oreille. J'aimerais savoir quel effet cela fait à Mlle Spinelli qu'on l'aide à se débarrasser de son uniforme de fonctionnaire.

— Vraiment ?

— Cela me tracasse depuis notre première rencontre.

— La chance est avec toi, railla-t-elle.

— C'est bien ce que j'espérais. Tu sais, je pense à toi jour et nuit.

— Tant mieux, parce que c'est réciproque.

— Cela ne t'effraie pas ?

— Non.

— Je me demande ce que Mlle Spinelli porte sous ce chemisier.

— Je ne pense pas que quelques boutons soient un obstacle insurmontable pour le savoir.

— En effet... Si tu veux que j'arrête, dis-le-moi.

Il avait presque arraché les boutons dans sa précipitation. Il guetta sa réaction. Elle frémit de plaisir.

— Je veux tout.

— Mademoiselle Spinelli... roucoula-t-il.

Plus tard, beaucoup plus tard, il la porta jusqu'au lit et s'allongea auprès d'elle. Elle se pelotonna contre lui comme une enfant, ce qui l'attendrit, et il la regarda dormir.

Toutes sortes de questions le taraudaient. Jamais il n'avait eu envie de rester avec une femme après l'amour. Jamais il n'avait éprouvé le besoin de la contempler dans son sommeil.

Où en étaient-ils, tous les deux ?

Elle ouvrit les yeux et lui sourit.

— Coucou. Je me suis endormie ?

— J'en ai bien l'impression, Anna... chuchota-t-il en réclamant ses lèvres. Anna...

— Que t'arrive-t-il ?

— Je n'en sais rien... Je crois que nous ferions mieux de commander notre pizza.

Anna fut partagée entre le soulagement et la déception. Elle décida qu'il était plus sage d'être soulagée.

— Bonne idée. Tu trouveras le numéro près du téléphone de la cuisine. Appelle-les pendant que je me douche et m'habille.

— D'accord. Je te sers un verre de vin.

— Parfait.

Dès qu'elle fut seule, elle enfouit son visage dans l'oreiller, désespérée. Quelle sotte elle était ! Comment ne s'en était-elle pas rendu compte plus tôt ? Elle l'aimait follement !

C'est ma faute, songea-t-elle. Mon point faible.

Elle se rassit, posa une main sur son cœur, ce traître. C'est mon secret, conclut-elle.

Elle se sentit mieux une fois habillée et légèrement maquillée. Elle s'était sermonnée sous la douche. D'accord, elle l'aimait, c'était indéniable, mais il lui suffisait de garder la tête sur les épaules.

Elle était adulte, elle avait appris à se battre, à dominer sa souffrance. Elle survivrait sans difficulté à une peine de cœur.

Elle n'avait jamais été amoureuse. Ce serait une aventure merveilleuse et une expérience enrichissante.

Avec Cameron Quinn pour amant, une femme devait se considérer comme comblée.

Lorsqu'elle pénétra dans le salon où Cameron sirotait son vin en feuilletant une revue, elle avait le sourire. À la radio, Eric Clapton suppliait Laylah de ne pas le quitter.

Elle s'approcha de Cameron et le gratifia d'un petit baiser dans le cou. Contre toute attente, il sursauta.

Le visage boudeur qu'il contemplait était celui d'un mannequin français prénommé Diana.

— Excuse-moi, je ne voulais pas te faire peur... Les couleurs pastel de l'été te passionnent-elles à ce point ?

— Je passais le temps, c'est tout. La pizza ne va pas tarder.

Il allait poser le magazine quand elle le lui arracha des mains.

— Autrefois, je la détestais.

Il s'éclaircit la gorge.

— Hein ?

— Enfin, pas cette femme en particulier, mais tout ce qu'elle représente, la minceur, la blondeur, la perfection. Je me trouvais trop ronde, trop brune... Mes cheveux frisés me rendaient hystérique. J'ai tout essayé pour les raidir.

— J'adore tes boucles. Tu es deux fois plus belle qu'elle. Il n'y a aucune comparaison possible.

— C'est gentil.

— Je suis sincère, dit-il.

— N'empêche que je rêvais d'être blonde et plate comme une limande.

— Tu es vraie. Pas elle.

— C'est une façon de voir les choses. Il me semble que les hommes comme toi apprécient les top models. Elles sont si belles sur les photos.

— Je la connais à peine.

— Qui ?

Seigneur ! Il s'était trahi.

— Personne. Voilà la pizza ; je vais ouvrir. Ton verre est sur le comptoir.

— Très bien.

Sans comprendre ce brusque accès de nervosité, elle alla chercher le verre et sortit sur son minuscule balcon.

— Il fait beau. Je propose que nous mangions dehors.

Elle déplia des chaises et une petite table.

— Si un jour j'ai assez d'argent pour m'acheter une maison, dit-elle, je veux une grande terrasse, comme la vôtre. Et un jardin.

— Une maison, une terrasse, un jardin... C'est curieux, je t'imaginais davantage en citadine.

— J'ai toujours habité la ville mais j'aimerais bien vivre à la campagne. Plus tard. Le problème, c'est que je suis incapable de mettre un sou de côté.

— Toi ? Tu as pourtant l'esprit pratique.

— Pour certaines choses, oui. Mes grands-parents vivaient modestement, par nécessité. Ils m'ont appris à compter. Mais je ne suis pas très douée.

— Quel est ton péché mignon ?

— Les vêtements, soupira-t-elle.

— Je crois bien que je te dois un chemisier... peut-être une jupe, aussi, sans compter la lingerie...

— En effet, répondit-elle en riant, avant de s'étirer langoureusement... Ah ! Quelle sale journée j'ai passée ! Je suis heureuse que tu sois venu, ça m'a changé les idées.

— Et si tu venais chez moi ?

— Pardon ?

Quelle mouche l'avait piqué ? se demanda-t-il, ahuri. Les mots étaient sortis tout seuls !

— Je veux dire, ce week-end.

Elle mâcha longuement sa bouchée de pizza.

— Ce ne serait pas raisonnable. Il y a un jeune garçon très impressionnable, là-bas.

— Il sait très bien ce qui se passe entre nous... Bon, d'accord, je dormirai sur le canapé du salon, et toi, tu pourras fermer la porte de la chambre à clé.

Elle faillit sourire.

— Où est la clé ?

— Ce week-end, elle sera dans ma poche. Ce que j'essaie de te dire, c'est que tu pourras prendre la chambre. D'un point de vue professionnel, tu en profiteras pour passer du temps avec le petit. Il progresse, Anna. Et puis, j'ai envie de t'emmener sur le bateau.

— Je viendrai samedi.

— Viens vendredi soir, insista-t-il. Reste jusqu'à dimanche.

— Je vais y réfléchir, murmura-t-elle. Tu devrais en parler d'abord avec tes frères. Ils ne seront peut-être pas enchantés d'avoir une femme dans les pattes pendant quarante-huit heures.

— Ils adorent les femmes. Surtout celles qui font bien la cuisine.

— Ah, parce que tu as l'intention de me mettre derrière les fourneaux ?

— Ben... si tu pouvais nous préparer des *linguini* ou des lasagnes...

Elle sourit et se servit une autre part de pizza.

— On verra. À présent, parle-moi de Seth.

— Aujourd'hui, il s'est fait deux copains.

— Vraiment ? C'est formidable.

Elle paraissait tellement enthousiaste qu'il ne résista pas à la tentation de la taquiner.

— Ouais. Je les ai fait monter tous les trois sur le toit, et je me suis exercé à les rattraper au fur et à mesure qu'ils tombaient.

Elle grimaça.

— Très drôle, Quinn.

— Je t'ai eue ! Il s'agit d'un garçon de la classe de Seth et de son petit frère. Je leur ai donné cinq dollars en échange d'un petit travail. Ensuite, ils m'ont soutiré une invitation à dîner. Je les ai confiés tous les trois à Ethan.

Elle leva les yeux au ciel.

— Tu as laissé Ethan tout seul avec trois petits monstres ?

— Il saura les tenir. J'y suis bien arrivé cet après-midi. Il lui suffit de les nourrir et de veiller à ce qu'ils ne s'entre-tuent pas. Leur mère passera les prendre en fin d'après-midi. Sandy McLean, enfin... Sandy Miller, maintenant. Nous étions à l'école ensemble. Elle a deux mômes et une camionnette ! Jamais je n'aurais imaginé ça pour Sandy.

— Les gens changent, murmura Anna, étonnée de constater qu'elle enviait Sandy et sa camionnette.

— Ouais... En tout cas, ses enfants sont de sacrés lascars.

— Je commence à comprendre la raison de ta visite impromptue dans mon bureau, plaisanta-t-elle. En fait, c'était une fuite.

— Oui, mais j'avais aussi envie de te déshabiller... D'une pierre, deux coups...

Il but une gorgée de vin et regarda le soleil couchant. Anna auprès de lui, il était le plus heureux des hommes.

16

Le dessin n'était pas le fort d'Ethan. Jusque-là, pour construire ses bateaux, il s'était contenté de vagues croquis pour accompagner ses plans. Il n'avait eu aucune difficulté à visualiser le projet achevé dans sa tête.

Cependant, il avait conscience que pour lancer une entreprise il fallait être plus rigoureux, plus professionnel. S'il voulait que l'affaire marche, il devrait acquérir rapidement une réputation de qualité et de fiabilité. Il avait donc passé des heures et des heures, chaque soir, à son bureau, pour compléter les plans de la première commande.

Lorsque vint le moment de les dérouler sur une table, il était content et fier de son travail.

— Voici ce que j'ai conçu.

Cameron regarda par-dessus l'épaule de son frère, but une gorgée de bière et marmonna :

— C'est un bateau, je suppose ?

Ethan rétorqua :

— T'as qu'à faire mieux.

Cameron haussa les épaules et s'assit. Après réflexion, il fut obligé d'admettre qu'il en aurait été incapable, même si le dessin d'ensemble était maladroit.

— Au fond, ça n'a pas grande importance, puisque nous ne montrerons pas cette œuvre d'art au client.

Il repoussa les esquisses et s'attarda sur les plans.

— Ah, ça c'est déjà mieux. Si je comprends bien, tu prévois une coque en bois...

— C'est cher, mais ça présente bien des avantages. Notamment la vitesse.

— Cela demande beaucoup d'habileté.

— Ce n'est pas un problème.

Cameron ne put s'empêcher de sourire.

— Non ?

— Ce type est un marin du dimanche, continua Ethan ; il sait à peine distinguer le bâbord du tribord, mais il a de l'argent, et beaucoup de relations.

— Il va donc nous faire de la pub, conclut Cameron. On pourrait fabriquer une maquette grandeur nature.

— Je me suis dit qu'on pourrait commencer dès ce soir, poursuivit Ethan.

— Oui, tu as raison, pourquoi attendre ? murmura Cameron en levant les yeux, tandis que Seth ouvrait le réfrigérateur. Mais ce serait mieux si nous comptions parmi nous un véritable artiste.

Il fit mine de ne pas s'apercevoir que Seth les écoutait avec intérêt.

— Tant que nous avons les bonnes mesures...

— Tout de même, ce serait mieux si nous pouvions montrer à nos clients quelques croquis. Phillip appellerait cela du « marketing ».

— Je me fiche de la façon dont Phillip appellerait ça, protesta Ethan en pinçant les lèvres et en fronçant les sourcils. Le client connaît déjà mon travail, il a été satisfait, il ne va pas s'amuser à critiquer mes ébauches. Ce qu'il veut, c'est un bateau, pas un tableau.

— Justement...

Volontairement, Cameron laissa sa phrase en suspens et Ethan, irrité, se leva pour se servir une bière.

— ... Dans la plupart des chantiers où j'ai pu traîner, les gens aiment venir voir comment ça se passe, surtout ceux qui n'y connaissent rien. Ce peut être une bonne façon d'attirer la clientèle.

— Et alors ? riposta Ethan en débouchant sa bouteille. Si ça les amuse de nous regarder raboter des planches...

— Il me semble que quelques dessins des bateaux que nous avons construits feraient bien, accrochés aux murs.

— Nous n'en sommes qu'au premier.

— Officiellement, peut-être, mais il y en a eu d'autres auparavant. Ton skipjack, ton chalutier. Quant à moi, j'ai participé à l'élaboration d'un schooner, dans le Maine, il y a quelques années, et d'un joli petit esquif, à Bristol.

Ethan buvait, plongé dans ses réflexions.

— Ce ne serait peut-être pas mal, mais je ne suis pas d'accord pour engager un artiste pour l'instant.

— C'était juste une idée.

Cameron se tourna vers Seth qui fouillait dans le réfrigérateur.

— Tu as faim ?

Seth sursauta et prit ce qui lui tombait sous la main, un yaourt aux myrtilles. Ce n'était pas ce qu'il voulait mais il n'osa pas le reposer.

— J'ai à faire, marmonna-t-il en sortant.

— Je te parie dix dollars qu'il va refiler son yaourt au chien, murmura Cameron, en se demandant dans combien de temps Seth aurait dessiné les bateaux.

Le lendemain matin, lorsque Seth débarqua dans la cuisine, il était fier de lui. Il avait terminé une esquisse assez réussie du skipjack d'Ethan... Il s'était levé très tôt pour prendre son petit déjeuner avec les trois frères Quinn. Mais Ethan était déjà parti pêcher. Phillip était là, lui, puisqu'on était vendredi.

Deux sur trois, c'est déjà pas mal, se dit Seth en passant devant la table, où Cameron buvait son café en silence.

Chez les Quinn, il en fallait au moins deux tasses pour pouvoir communiquer autrement que par grognements. Seth y était accoutumé. Il tenait son cahier de croquis ouvert à la bonne page. Sans un mot, il le posa négligemment et, le cœur battant la chamade, il ouvrit le placard en quête d'un bol.

Cameron vit aussitôt l'esquisse. Il sourit, mais ne dit mot. Il regardait la tartine qu'il avait réussi à faire brûler.

— Le grille-pain ne marche pas.

— Tu le mets trop fort, critiqua Phillip en battant les œufs pour préparer une omelette.

— Non, je ne pense pas. Tu crois que tu as mis assez d'œufs ?

— Si tu en veux, tu n'as qu'à t'en faire une, répliqua Phillip.

Bon, il était aveugle, ou quoi ? se demanda Seth en remplissant son bol de céréales.

— Tu pourrais rajouter deux œufs, ça ne te tuerait pas, rétorqua Cameron. Après tout, j'ai fait le café.

— Le jus de chaussette, tu veux dire ?

Cameron jura entre ses dents et se leva pour aller chercher un bol à son tour. Il s'empara du paquet de céréales posé juste à côté du dessin de Seth. L'enfant attendit, osant à peine respirer.

— Nous aurons probablement de la visite, ce week-end.

Phillip se concentrait sur la cuisson de son omelette.

— Qui ?

— Anna. Je vais l'emmener faire du bateau. J'ai réussi à la convaincre de nous préparer un repas.

Décidément, il ne pensait qu'aux filles et à son estomac, songea Seth, dégoûté. Du coude, il poussa le cahier vers Phillip.

— Qu'est-ce que c'est que ça ? murmura Phillip distraitement.

Seth faillit lever les yeux au ciel. Il était temps !

— Rien, grommela-t-il en continuant à dévorer.

— On dirait le bateau d'Ethan, dit Cameron en reprenant du café. Tu ne trouves pas, Phillip ?

Phillip goûta une bouchée d'omelette et approuva.

— Oui. C'est un beau dessin... C'est toi qui as fait ça ? demanda-t-il à Seth.

— C'était pour m'amuser, éluda le jeune garçon, rose de plaisir.

— Je travaille avec un type qui dessine moins bien que ça. Joli travail ! déclara Phillip en le gratifiant d'une tape sur l'épaule.

— Ce n'est rien, dit Seth, fou de joie.

— C'est curieux, Ethan et moi pensions justement que ce serait une bonne idée d'accrocher des croquis de bateaux, histoire d'attirer les clients.

Phillip s'assit, haussa les sourcils.

— C'est une excellente idée. Oui, oui, c'est pas mal, ajouta-t-il en étudiant de plus près l'œuvre de Seth.

Cameron marmonna dans sa barbe, comme s'il réfléchissait.

— Un seul, ça ne suffit pas, dit-il en fronçant les sourcils. Je ne sais pas si tu pourrais nous en faire d'autres, le chalutier d'Ethan, par exemple. De mon côté, je pourrais retrouver les photos des bateaux sur lesquels j'ai travaillé.

— Je ne sais pas, minauda Seth, surexcité... Peut-être.

Phillip comprit alors la situation. Il renchérit.

— Ce serait bien, en effet. Il faudrait aussi un croquis de celui que vous allez construire.

— Celui d'Ethan est nul ! railla Cameron. On dirait un dessin d'élève de maternelle. Seth, tu pourrais y jeter un coup d'œil et voir si tu peux l'améliorer.

— Sans problème.

— Formidable ! Eh, dépêche-toi... Il te reste quatre-vingt-dix secondes avant l'arrivée du car de ramassage, sinon, tu iras à l'école à pied.

— Merde !

Seth se leva précipitamment, s'empara de son sac à dos et partit en courant.

La porte claqua derrière lui, et Phillip se cala sur sa chaise.

— Beau boulot, Cameron !

— Ça m'arrive !

— De temps à autre. Comment savais-tu qu'il dessinait aussi bien ?

— Il a donné à Anna une esquisse du chiot.

— Je comprends ! Au fait, tu en es où avec elle ?

— Comment cela ?

— Elle vient passer le week-end, tu l'emmènes faire de la voile, elle va nous cuisiner un repas. Depuis que tu la connais, tu ne t'intéresses plus aux autres femmes. Pour un peu, on croirait que c'est sérieux.

— Du calme ! protesta Cameron, mal à l'aise. Nous nous entendons bien, c'est tout.

— C'est curieux, j'ai l'impression que...

— C'est une femme qui ne pense qu'à sa carrière, interrompit Cameron sèchement. Elle est intelligente, ambitieuse et elle ne cherche surtout pas les complications.

Ne lui avait-elle pas dit pourtant qu'elle rêvait d'une maison à la campagne, avec un jardin où elle pourrait planter des fleurs ?

— Les femmes cherchent toujours les embrouilles, répliqua Phillip. Attention où tu mets les pieds.

— Je sais où je vais.

— C'est ce qu'on dit toujours.

Il est vrai qu'Anna s'efforçait d'éviter le plus possible les complications. Pour cette raison, elle avait décidé qu'elle ne verrait pas Cameron le vendredi soir. Elle prétexta une obligation professionnelle, préférant un compromis. Elle arriverait chez lui tôt samedi matin pour leur promenade en mer et, comme il insistait, elle accepta de leur préparer un plat de lasagnes.

Elle avait troqué son tailleur strict contre un jogging. Elle mit son disque préféré et, un verre de vin rouge à la main, admira le coucher du soleil.

Il était temps, grand temps de réfléchir en toute lucidité à ses sentiments pour Cameron. Elle le connaissait depuis quelques semaines seulement, pourtant, jamais encore un homme ne l'avait à ce point bouleversée.

Jusqu'à présent, elle avait toujours tout planifié : sa carrière, ses sentiments. C'était une façon de se protéger, de ne pas se tromper.

Elle avait fait trop d'erreurs autrefois. Si elle avait suivi le chemin dans lequel elle s'était lancée aveuglément après avoir perdu sa mère et son innocence, elle aurait été perdue.

Elle avait appris à ne pas culpabiliser sur son passé, à ne pas s'en vouloir d'avoir fait du mal à ceux qui l'aimaient. La culpabilité ne servait à rien.

Si elle en était arrivée là aujourd'hui, c'était pour ses grands-parents qui l'avaient accueillie et ne l'avaient jamais abandonnée, même dans les pires moments, pour sa mère, et pour l'enfant terrifiée qui était restée seule au bord de la route.

Elle avait fini par faire son deuil et accepter de se tourner vers l'avenir. Elle avait compris que toutes les mauvaises actions commises pendant les deux années qui avaient suivi cette nuit tragique étaient le fait d'une âme blessée. Par chance, elle était entourée de gens qui l'aimaient et croyaient en elle.

Remise sur la bonne voie, elle avait décidé de ne plus jamais s'en écarter.

À présent, elle gardait ses coups de tête pour des choses frivoles : rouler à cent à l'heure sans but, ou dépenser son argent en vêtements superflus. Pour le reste, elle s'efforçait d'être rationnelle et efficace. C'était compter sans Cameron Quinn.

Aimer Cameron Quinn était une folie. Elle savait que cela lui coûterait cher.

Évidemment, songea-t-elle en s'appuyant contre la porte du balcon pour savourer la brise du soir, c'était si nouveau, si inattendu ! Elle s'était toujours imaginé qu'elle tomberait amoureuse par étapes, lentement mais sûrement...

Avec Cameron, tout le contraire s'était passé ! C'était un véritable coup de foudre.

Analysons la situation, se recommanda-t-elle. Qu'avait-il de plus qu'un autre ? Son physique ? Elle ferma les yeux. Inutile de se le cacher, au départ, elle avait été séduite par sa beauté. Aucune femme ne pouvait rester insensible à ce regard ténébreux, à ce corps athlétique.

Sa vivacité d'esprit, son arrogance l'avaient intriguée. Puis elle avait été surprise par son bon cœur.

Lui se considérait comme un homme égoïste et dur. Il l'était sans doute en partie. Mais ce qui comptait le plus, c'était qu'il était aussi chaleureux et généreux. Il n'en avait probablement pas conscience, tout comme il ne se rendait pas compte à quel point il aimait Seth. Anna comprit soudain que c'était justement cela qui l'avait touchée.

Au fond, s'éprendre de lui était peut-être logique mais rester amoureuse était déraisonnable.

Le téléphone sonna, et elle alla répondre.

— Allô !

— Mademoiselle Spinelli ! En plein travail ?

Elle ne put s'empêcher de sourire.

— De réflexion, oui. Et toi ?

— Ethan et moi avons un petit boulot à terminer ce soir. Ensuite, c'est repos jusqu'à lundi matin.

Muni d'un portable, il s'échappa vers un endroit plus tranquille. Seth était de corvée de vaisselle et une seconde assiette venait d'atterrir par terre avec fracas.

— On annonce du beau temps pour demain.

— Vraiment ? Ça tombe bien !

— Tu pourrais encore venir ce soir.

C'était très tentant.

— Je serai là aux aurores.

— Tu n'as pas un bikini, par hasard ? Rouge, de préférence.

— Non, désolée, le mien est bleu.

Il marqua une pause.

— N'oublie pas ta brosse à dents.

— Si je l'apporte, je veux la clé de ta chambre.

— Qu'est-ce que tu es raisonnable ! s'exclama-t-il en observant le vol d'une aigrette.

— Prudente, Quinn, prudente. Comment va le chantier ?

— Ça avance, murmura-t-il.

Il aimait écouter sa voix.

— Tu verras quand tu viendras.

Il avait très envie de lui montrer l'esquisse de Seth qu'il avait encadrée dans l'après-midi.

— Nous allons démarrer dès la semaine prochaine, j'espère.

— Déjà ?

— Pourquoi attendre ? Ces temps-ci, j'ai l'impression que la chance est de nouveau de mon côté.

Derrière lui, il entendit le chiot aboyer, aussitôt imité par Sim. Puis la voix de Phillip s'éleva, suivie du rire de Seth.

Il se retourna, écarquilla les yeux. La porte s'ouvrit et les deux chiens surgirent comme des boulets de canon. Éclairé par la lumière de la cuisine, le petit garçon les observait en souriant.

Le cœur de Cameron se serra. L'espace d'un instant, il crut entendre le grincement du fauteuil à bascule dans la véranda, et le rire profond de son père.

— C'est vraiment curieux, murmura-t-il.

— Quoi ?

— Tout. Tu devrais être ici avec moi. Tu me manques. Qu'as-tu sur toi ?

Elle rit tout bas en observant son jogging informe.

— Pas grand-chose, murmura-t-elle.

Peu après, Cameron se dirigea vers le ponton. L'eau clapotait doucement. Les oiseaux de nuit s'éveillaient. La mer était d'un noir profond sous un mince croissant de lune.

Il avait du travail. Ethan l'attendait. Mais il avait besoin d'être seul.

Il ne sursauta pas lorsqu'il perçut un mouvement à ses côtés. Il commençait à s'y habituer. Combien de fois s'était-il installé ici, sous les étoiles, en compagnie de son père ? Évidemment, c'était un peu différent de se retrouver avec le fantôme de ce dernier mais, après tout, rien n'était plus comme avant...

— Je savais que tu serais là, murmura Cameron.

— J'aime avoir l'œil sur ce qui se passe, avoua Ray, en tenue de pêcheur. Il y avait longtemps que je n'étais pas venu ici de nuit.

— Tu ne serais pas un peu indiscret ? s'enquit Cameron.

— J'ai toujours respecté la vie privée de mes fils, Cameron. N'aie aucune inquiétude à ce sujet. Elle est drôlement belle, ajouta-t-il. Tu as toujours su t'entourer de jolies femmes.

— Et toi ? demanda Cameron.

— J'ai épousé ta mère, non ? Tu sais, soupira Ray, je n'ai jamais touché une autre femme après avoir échangé mes vœux de mariage avec Stella. Je contemplais, j'admirais, mais jamais je ne touchais.

— Il faut que tu me parles de Seth.

— C'est impossible. Tu t'occupes bien de lui. C'est une bonne chose de le faire participer à l'affaire en lui demandant de dessiner des bateaux. Il faut qu'il se sente utile. Je regrette de n'avoir pas eu plus de temps à vous consacrer. Mais c'est ainsi...

— Papa...

— Tu sais ce qui me manque le plus, Cameron ? Vous entendre vous chamailler, tous les trois. La pêche au petit matin, quand le soleil effleure la brume juste au-dessus de l'eau. Le regard de l'élève qui vient de comprendre. Les jeunes filles en robe d'été... Le bruit de la pluie sur le toit à trois heures du matin...

Il tourna la tête vers Cameron et sourit. Ses yeux brillaient.

— Profite de la vie tant que tu peux. Mais, pour cela, il faut savoir prendre le temps d'apprécier les petits bonheurs de l'existence.

— En ce moment, je dois avouer que j'ai d'autres tracas que la pluie qui tombe sur le toit.

— Je sais. Ce n'est pas facile pour toi, mais tu t'en sors bien. Il te reste à découvrir ce que tu veux vraiment.

— Je veux des réponses. J'ai besoin de réponses.

— Tu les trouveras, le rassura Ray. Quand tu te décideras enfin à prendre le temps.

— Dis-moi... Ethan et Phillip savent-ils que... que tu es là ?

— Ils le sauront. L'heure viendra. Il devrait faire beau pour votre promenade en mer, demain. Profite des petits bonheurs... conclut-il avant de s'évaporer.

17

Il la guettait. Encore une première dans son existence. Jamais il n'avait attendu une femme. Même lorsqu'il était adolescent, elles étaient venues à lui. Elles lui avaient téléphoné, étaient passées « par hasard » devant chez lui, avaient traîné devant son casier à l'école. Il avait fini par s'y habituer.

Jamais il n'avait été éconduit. Il venait à peine d'avoir quinze ans lorsqu'il avait été invité à une soirée par Allyson Brentt, une « vieille » super-sexy de seize ans. Elle était passée le prendre chez lui au volant de la Chevrolet de son père. Sur le moment, il s'était senti humilié de monter dans une voiture conduite par une fille. Il avait changé d'avis lorsque Allyson s'était garée dans une allée, en proposant qu'ils s'installent sur la banquette arrière.

Perdre sa virginité à quinze ans entre les bras d'Allyson avait été une expérience fort agréable. Il ne l'avait jamais regretté.

Il aimait les femmes, toutes les femmes. Mais avec Anna, c'était différent. Elle, il la guettait, il l'attendait.

Pourquoi ? se demanda-t-il en s'éloignant du ponton. Peut-être parce qu'elle avait connu une enfance douloureuse, en était sortie plus forte, plus vraie ? Peut-être parce qu'elle avait plusieurs personnalités et que ça le fascinait ?

Plus il pensait à elle, plus il la désirait.

— Que fais-tu ?

Il sursauta tandis que Seth surgissait derrière lui. Il garda le regard rivé sur la route et fourra les mains dans ses poches, dépité.

— Rien. Je me promenais.

— Tu n'en as pas l'air, lui fit remarquer Seth.

— Je faisais une pause.

Seth leva les yeux au ciel.

— Et moi, qu'est-ce que je pourrais faire ?

Cameron feignit de s'intéresser à la couleur des tulipes.

— Qu'est-ce que tu veux dire ?

— Je ne sais pas, moi. Ethan est sur son chalutier, et Phillip s'est enfermé dans le bureau avec son ordinateur.

— Et alors ?

Cameron se pencha pour arracher une mauvaise herbe, l'esprit ailleurs.

— Où sont passés tes copains ?

— Ils sont allés déjeuner avec leur grand-mère, ironisa Seth. Je m'ennuie.

— Euh... va ranger ta chambre.

— Et puis quoi, encore ?

— Regarde la télévision.

— Le samedi matin, il n'y a que des bêtises pour les mômes.

— Tu es un môme, lui fit remarquer Cameron qui tendit l'oreille.

Enfin, une voiture approchait !

— Amuse-toi avec ton imbécile de chien.

— Ce n'est pas un imbécile ! s'indigna Seth, furieux. Tu vas voir. Balourd ! Ici !

Balourd arriva au galop, une canette de bière entre les dents.

Seth claqua des doigts et le chien s'assit aussitôt sur son séant.

— Il obéit à la voix, commenta Seth d'un ton solennel en caressant son chien, mais je préfère qu'il réponde aux gestes.

Il tendit une main. Balourd lui donna la patte.

— Pas mal ! s'exclama Cameron, impressionné. Combien de temps t'a-t-il fallu pour lui apprendre ça ?

— Quelques heures.

Tous trois se tournèrent en entendant Anna se garer dans l'allée. Balourd fut le premier à courir l'accueillir.

— Il n'a pas encore bien compris l'ordre de rester immobile, confia Seth à Cameron. Il n'y a pas longtemps qu'on a commencé.

Dès qu'Anna descendit de son véhicule, le chien se mit à bondir sur elle et à la lécher.

Cameron en aurait volontiers fait autant ! elle était vêtue d'un jean bleu pâle et d'un tee-shirt rouge, elle arborait une tenue à la fois pratique et seyante.

— Tiens, elle n'a pas attaché ses cheveux, nota Seth. Elle est différente.

— Oui…

Elle s'était accroupie pour caresser le chiot qui s'était roulé sur le dos, pattes écartées, pour savourer son bonheur. Elle redressa la tête et, derrière ses lunettes fumées, Cameron vit son regard se durcir.

Faisant semblant de rien, il la serra dans ses bras, étouffant toutes ses protestations d'un baiser fougueux.

Lorsque, enfin, il la libéra, il lança, satisfait :

— Bonjour, Anna.

— Bonjour.

Gênée, elle s'écarta et se tourna vers Seth. Celui-ci paraissait plus ennuyé que choqué par la scène dont il venait d'être témoin. Elle afficha un sourire.

— Bonjour, Seth.

— Salut.

— Ton chien a grandi.

Elle tendit la main vers lui. Le chiot y posa instantanément sa patte.

— Il est drôlement malin.

— On s'entraîne, tous les deux.

— Vous formez une bonne équipe, constata-t-elle. J'ai des provisions dans la voiture. Pour le dîner, précisa-t-elle. Tu me donnes un coup de main ?

— D'accord, marmonna-t-il. Je n'ai rien d'autre à faire.

— Nous n'allons pas nous promener en bateau ?

Amusée, elle vit Cameron grimacer, tandis que Seth plissait les yeux.

— Avec moi ?

— Bien sûr ! assura-t-elle en lui tendant un sac rempli à craquer. Dès que nous aurons rangé tout ça. J'espère que j'apprendrai vite, je ne connais absolument rien à la navigation.

Enchanté, Seth l'aida à décharger la voiture.

— Tu verras, c'est facile. Mais il faut un chapeau.

Sur ce conseil judicieux, il partit vers la maison.

— J'avais imaginé qu'on partirait juste toi et moi, dit Cameron.

Son fantasme d'une étape amoureuse dans une crique déserte fondait comme neige au soleil.

— Vraiment ?

Elle lui confia son sac de voyage.

— Je suis sûre que nous nous amuserons énormément tous les trois.

Elle claqua la portière de sa voiture, gratifia Cameron d'une tape sur la joue, puis emboîta le pas à Seth.

Pour finir, ils partirent à quatre, car Seth insista pour emmener son chien. Anna prenant sa défense, Cameron n'eut pas son mot à dire.

Comment être déçu avec un aussi joyeux équipage ? Balourd était assis sur un banc, affublé d'un gilet de sauvetage spécial qui avait appartenu à l'un des chiens de Ray et de Stella.

Seth dévorait un sandwich en expliquant à Anna les mystères de la navigation à voile.

Elle était craquante avec une de ses vieilles casquettes de base-ball sur la tête...

Cameron manœuvra l'embarcation au moteur, à petite allure. Ils longèrent la rivière de Little Neck jusqu'à la baie.

Il y avait de la houle, et Cameron jeta un coup d'œil inquiet à Anna. Agenouillée à la poupe, elle était penchée par-dessus la rambarde. Il sourit en constatant que sa position n'était pas due au mal de mer. Le visage radieux, elle montrait du doigt les bosquets d'arbres jaillissant des marais de Smith Island.

Il ordonna à Seth de hisser les voiles.

Jamais Anna n'oublierait la magie de ce moment. Sa vie de citadine ne l'avait pas préparée à ce spectacle : les voiles blanches se dressèrent dans le ciel, claquèrent au vent, puis se gonflèrent.

Pendant quelques minutes, le bateau parut voler. Le vent lui fouetta la figure. Ses lèvres avaient un goût salé.

Ils passèrent devant une cabane sur pilotis. Les flotteurs orange indiquant les pièges à crabes dansaient sur l'eau. Au loin, un marin en pantalon délavé, casquette défraîchie et bottes blanches, extirpait une cage en fil de fer. Son chalut chaloupait au rythme de la marée. Il leur fit signe de la main.

— C'est Little Donnie, expliqua Seth. Ethan dit qu'on l'appelle comme ça, même s'il est devenu grand, parce que son père, c'est Big Donnie. Bizarre, non ?

Anna s'esclaffa. Little Donnie devait peser près de cent cinquante kilos !

— Quelle merveille ! Vivre sur l'eau, et pêcher…

Seth haussa les épaules.

— C'est pas mal, mais je préfère naviguer.

Offrant son visage au soleil, elle décida qu'il avait raison. Cameron paraissait parfaitement à l'aise à la barre, ses longues jambes bien plantées dans le sol pour résister au roulis, ses cheveux au vent. Lorsqu'il tourna la tête vers elle, elle eut un pincement au cœur. Et quand il lui tendit une main, elle s'approcha à pas prudents.

— Tu veux prendre la barre ?

Elle en mourait d'envie.

— Ce n'est pas raisonnable, argua-t-elle pourtant. Je n'y connais rien.

— Je vais te montrer.

Il la plaça devant lui et posa les mains sur les siennes.

— Là-bas, c'est Pocomoke, indiqua-t-il. Si tu veux y aller, il faut ralentir.

Elle observa le vol d'un goéland, le vit plonger vers la mer, raser l'écume, puis remonter en poussant un cri strident.

— Je veux aller vite et loin, avoua-t-elle.

Il rit, enchanté.

— Bravo !

— Où allons-nous ?

— Vers le sud.

— Je n'imaginais pas qu'on puisse aller aussi vite.

— Tiens-moi ça un instant.

À son immense surprise, il s'écarta et appela Seth. Tous deux réglèrent les voiles. Les mains crispées sur la barre, elle les entendit plaisanter. Les mâts grincèrent, les voiles frémirent. Leur allure augmenta encore. Elle essaya de se décontracter. Après tout, devant, il n'y avait que de l'eau.

À tribord, elle aperçut un petit bateau à moteur émergeant d'une des innombrables rivières de la côte. Trop loin, jugea-t-elle, pour présenter le moindre risque.

À l'instant même où elle se disait qu'elle maîtrisait la situation, le voilier gîta. Elle étouffa un cri en poussant violemment la barre de l'autre côté. Cameron se précipita pour l'aider.

— Nous allons nous renverser !

— Mais non. Tout va bien.

— Tu m'as laissée toute seule à la barre.

— Il fallait que je m'occupe des voiles. Le petit s'y prend plutôt bien ; Ethan lui a beaucoup appris et il comprend vite.

— Mais tu m'as laissée toute seule à la barre, insista-t-elle.

— Tu t'es très bien débrouillée.

Du bout des lèvres, il déposa un baiser sur sa tête.

— Là-devant, c'est Tangier Island. Nous allons contourner l'île et nous diriger vers le sud. Je connais de jolis endroits du côté de Little Choptank. Nous y serons pour le déjeuner.

Remise de sa frayeur, elle écarta les pieds, comme Cameron, et laissa son corps se balancer selon les mouvements du navire. Quand elle aurait sa maison au bord de l'eau, elle achèterait un petit bateau. Elle demanderait aux frères Quinn de le lui construire.

— Si j'avais un bateau, se permit-elle de rêver tout haut, je le sortirais le plus souvent possible.

— Hum, nous allons devoir t'enseigner les règles de base.

Il la laissa hisser le foc, sous la surveillance de Seth. Comme prévu, ils contournèrent Tangier Island.

Cameron était maintenant torse nu, et sa peau luisait au soleil. Anna avait un peu mal aux mains, mais elle oublia sa douleur lorsqu'il lui déclara qu'elle était une excellente recrue.

Ils déjeunèrent dans la crique de Hudson, tout près de la rivière de Little Choptank, avec pour seule compagnie le clapotis des vagues et les piaillements des oiseaux. Le ciel était d'un bleu limpide, la température agréable. L'été approchait à grands pas.

Ils décidèrent de se baigner. Balourd s'ébroua joyeusement, tandis que Seth nageait comme un dauphin.

— Il s'amuse comme un fou, constata Anna.

Le gamin insolent et méfiant s'était métamorphosé. Elle se demanda si Cameron en avait conscience.

— Je suppose que je ne peux pas t'en vouloir d'avoir insisté pour qu'il vienne.

— Je parie que tu n'aurais jamais aussi bien navigué sans son aide.

— C'est exact.

Soudain, il fendit l'eau devant lui et enlaça la jeune femme. Elle s'accrocha à ses épaules.

— Interdiction de me mettre la tête sous l'eau.

— Crois-tu que je serais capable d'un acte aussi prévisible ? Surtout quand je peux trouver des jeux nettement plus amusants...

Il l'embrassa avec ardeur, et le pouls d'Anna s'accéléra. Elle était merveilleusement bien...

Soudain, *plouf !* elle bascula dans l'eau.

Elle refit surface en toussant. Seth riait aux éclats. Cameron souriait comme un ange.

— Je n'ai pas résisté à la tentation, proclama-t-il, avant de boire la tasse à son tour sous l'effet d'un magistral coup dans l'estomac.

— Ensuite, ce sera ton tour, prévint-elle en se tournant vers Seth qui s'était figé, ahuri de voir deux adultes jouer comme des enfants.

— Hé ! Je n'ai rien fait, moi !

— Tu t'es moqué de moi. De toute façon, je vous ai vus à l'œuvre, tous les deux : vous êtes de mèche. Je parie que c'était ton idée.

— Pas du tout !

Il s'amusa à plonger et à la tirer par la cheville. La bagarre fut acharnée, et lorsqu'ils furent tous deux épuisés, ils décidèrent de s'arrêter. C'est seulement alors qu'ils virent Cameron, confortablement installé sur le bord du bateau, en train de manger un sandwich.

— Qu'est-ce que tu fais là ? s'insurgea Anna en repoussant une mèche de cheveux tombée sur ses yeux.

— J'admire le spectacle, répliqua-t-il. Deux timbrés à l'ouvrage.

— Deux timbrés ? répéta-t-elle en faisant un clin d'œil à Seth. Je n'en vois qu'un, pas toi ?

— Un seul, acquiesça Seth, tandis que tous deux s'approchaient lentement du bateau.

N'importe qui aurait compris ce qu'ils avaient dans la tête. Cameron faillit se lever pour rester hors d'atteinte, puis il se ravisa et se laissa tomber dans l'eau.

Plusieurs heures plus tard, Seth prit conscience que pendant leur jeu, Anna et Cameron avaient pu le toucher sans qu'il en éprouve le moindre malaise.

Quand ils furent rentrés, une fois le bateau amarré, les voiles pliées et le pont nettoyé, Anna se mit aux fourneaux. Si elle était novice en matière de voile, en cuisine, elle n'avait de leçons à recevoir de personne.

— Ça sent bon ! s'exclama Phillip.

— Ce sera encore meilleur au goût, lui promit-elle en continuant d'empiler les lasagnes. C'est une vieille recette de famille.

— Il n'y a rien de mieux, approuva-t-il. Nous gardons jalousement le secret de la pâte à gaufres que nous a transmis notre père. Un de ces matins, je vous en préparerai.

— Avec plaisir, répliqua-t-elle en ébauchant un sourire. Tout va bien ? ajouta-t-elle en le dévisageant.

Il avait l'air préoccupé.

— Oui, oui. Juste quelques soucis à l'agence.

En fait, il venait de recevoir le dernier rapport du détective privé qu'il avait engagé. On avait aperçu la mère de Seth à Norfolk... c'est-à-dire vraiment tout près...

— Je peux vous aider ?

— Tout va bien, affirma-t-elle en saupoudrant son plat de parmesan avant de l'enfourner. On pourrait peut-être goûter le vin !

Machinalement, Phillip s'empara de la bouteille ouverte sur le comptoir.

— Un nebbiolo ! constata-t-il, intéressé tout à coup. C'est un excellent rouge italien.

— Je trouve aussi, et il accompagne les lasagnes à la perfection.

Phillip sourit et remplit deux verres.

— Anna, je vous propose de quitter Cameron et de vous enfuir avec moi.

— Je vous retrouverai ! promit Cameron en entrant dans la cuisine. Bas les pattes, frérot, avant que je me fâche.

Le ton était léger, mais Cameron, tout en ayant l'air de plaisanter, ressentait une pointe de jalousie.

Lui qui n'était jamais jaloux...

— Il ne sait pas distinguer un barolo d'un chianti, lança Phillip en sortant un troisième verre. Vous seriez infiniment mieux avec moi.

— Doux Jésus ! minauda-t-elle en imitant l'accent d'une belle du Sud. Que c'est bon d'être courtisée par deux hommes à la fois ! Et en voilà encore un ! ajouta-t-elle alors qu'Ethan apparaissait à la porte. Voulez-vous vous battre en duel pour moi, Ethan ?

Il fronça les sourcils et se gratta le crâne. Les femmes l'intimidaient.

— C'est vous qui avez préparé ce qui cuit dans le four ?

— Avec mes petites mains de fée.

— Je vais chercher mon fusil.

Comme elle s'esclaffait, il la gratifia d'un timide sourire, puis fila pour aller prendre une douche.

— Incroyable ! Ethan flirte avec une femme ! s'étonna Phillip en levant son verre pour un toast. Anna, nous allons devoir vous garder parmi nous.

— Si l'un de vous met la table, je m'occuperai de la salade pendant ce temps.

Cameron et Phillip échangèrent un regard.

— À qui le tour ? demanda Cameron.

— Pas à moi. C'est sûrement à toi.

— Pas question ! J'étais de corvée hier.

Ils se dévisagèrent un instant, puis se tournèrent en chœur et appelèrent Seth.

Anna sut que son repas était réussi lorsque Seth se servit trois fois. Elle constata qu'il était en pleine forme : il plaisantait et semblait parfaitement à l'aise, même si, dans son regard, perçait de temps en temps une pointe de méfiance.

Par contre, son langage ne s'était guère amélioré. Pas étonnant ; il vivait avec trois hommes. Pourtant, Cameron le reprenait de temps en temps.

Lorsqu'elle rédigerait son rapport, dans une semaine, elle signalerait que Seth DeLauter avait trouvé un foyer où il s'épanouissait.

Bien sûr, il faudrait quelque temps avant que la tutelle ne soit accordée définitivement, mais son avis pèserait sur la décision. À présent, rien ne la réconfortait autant que la façon dont Seth regardait Cameron.

Ce dernier ferait un bon père. Il serait de ces papas qui portent leurs bambins sur les épaules, jouent à se chamailler avec eux. Elle imaginait presque le tableau : un petit garçon aux cheveux noirs, une fillette aux joues roses...

— Vous vous êtes trompée de métier, déclara Phillip en repoussant sa chaise.

Elle sursauta, prise en flagrant délit de rêvasserie.

— Ah bon ?

— Vous devriez ouvrir un restaurant. Si jamais vous décidez de changer d'orientation, prévenez-moi, j'investis tout de suite.

Il se leva avec l'intention de préparer le café lorsque le téléphone se mit à sonner. Il décrocha. Une voix féminine et sensuelle, teintée d'un accent italien, lui fit hausser les sourcils.

— Oui, bien sûr, il est ici... Cameron, c'est pour toi.

Cameron prit l'appareil.

— Bonjour, trésor... *Come va ?* s'enquit-il, incapable d'identifier l'interlocutrice.

Phillip entreprit aussitôt de distraire Anna.

— J'ai acheté cette machine à café il y a environ six mois, expliqua-t-il. Venez voir, c'est une merveille.

— Vraiment ?

Elle s'en fichait éperdument. Le rire de Cameron l'exaspérait. Celui-ci ne prit pas la peine de baisser le ton. Il avait enfin retrouvé le nom de sa correspondante. Sophia, aux courbes si voluptueuses, aux yeux si noirs.

— Non, j'ai été obligé d'interrompre mes activités en pleine saison, cette année, lui dit-il. Je ne sais pas quand je retournerai à Rome. Oui, tu seras la première prévenue. La petite *trattoria*, près de la fontaine de Trevi ? Comment aurais-je pu l'oublier ?

Il s'adossa contre le comptoir. Sa voix ressuscitait des souvenirs de Rome, les ruelles étroites et encombrées, les parfums... les courses...

— Pardon ?

Sa question au sujet de la Porsche le ramena brutalement au présent.

— Oui, elle est dans un garage, à Nice, jusqu'à...

Les mots moururent sur ses lèvres. Elle avait un ami, Carlo, qui souhaitait savoir si Cameron voulait vendre la Porsche, puisque apparemment il avait décidé de rester aux États-Unis.

— Je n'y ai pas encore songé.

Vendre sa Porsche ? Impossible ! Cela signifierait qu'il ne retournerait pas en Europe, ne reprendrait pas sa vie d'avant.

Elle s'exprimait vite, de façon convaincante, dans un mélange d'anglais et d'italien. Il avait son numéro de téléphone ? Il pouvait la joindre quand il voulait. À n'importe quelle heure. Elle dirait à Carlo qu'il réfléchissait. Cameron lui manquait beaucoup. Elle avait entendu dire qu'il avait refusé une grande course en Australie. Était-ce une femme qui le retenait dans son pays ? Était-il enfin vraiment amoureux ?

— Oui, non... euh... C'est compliqué, ma chérie. À bientôt.

Il raccrocha.

Phillip s'activait devant sa machine à café en essayant désespérément d'attirer l'attention d'Anna, rouge comme une pivoine. Ethan, prudemment, avait déserté la cuisine et Seth rêvassait, Balourd à ses pieds.

Cameron fronça les sourcils. Ils semblaient très mal à l'aise.

Anna se dirigea vers lui, et il lui lança :

— Qu'est-ce que j'ai aimé tes lasagnes...

La gifle retentit. Sidéré, il la regarda sortir en claquant la porte.

— Qu'est-ce qui se passe ? bredouilla-t-il en se frottant la joue. Qu'est-ce que tu lui as dit ?

— Tu es vraiment un imbécile, souffla Phillip.

— Elle avait l'air furieuse, constata Seth.

Cameron se précipita dehors et retrouva Anna au bord du ponton, blême de rage. Les bras croisés sur la poitrine, elle contemplait la mer.

— Qu'est-ce qui t'a pris ?

— Je ne sais pas, Cameron.

Elle se tourna vers lui, les yeux étincelants.

— Les femmes ont des réactions étranges, parfois, surtout quand l'homme avec lequel elles sortent flirte au téléphone sous leur nez avec une Italienne.

Il comprit enfin.

— Mais, trésor…

— Ne m'appelle pas trésor. J'ai un prénom. Tu me prends pour une idiote ? Trésor, chouchou, mon lapin… ce sont des termes qu'on emploie quand on ne se souvient pas du nom de la femme qu'on a dans son lit.

— Une petite seconde !

— Non, c'est à toi de m'écouter. Sais-tu à quel point j'ai été humiliée de t'entendre roucouler avec ta copine italienne, à Rome, alors que tu venais à peine d'avaler *mes* lasagnes ?

Et dire que quelques instants auparavant elle rêvait d'un avenir avec lui. Avec des enfants. Quelle sotte elle était !

— Je ne roucoulais pas, se défendit-il.

Un torrent d'italien s'échappa des lèvres d'Anna.

— Ce ne sont pas tes grands-parents qui t'ont appris tous ces gros mots, j'espère, murmura-t-il.

Comme elle serrait les dents, il ne put s'empêcher de sourire.

— Tu es jalouse !

— Il ne s'agit pas de jalousie, mais de décence ! s'emporta-t-elle.

Elle s'efforça de se calmer, mais elle n'en avait pas encore tout à fait terminé.

— Tu es libre, Cameron, et moi aussi. Nous n'avons échangé aucune promesse. Cependant, je ne tolérerai pas que tu roucoules au téléphone quand je me trouve dans la même pièce.

— Tu exagères ! C'était une conversation amicale.

— « La petite *trattoria* près de la fontaine de Trevi ! » minauda-t-elle. « Comment aurais-je pu l'oublier ?... Tu seras la première prévenue. »

Elle se tut, pinça les lèvres et dit :

— Pardonne-moi de t'avoir frappé.

— Tu n'as pas l'air de le regretter !

— Tu as raison. Tu le méritais bien.

— Cette discussion ne signifiait rien, Anna.

Oh si ! pensa-t-elle avec lassitude.

— C'était très malpoli.

— Je n'ai jamais été un spécialiste des bonnes manières. Cette fille ne m'intéresse pas. Je ne me souviens même pas de son visage.

Anna inclina la tête.

— Ce n'est pas à ton honneur. Tu aggraves ton cas.

Que voulait-elle qu'il lui réponde ?

— C'est ton visage, Anna, qui me hante nuit et jour.

— N'essaie pas de m'amadouer.

— Mais c'est la vérité.

— Peut-être. Mettons-nous d'accord sur un point : même dans une relation comme la nôtre, il est des lignes à ne pas franchir.

— Très bien. À partir de maintenant, tu seras la seule femme avec laquelle je m'autoriserai à flirter.

Devant son air impassible, il sourit.

— Les lasagnes étaient exquises. Aucune de mes conquêtes italiennes ne cuisinait comme toi.

Elle se tourna vers l'eau, puis vers lui, une lueur dansante dans les prunelles.

— Ne saute pas ! Sinon je plonge avec toi.

— Au fond, j'aime autant rester au sec, admit-elle. Qui joue du violon ? s'enquit-elle soudain, lorsqu'une mélodie s'échappa par la fenêtre.

— C'est Ethan… Et au piano, c'est Phillip.

— Que joues-tu, toi ?

— De la guitare.

— J'aimerais t'entendre.

Dans un geste de réconciliation, elle lui tendit la main. Il la prit dans la sienne et porta ses doigts à ses lèvres.

— C'est toi que je veux, Anna. C'est à toi que je pense sans cesse.

Pour l'instant, se dit-elle en s'abandonnant dans ses bras. Après tout, pourquoi ne pas profiter du moment présent ?

18

Anna fut émue de voir Cameron accorder sa vieille guitare Gibson, les sourcils froncés, concentré. C'était une facette de sa personnalité qu'elle ne connaissait pas encore.

Elle fut étonnée et enchantée de constater avec quelle facilité les trois hommes entonnèrent leur chanson. Ils avaient de bonnes voix, des doigts agiles. Un véritable orchestre. Une famille soudée.

Sans doute avaient-ils passé de nombreuses soirées comme celle-ci dans leur jeunesse. Elle les imaginait, adolescents, chantant pour les deux personnes qui leur avaient tout donné : un foyer, un but dans la vie.

Ce fut en imaginant ce tableau familial qu'elle se coucha dans le lit de Cameron.

Se rappelant qu'il y avait un enfant dans la maison, elle ferma la porte à clé, au cas où Cameron aurait l'idée d'abandonner son canapé pour la rejoindre.

Quatre frères de cœur, sinon de chair et de sang, songea-t-elle en se déshabillant, et Seth était des leurs.

Lorsqu'il avait déclaré que le violon était un instrument pour les filles et les poules mouillées,

Ethan avait souri et entamé une mélodie endiablée pour lui prouver le contraire. Seth avait acquiescé en haussant les épaules et il avait fini par s'endormir sur la moquette, le chiot lové contre lui.

Anna revêtit sa chemise de nuit et s'empara de sa brosse à cheveux. Cette maison était agréable, elle s'y sentait bien. Si elle avait été chez elle, elle n'aurait pas changé grand-chose. Elle se coiffa en rêvassant. Peut-être rehausserait-elle un peu les couleurs en jetant un coussin par-ci, par-là. Elle s'occuperait du jardin, en tout cas. Justement, elle avait lu plusieurs articles sur les plantes vivaces, celles qui préféraient le soleil, celles qui s'épanouissaient mieux à l'ombre. Sous le petit bosquet d'arbres, elle mettrait volontiers du muguet… Ce serait merveilleux de passer ses samedis matin à jardiner !

Un mouvement à la fenêtre attira son attention dans la glace. Son cœur se serra, tandis qu'une ombre bougeait derrière les carreaux. Le cadre se souleva tout doucement. Elle se retourna en brandissant sa brosse comme une arme.

Cameron enjamba le rebord.

— Salut !

Il l'avait longuement observée en train de se coiffer.

— Je t'ai apporté quelque chose.

Il lui tendit un bouquet de violettes sauvages.

— Comment es-tu arrivé jusqu'ici ? s'enquit-elle en le dévisageant d'un air soupçonneux.

— J'ai grimpé.

— Grimpé à quoi ?

— Au mur de la maison. Autrefois, je me servais de la gouttière, mais j'étais plus léger.

Il s'approcha. Elle recula.

— C'est malin. Et si tu étais tombé ?

Il avait gravi des façades rocheuses dans le Montana, au Mexique et en France, mais il sourit, attendri par son inquiétude.

— Tu te fais du souci pour moi ?

— Pas du tout.

Elle prit les fleurs.

— Merci pour les violettes. Bonne nuit.

Intéressant, décida-t-il. Sa voix, son expression étaient froides, pourtant, elle se tenait là, devant lui, sans bouger, vêtue d'un long tee-shirt blanc. Curieusement, il trouva cette tenue sobre et pratique très sexy.

— Impossible de m'endormir, expliqua-t-il en tendant le bras pour éteindre la lampe de chevet.

— Tu n'as pas essayé bien longtemps, répliqua-t-elle en rallumant aussitôt.

— J'ai eu l'impression de me retourner pendant des heures.

Du bout du doigt, il caressa son bras. Elle avait la peau dorée, chaude.

— Je ne pensais qu'à toi.

Un frémissement la parcourut. Son cœur battait à toute allure.

— Cameron, il y a un petit garçon tout près d'ici...

— Qui dort comme un ange, compléta-t-il en déposant un baiser sur sa gorge. Il ronfle sur le divan du salon.

— Tu aurais pu le coucher dans son lit.

— Pourquoi ?

— Parce que...

Quand il la regardait ainsi, elle était incapable de réfléchir de manière lucide.

— Tu avais tout prévu, bredouilla-t-elle enfin.

— Pas exactement. J'ai pensé que je serais obligé de te convaincre de faire une petite promenade dans les bois, une fois la maisonnée apaisée. Je t'aurais fait l'amour dehors, sous les étoiles. Malheureusement, il va pleuvoir.

— Pleuvoir ?

Elle jeta un coup d'œil vers la fenêtre, où le rideau se gonflait sous le vent frais. Lorsqu'elle se tourna vers lui, il s'était encore rapproché.

— De plus, je te veux dans mon lit. J'ai envie de toi, Anna. Nuit et jour.

— Demain... commença-t-elle.

— Ce soir, demain.

Toujours, faillit-il ajouter...

Un gémissement s'échappa des lèvres de la jeune femme tandis qu'il l'embrassait. S'abandonnant à leur étreinte, elle laissa glisser les fleurs de ses mains.

— Nous avons tout le temps, chuchota-t-il tendrement. Même lorsque tu n'es pas là, ton image me hante.

Ils n'entendirent ni l'un ni l'autre les premiers crépitements de la pluie et le hurlement du vent. Ils se laissèrent submerger par le bonheur d'être ensemble, unis.

Réveillée par le soleil, Anna fut sidérée de découvrir Cameron à ses côtés. Il la tenait fermement contre lui, leurs jambes entrelacées.

Si elle avait eu la tête sur les épaules, elle se serait peut-être rendu compte que leur relation avait pris un tour nouveau. Elle laissa glisser son pied dans l'espoir de se libérer de son étreinte, mais il bougea, la retenant.

— Cameron, chuchota-t-elle. Cameron... réveille-toi !

Il grogna, se lova contre elle, marmonna quelques mots.

Elle soupira et, décidant qu'elle n'avait guère le choix, lui donna un petit coup de genou dans la cuisse. Il ouvrit les yeux instantanément.

— Hé ! Qu'est-ce qu'il y a ?

— Réveille-toi.

— Je suis réveillé... Pourquoi tu me maltraites ?

— Il faut que tu t'en ailles, murmura-t-elle. Tu n'aurais pas dû rester ici toute la nuit.

— C'est mon lit, non ?

— Tu sais très bien ce que je veux dire, siffla-t-elle. Un de tes frères pourrait surgir d'une minute à l'autre.

Il parvint péniblement à se redresser pour consulter le réveil sur la table de chevet.

— Il est sept heures passées. Ethan est levé depuis un bon moment, il a sans doute déjà rempli son premier panier de crabes. Peux-tu me dire pourquoi nous chuchotons ?

— Parce que tu ne devrais pas être là.

— J'habite ici, répliqua-t-il avec un sourire langoureux. Qu'est-ce que tu es jolie, au réveil !

— Arrête ! glousa-t-elle tandis qu'il posait une main sur son sein. Pas maintenant.

— Pourquoi ? On est là, tout nus...

— Ne commence pas...

— Trop tard.

Elle exigea qu'il sorte par la fenêtre. Il prétendit que c'était absurde, mais finit par s'exécuter. Lorsqu'elle descendit, la maison était calme. Seth dormait toujours sur le canapé, Balourd montant la garde à ses pieds.

Apercevant Anna, le chiot se leva et se précipita vers elle en gémissant. Il lui emboîta le pas jusqu'à la cuisine. Soit il avait faim, soit il avait envie de faire pipi. Elle lui ouvrit la porte, et il partit comme une flèche arroser une azalée.

Les oiseaux pépiaient, la rosée étincelait sur l'herbe. Une légère brume voilait l'horizon, mais elle se dissiperait vite au soleil.

Anna décida de se préparer un café et d'aller le boire sur le ponton. Elle finissait de le moudre, lorsque Cameron apparut.

— Bonjour, Cameron.

— Bonjour, Anna.

Décidant de jouer le jeu, il vint vers elle déposer un chaste baiser sur sa joue.

— As-tu bien dormi ?

— Très bien, et toi ?

— Comme un loir, affirma-t-il en enroulant une mèche des cheveux d'Anna autour de son doigt. Tu n'as pas eu peur du silence ?

— Comment cela ?

— Toi qui viens de la ville...

— Oh non, au contraire ! Je crois que je n'ai jamais aussi bien dormi.

Ils se souriaient lorsque Seth surgit en se frottant les yeux.

— Est-ce qu'il y a quelque chose à manger ?

Cameron soutint le regard d'Anna.

— Phillip a parlé de gaufres, hier. Va vite le réveiller.

— Des gaufres ? Super !

Seth partit en courant.

— Phillip ne va pas beaucoup apprécier, dit Anna.

— C'est lui qui a lancé l'idée.

— Je pourrais les faire.

— Tu as préparé le dîner hier soir. Ici, c'est chacun son tour !

Des cris résonnèrent au-dessus de leurs têtes, et Cameron rit tout bas.

— Si nous allions boire le café dans un coin tranquille ?

— Excellente idée.

Mû par une impulsion soudaine, il s'empara d'une canne à pêche, qu'il lui tendit, puis il fouilla dans le réfrigérateur et prit un bout de fromage.

— Je croyais que nous allions manger des gaufres ?

— Bien sûr. Ça, c'est l'appât.

— Tu utilises du fromage ?

— Pourquoi pas ? Allons voir ce que nous pouvons attraper.

— Je ne sais pas pêcher, protesta-t-elle.

— Tu verras, c'est facile. Si nous ne revenons pas avec deux chats avant que Phillip n'ait servi les gaufres, cela voudra dire que je ne suis plus bon à rien.

— Des chats ? répéta-t-elle, atterrée.

Il cligna des paupières, puis s'esclaffa.

— Des *poissons*-chats, ma chérie.

— Ha ! Ha ! Très drôle. C'est horriblement laid. J'en ai vu en photo.

— Tu n'en as jamais mangé ?

— Quelle idée ! s'insurgea-t-elle.

— On les fait frire, c'est un véritable régal.

Il s'installa à côté d'elle et entreprit d'accrocher un morceau de fromage à l'hameçon. Pieds nus, avec sa barbe naissante et ses cheveux hirsutes, il était magnifique.

— Ton amie romaine aurait du mal à te reconnaître.

Il grimaça, jeta sa ligne à l'eau.

— Tu ne vas pas remettre ça sur le tapis.

— Non ! promit-elle en l'embrassant. Moi-même, j'ai failli ne pas te reconnaître. Mais ça te va bien.

Il lui tendit la canne.

— Tu ne ressembles pas non plus à la sobre et efficacc Mlle Spinelli que j'ai connue.

— Le dimanche, je suis en congé. Qu'est-ce que je fais, si j'attrape un poisson ?

— Tu le ramènes.

— Comment ?

— Nous nous inquiéterons de ça plus tard.

Ils demeurèrent un moment à contempler le paisible paysage. Soudain, une maman canard et ses six canetons apparurent. Anna s'exclama :

— Oh ! Regarde comme ils sont mignons !

— Ils font leur nid là-bas, à la lisière du bois, presque chaque année... C'est pratique pour la chasse, en hiver, ajouta-t-il, incapable de résister à la tentation de la taquiner.

— La chasse ? murmura-t-elle, horrifiée. Vous tirez sur ces pauvres bêtes ?

— Quand elles sont plus grandes, riposta-t-il, lui qui n'avait jamais chassé de sa vie. On se contente d'en tuer deux pour le petit déjeuner.

— Tu devrais avoir honte.

— On voit bien que tu vis à la ville.

— Si ces canards m'appartenaient, personne ne leur tirerait dessus.

Il sourit, et elle plissa les yeux.

— Tu te moques de moi, devina-t-elle.

— Ça a marché ! Qu'est-ce que tu es mignonne, quand tu te fâches... Ne t'inquiète pas, ma mère avait horreur de la chasse.

— Comment était-elle ?

— Solide comme un roc. Quand elle se mettait en colère, ce qui était rare, elle était impressionnante. Elle aimait son travail, les enfants.

Sans s'en rendre compte, il avait pris la main d'Anna.

— En arrivant ici, j'étais pas très solide. Elle m'a soigné. Je me disais qu'une fois rétabli, je m'enfuirais, que ces gens n'étaient que des imbéciles, que j'allais leur piquer leur fric et filer vers le Mexique.

— Mais tu ne l'as pas fait.

— Je suis tombé amoureux d'elle. Le jour où j'ai fait ma première balade en mer avec papa. Lorsque nous sommes revenus, mon père est allé corriger des copies, je crois. Je pestais parce qu'il m'avait obligé à mettre un gilet de sauvetage, à faire ceci et cela. Elle m'a pris par la main et m'a poussé dans l'eau en me disant que je ferais mieux d'apprendre à nager. C'est elle qui m'a tout enseigné. Je suis tombé amoureux d'elle à trois mètres de ce ponton.

Touchée, Anna porta leurs mains jointes à sa joue.

— Je regrette de n'avoir jamais eu l'occasion de la rencontrer. De les connaître tous les deux.

Il n'avait encore jamais partagé ce souvenir avec quiconque. Soudain, il se rappela qu'il était venu là la veille et qu'il avait bavardé avec son père.

— Crois-tu que... euh... que les gens puissent revenir ?

— D'où ?

— Tu sais, les fantômes, les esprits...

Anna réfléchit un moment avant de répondre :

— Je ne peux pas dire que je n'y crois pas, avoua-t-elle. Après la mort de ma mère, il m'est arrivé de sentir son parfum, comme ça, brusquement. Peut-être était-ce réel, peut-être n'était-ce que mon imagination ? En tout cas, ça m'a aidée. C'est ça qui compte, je suppose.

— Oui, mais...

— Oh ! s'exclama-t-elle, lâchant presque la canne qui ployait. Quelque chose a mordu. Tiens !

— Ah, non. C'est toi qui l'as attrapé. Tourne le moulinet, puis lâche un peu de lest. Là... Tout doucement.

— J'ai l'impression que c'est un gros poisson, murmura-t-elle, excitée.

— On a toujours cette impression. Très bien, encore un peu... Tire... Tire !

Anna écarquilla les yeux quand le poisson émergea de l'eau, frétillant dans le soleil.

— Ô mon Dieu !

— Ne lâche pas la canne, pour l'amour du ciel ! s'écria Cameron. Jolie prise, ma foi.

— Qu'est-ce que je fais, maintenant ?

D'une main experte, Cameron libéra le poisson de l'hameçon, puis le jeta dans un filet qu'il lui tendit.

— Tiens-le bien.

— Ne me laisse pas avec ça ! protesta-t-elle. Cameron, reviens ici tout de suite, reprends cette bestiole hideuse !

Il remplit un seau d'eau puis y jeta le poisson.

— Citadine, va !

Elle soupira de soulagement.

— C'est ainsi... Beurk ! Qu'est-ce qu'il est laid ! Remettons-le à l'eau.

— Sûrement pas ! Il pèse deux bons kilos.

L'accueil que lui fit Seth la fit changer d'avis. Impressionner un gamin en pêchant un poisson d'une laideur absolue valait bien quelques concessions. Un peu plus tard, lorsqu'elle arriva sur le chantier, avec Cameron, elle songea qu'elle achèterait quelques livres sur l'art de la pêche.

— Je crois qu'avec un appât plus approprié, j'aurais pu prendre quelque chose de plus beau qu'un poisson-chat.

— Tu veux qu'on cherche des vers de terre ce week-end ?

Elle baissa ses lunettes noires sur le bout de son nez.

— Non, merci, très peu pour moi. Je préfère utiliser ces espèces de plumes et autres gadgets multicolores... Tu la connais, la recette secrète des gaufres de ton père ?

— Non. Il n'avait aucune confiance en moi sur ce plan-là. Il a très vite compris à quel point j'étais peu doué pour la cuisine.

— Comment persuader Phillip de me la transmettre ?

— Tu pourrais lui soutirer cette faveur en lui offrant une cravate Hermès, par exemple. En général, la recette ne se transmet que de Quinn en Quinn.

Elle pianota sur son genou. Cameron gara la voiture dans la cour. Comment allait-elle réagir ? De l'extérieur, rien ne semblait avoir changé. On avait ramassé les détritus, remplacé les carreaux cassés, mais le bâtiment paraissait toujours aussi décrépit et vétuste.

— Vous avez nettoyé, murmura-t-elle en descendant.

Il opina.

— Il va falloir réparer le ponton, annonça-t-il. Phillip devrait pouvoir s'en occuper.

Il sortit un trousseau de clés et en inséra une dans la serrure flambant neuve de l'entrée principale.

— Il nous faudrait une plaque, marmonna-t-il.

Une odeur de sciure, de poussière, de salpêtre et de café froid titilla les narines d'Anna. Elle afficha cependant un sourire poli, sourire qui s'élargit presque aussitôt de surprise.

Cameron avait allumé. Elle cligna des paupières, éblouie par les projecteurs suspendus aux poutres. Le plancher restauré avait été balayé, l'escalier remplacé, la rampe huilée. La mezzanine paraissait toujours aussi dangereuse mais, une fois arrangée, elle serait sans doute très pratique.

Anna vit des poulies, des machines-outils, un meuble métallique comprenant d'innombrables tiroirs qui devaient contenir de mystérieux instruments.

— Vous n'avez pas perdu votre temps ! s'exclama-t-elle.

— La rapidité, c'est mon métier, riposta-t-il d'un ton léger, bien qu'il fût très fier de lui.

— Vous avez travaillé comme des forçats pour avancer autant...

Elle voulait tout visiter, pourtant, ce fut la plateforme au milieu de la salle qui l'attira. Au sol, on avait dessiné à la craie des courbes, des lignes et des angles.

— Je ne comprends pas... c'est un bateau ? s'enquit-elle.

— C'est *le* bateau. C'est ainsi qu'on procède, selon la méthode traditionnelle.

Il s'agenouilla pour lui expliquer comment ils allaient s'y prendre. Anna ne comprit pas grand-chose, mais elle ne s'en souciait guère. C'était lui qui l'attendrissait. Il était si enthousiaste, si passionné.

— La conception est remarquable.

Il leva les yeux vers elle, vit qu'elle lui souriait en tripotant ses lunettes de soleil.

— Désolé. Tu ne saisis pas ce dont je parle.

— Je trouve cela fascinant ! Si, si, je t'assure.

Un peu gêné, il se mit debout.

— Viens voir par ici, l'encouragea-t-il en l'entraînant vers le mur où étaient accrochés deux dessins, celui du skipjack d'Ethan et celui du bateau en construction.

— Ce sont des œuvres de Seth, annonça Cameron. Il est le seul d'entre nous à savoir dessiner. Ce môme a du talent. Il va nous représenter le chalutier d'Ethan, puis le voilier. De mon côté, je vais trouver des photos d'embarcations sur lesquelles j'ai eu l'occasion de travailler, afin qu'il puisse les copier. Nous afficherons tous ses dessins. Comme dans une galerie. Pour notre image de marque.

Les larmes aux yeux, elle se tourna vers lui et s'accrocha à son cou. La violence de son étreinte l'étonna.

— C'est merveilleux, souffla-t-elle.

Il chuchota son prénom, puis la repoussa avec douceur, la dévisageant longuement.

— Anna... une petite minute. Je...

À cet instant précis, la porte grinça, et un rayon de soleil filtra à l'intérieur.

— Excusez-moi de vous déranger, dit Mackensie d'un ton aimable, j'ai aperçu votre voiture.

19

— C'est fermé, Mackensie, lança Cameron, irrité d'avoir de la visite à cet instant précis.

Sans lâcher Anna, il tourna le dos à cet homme qu'il méprisait.

— Je m'en doutais, répliqua l'autre, toujours affable. Cependant, la porte n'était pas fermée à clé. Dites donc, ça va être drôlement bien. Vous avez du beau matériel.

— Si vous voulez commander un bateau, revenez demain et nous en discuterons.

— J'ai le mal de mer, avoua Mackensie en grimaçant.

— Dommage. Allez-vous-en !

— Cela dit, j'aime beaucoup regarder les bateaux. Il est vrai que je ne me suis jamais vraiment interrogé sur la façon dont on les construisait. Belle scie à ruban... Vous avez dû la payer cher.

Cette fois, Cameron se retourna, les yeux étincelants de fureur.

— La façon dont je dépense mon argent ne regarde que moi.

Déconcertée, Anna posa une main sur le bras de Cameron. Pourquoi était-il si furieux ? Si c'était ainsi qu'il traitait de futurs clients, l'entreprise ferait faillite d'ici peu.

— Qu'est-ce que vous voulez, encore ? aboya Cameron.

— J'ai quelques questions à vous poser, murmura l'agent en s'inclinant poliment devant Anna. Madame, je me présente, Larry Mackensie, détective de la compagnie d'assurances True Life.

Anna lui serra la main.

— Monsieur Mackensie... Anna Spinelli.

Mackensie révisa mentalement ses notes. Anna Spinelli, assistante sociale responsable du cas Seth DeLauter. D'après l'attendrissant tableau dont il avait été témoin à son arrivée, elle s'entendait plutôt bien avec Cameron Quinn. Cette découverte n'était peut-être qu'un détail, mais il en prenait bonne note.

— Heureux de vous connaître.

— Si vous voulez discuter affaires, je vous attends dehors, proposa Anna.

— Je n'ai rien à dire à ce monsieur. Allez remplir votre rapport, Mackensie.

— Une petite minute. J'ai pensé que vous seriez content d'apprendre que je vais regagner mon bureau. Mes entretiens ont donné des résultats divers, mais il est vrai que je n'ai rien appris de fondamental. Évidemment, il reste cette lettre trouvée dans la voiture de votre père et le fait qu'un seul véhicule a été impliqué dans l'accident, dont le conducteur était en bonne forme physique – pas la moindre trace d'alcool ou de drogue.

Il haussa les épaules.

— Il y a aussi le fait que l'assuré a modifié son contrat peu avant son décès en y ajoutant un bénéficiaire. Notre compagnie est particulièrement attentive à ce genre de détails.

— Allez-y, poursuivez votre enquête, gronda Cameron, mais pas ici. Pas chez moi.

— Je voulais simplement vous tenir informé. Démarrer une société requiert un minimum de capital. C'est un projet de longue date ?

En un bond, Cameron fut devant Mackensie. Il le saisit par le col de sa veste et le hissa sur la pointe de ses chaussures vernies à lacets.

— Espèce de goujat !

— Cameron, arrête !

L'ordre fusa, sec et autoritaire. Anna s'avança et sépara les deux hommes. Elle avait l'impression de s'immiscer entre un loup et un taureau, mais elle n'avait pas peur.

— Monsieur Mackensie, je crois que vous feriez mieux de vous en aller, à présent.

— À un de ces jours, répondit ce dernier d'une voix à peu près posée, bien que les gouttelettes de sueur sur son front trahissent son malaise. Il ne s'agit que de détails, monsieur Quinn. Je suis payé pour les déceler.

La True Life ne le payait pas, en revanche, pour recevoir des corrections de la part des assurés énervés.

— Le monstre ! jura Cameron en brandissant un poing. Croit-il vraiment que mon père s'est jeté contre un poteau télégraphique afin que je puisse démarrer une entreprise de construction de bateaux ? J'aurais dû l'étrangler. Nom de nom ! Il prétend d'abord qu'il s'est tué pour éviter un scandale, et maintenant parce qu'il voulait nous transmettre l'argent de l'assurance. Qu'il aille au diable ! Ils ne le connaissaient pas. Ils ne connaissent aucun d'entre nous.

Anna le regardait arpenter le bâtiment, en quête d'un objet sur lequel se défouler. Ainsi, les assurances soupçonnaient un suicide. Une enquête était en cours.

Cameron était au courant. Il devait l'être depuis le début.

— Ce type était le détective de la société à laquelle ton père avait souscrit une assurance vie ?

— Ce type est un imbécile... glapit Cameron. Ce n'est rien, ajouta-t-il en voyant le visage atterré d'Anna. Des bêtises. Partons d'ici.

— On se demande si ton père ne s'est pas suicidé ?

— Il ne s'est pas tué.

Elle leva une main.

— Tu avais déjà discuté avec ce Mackensie. Je suppose que toi ou ton avocat avez pris contact avec la True Life à ce sujet.

— C'est Phillip qui s'en occupe.

— Tu étais au courant et tu ne m'en as pas parlé.

— Ça n'avait rien à voir avec toi.

— Je vois... Et avec Seth ?

Cameron explosa :

— Il ne sait rien !

— Tu le crois ? Dans les petites villes comme celle-ci, les ragots vont vite. Les enfants entendent toutes sortes de choses.

— Il ne s'agit que de rumeurs. C'est sans importance.

— Détrompe-toi. Tu as tout intérêt à lui parler, et vite.

— Anna, s'il te plaît, ne joue pas avec moi. C'est une question d'assurance. Ce n'est rien.

— La réputation de ton père est en jeu, argua-t-elle. Je suis sûre que Seth n'y est pas insensible. Mais comme tu l'as dit tout à l'heure, ça n'a rien à voir avec moi, du moins sur un plan personnel. Je crois que nous en avons terminé...

— Une seconde...

Il se plaça devant elle, lui barrant le chemin. Il avait la désagréable impression que si elle partait maintenant, ce serait pour toujours.

— Pourquoi ? Tu vas m'expliquer que c'est une affaire de famille, que ça ne concerne que les Quinn ? Tu as tout à fait raison, riposta-t-elle, surprise de son calme. J'imagine que tu as cru bon de ne pas en informer l'assistante sociale de Seth.

— Mon père ne s'est pas tué, insista Cameron. Je n'ai pas à le défendre, ni devant toi, ni devant quiconque.

— C'est exact.

Elle se dirigea vers la sortie. Il la rattrapa juste à temps, comme elle s'y attendait.

— À quoi bon discuter, Cameron, alors qu'au fond nous sommes d'accord ?

— Je ne comprends pas pourquoi tu te fâches. Nous prenons les choses en main avec la compagnie d'assurances. Nous tenons compte des rumeurs qui prétendent que Seth est le fils naturel de notre père même si nous les savons infondées.

— Quoi ?

Stupéfaite, elle porta une main à son front.

— On suppose que Seth est le fils illégitime de ton père ?

— Il n'y a que des sots pour l'affirmer.

— Seigneur ! As-tu imaginé un seul instant comment Seth pourrait réagir en entendant cela ? J'aurais dû être au courant afin de l'aider !

— Oui, j'y ai pensé, et j'ai renoncé à t'en parler parce que ce sont des mensonges.

— C'est possible, mais en évitant d'en discuter avec moi, tu m'as menti à ton tour.

— Je n'allais tout de même pas clamer à qui voulait l'entendre que ce môme est le bâtard de mon père.

— Seth est une personne.

— Ce n'est pas ce que j'ai voulu dire, protesta-t-il en tendant les bras vers elle.

Elle s'écarta.

— Anna, pour l'amour du ciel, je ne sais pas où j'en suis depuis deux mois. Il y a Seth, toi, les visites impromptues de Mackensie, les suppositions des gens sur la moralité de mon père, la mère de Seth qui se cache quelque part à Norfolk et...

— Attends, coupa-t-elle en s'arrachant à son étreinte. La mère de Seth a pris contact avec vous ?

— Non. Nous avons engagé un détective pour la retrouver. Phillip pensait que c'était mieux de savoir où elle se trouvait et ce qu'elle devenait.

— Je vois. Ainsi, elle est à Norfolk, mais tu n'as pas jugé utile de me communiquer cette information non plus.

Cameron se rendit compte tout à coup qu'il s'était pris à son propre piège.

— Non, avoua-t-il. Nous l'avons appris il y a deux jours seulement.

— Les services sociaux auraient dû être informés.

Il la regarda dans les yeux et acquiesça.

— En effet. Pardonne-moi. J'ai été négligent.

Un mur s'était dressé entre eux, opaque, épais.

— De toute évidence, tu n'as pas grand respect pour moi ; ni pour toi, d'ailleurs. Je vais t'expliquer quelque chose. Quels que soient mes sentiments à ton égard, à mon avis vous êtes de bons tuteurs pour Seth.

— Très bien, alors...

— Je dois tenir compte des renseignements que tu viens de me fournir, poursuivit-elle. Effectuer des recherches.

— Cela risque de tout gâcher pour le petit, protesta-t-il, l'estomac noué. Je ne veux pas que des cancans mettent son bonheur en péril.

— Sur ce point, au moins, nous sommes d'accord. D'un point de vue strictement professionnel, donc, j'affirme que Seth est en de bonnes mains. Il est heureux et commence à se sentir en sécurité. Il vous aime, et c'est réciproque, bien qu'aucun d'entre vous n'en ait encore vraiment pris conscience. Je persiste à croire qu'une thérapie vous serait bénéfique. Je le préciserai dans mon rapport et recommanderai une tutelle permanente.

Comme je te l'ai expliqué au départ, mon souci principal est le bien-être de cet enfant.

Elle les soutiendrait sans faillir. Elle l'aurait fait quoi qu'il lui ait dit ou caché. Un sentiment de culpabilité l'assaillit.

— J'ai toujours été honnête avec toi, reprit-elle sans lui laisser le temps de se défendre.

— Anna, je...

— Je n'ai pas fini, coupa-t-elle sèchement. Je sais que vous veillerez à ce que Seth soit bien, et que vous vous battrez pour que cette affaire prospère, avant que tu ne reprennes ton existence d'avant. Tu vas devoir trouver un moyen de jongler avec tes désirs et tes besoins, mais ce n'est plus mon problème. Cela dit, si jamais la mère de Seth revenait, la question de la tutelle pourrait être remise en cause. Le dossier serait rouvert. Si Seth préfère rester avec vous, je ferai tout pour qu'il en soit ainsi. Je suis de son côté, c'est-à-dire du vôtre. Point.

— Anna, je sais tout ce que tu as fait pour nous et je t'en suis immensément reconnaissant.

Elle secoua la tête.

— Ne m'approche pas. Je n'ai pas envie que tu me touches.

— Très bien, mais on peut s'asseoir et discuter calmement.

— On s'est tout dit.

— Tu es de mauvaise foi.

— Non, je suis réaliste. Tu as couché avec moi, mais tu ne m'as pas fait confiance. J'ai été franche avec toi, tu ne l'as pas été avec moi. Cela me blesse. J'ai commis l'erreur de faire l'amour avec un homme qui me considérait à la fois comme un objet de plaisir et comme un obstacle.

— Ce n'est pas du tout ça ! protesta-t-il, paniqué.

— C'est ainsi que je vois les choses. À présent, j'ai besoin d'un peu de temps pour réfléchir. Je vais faire mes bagages.

Sur ce, elle se détourna et s'éloigna.

Lorsqu'ils arrivèrent à la maison, elle se montra parfaitement polie, voire amicale, avec Seth et Phillip. Avec Cameron, elle fut courtoise.

Il se dit que ça n'avait aucune importance, qu'elle s'en remettrait, qu'elle était vexée.

Il décida de lui accorder quelques jours de répit. Qu'elle mijote dans son coin ! Qu'elle retrouve ses esprits ! Ensuite, il lui apporterait un bouquet de fleurs et elle tomberait dans ses bras.

— Elle est fâchée contre toi, fit remarquer Seth.

— Qu'en sais-tu ?

— Elle est fâchée, répéta l'enfant. Elle ne t'a pas embrassé en partant.

— Tais-toi.

— Qu'est-ce que tu lui as fait ?

— Rien. C'est une femme, c'est tout, marmonna Cameron en donnant un coup de pied dans la porte.

— Tu l'as énervée, devina Seth en plissant les paupières.

— Elle s'en remettra.

Cameron se laissa choir sur le fauteuil à bascule de la véranda. Il n'allait pas s'angoisser pour si peu. Il ne s'inquiétait jamais pour une femme.

Il n'avait plus d'appétit. Comment pouvait-il savourer ce poisson frit qu'ils avaient pêché le matin même ?

Il dormit mal. Comment pouvait-il s'allonger sur son propre lit sans se souvenir de leurs étreintes entre ces draps ?

Il ne se concentrait plus sur son travail. Comment pouvait-il dessiner des diagonales sans se remémorer le sourire d'Anna à la découverte de leur schéma sur le sol du hangar ?

Vers le milieu de la matinée, désespéré, il décida de lui rendre visite à son travail.

Il traversa le hall et se dirigea droit vers son bureau. Il le trouva vide. Comme par hasard, elle n'est pas là, songea-t-il, dépité. La chance n'était pas de son côté.

— Monsieur Quinn ! s'exclama Marilou. Puis-je vous aider ?

— Je cherche Anna... euh... Mlle Spinelli.

— Je regrette, elle s'est absentée.

— J'attendrai.

— Vous risquez de trouver le temps long. Elle ne rentrera pas avant la semaine prochaine.

— La semaine prochaine ? Comment cela, la semaine prochaine ?

— Mlle Spinelli a pris huit jours de congé. Je suis au courant du dossier. Je peux vous être utile ?

— Non, c'est personnel. Où est-elle partie ?

— Je ne suis pas en droit de vous le dire, monsieur Quinn. Cependant, vous pouvez laisser un message, si vous voulez. Si elle appelle, je le lui transmettrai.

— Merci.

Il partit très vite, sûr qu'elle était chez elle. Il s'engouffra dans sa voiture. Elle boudait ? Très bien. Il la laisserait crier, se défouler. Puis il saurait la persuader de faire l'amour, et ils oublieraient cette dispute ridicule.

À grands pas, il longea le couloir et frappa, frappa encore, plus fort.

— Ouvre, Anna ! C'est absurde, à la fin. J'ai vu ta voiture, dehors.

Dans son dos une porte s'ouvrit en grinçant. L'une des vieilles sœurs sortit.

— Elle n'est pas là, jeune homme.

— Sa voiture est devant la porte, insista-t-il.

— Elle a pris un taxi.

Il ravala un juron, afficha un sourire charmeur et se planta devant la dame.

— Ah bon ?

— Pour la gare, ou peut-être pour l'aéroport. Elle nous a dit qu'elle s'absentait quelques jours. Elle a promis de téléphoner pour s'assurer que nous allions bien. C'est si gentil de se soucier de nous pendant ses vacances...

— Ses vacances à...

— Nous a-t-elle dit où elle allait ? Il me semble que non. Elle était très pressée, elle nous a simplement dit qu'elle partait, pour qu'on ne s'inquiète pas. Elle est si brave.

— C'est cela, oui.

Prendre l'avion pour Pittsburgh était une folie. Le prix du billet avait englouti la moitié de son salaire. Mais elle était pressée d'arriver. Dès qu'elle était entrée chez ses grands-parents, elle s'était sentie mieux.

— Anna !

Teresa Spinelli, une femme minuscule, toute menue, aux cheveux argentés et au visage plissé, sourit de toutes ses dents. Anna dut se pencher pour l'embrasser.

— Al ! Al ! Notre *bambina* est rentrée.

Alberto Spinelli se précipita dans la pièce. À peine plus grand que son épouse, il avait le torse large et le ventre rebondi. Ses yeux brillaient de joie derrière ses lunettes. Il serra Anna de toutes ses forces.

Tout le monde parlait en même temps, dans un mélange d'anglais et d'italien. Teresa s'affola : sa petite-fille chérie n'avait rien mangé. Elle lui servit un énorme minestrone avec du pain frais, suivi d'un tiramisu. Enfin, elle se déclara satisfaite : Anna ne mourrait pas encore de faim.

— À présent, dit Al en fumant un de ses gros cigares, tu vas nous dire pourquoi tu es là.

— Ai-je besoin d'une raison pour venir vous voir ? répliqua-t-elle en s'étirant.

— Tu as téléphoné il y a trois jours et tu ne nous as rien dit.

— J'ai agi sur un coup de tête. Je suis débordée de travail depuis plusieurs semaines. J'étais fatiguée, j'en avais assez, j'avais besoin de me reposer.

Ce n'était pas faux, mais ce n'était pas non plus toute la vérité. Cependant, elle préférait ne pas avouer à ses grands-parents qu'elle avait le cœur brisé.

— Tu t'épuises à la tâche, gémit Teresa, n'est-ce pas, Al ?

— Elle aime son métier. Elle a raison. Mais d'après moi, elle n'est pas venue uniquement pour manger tes spaghettis.

— On mange des spaghettis ce soir ? s'exclama Anna avec un large sourire, tout en sachant pertinemment qu'ils ne seraient pas dupes.

— J'ai commencé à préparer la sauce dès que tu nous as annoncé ton arrivée. Al, ne la harcèle pas.

— Je ne la harcèle pas. Je lui pose une question.

Teresa leva les yeux au ciel.

— Toi qui es si malin, tu as deviné que c'est à cause d'un homme. Il est italien ? demanda Teresa en dévisageant Anna avec insistance.

Anna ne put s'empêcher de rire. Mon Dieu, que c'était bon d'être chez soi !

— Je n'en sais rien, mais en tout cas, il raffole de ma sauce tomate.

— Il a bon goût. Pourquoi ne nous le présentes-tu pas ?

— Nous avons eu quelques problèmes, et j'avais besoin de réfléchir.

— De réfléchir, répéta Teresa en agitant la main. Comment résoudre quoi que ce soit, toi ici et lui là-bas ? Il est beau ?

— Superbe.

— Il a un métier ? voulut savoir Al.

— Il démarre une affaire avec ses frères.

— Parfait. Il a le sens de la famille, approuva Teresa, enchantée. La prochaine fois, amène-le.

— D'accord, promit-elle, parce que c'était plus facile d'acquiescer que d'expliquer. Je vais défaire ma valise.

— Il lui a fait mal, murmura Teresa, lorsque Anna eut quitté la pièce.

Al lui tapota affectueusement la main.

— Elle est solide.

Anna prit tout son temps pour ranger ses vêtements dans l'armoire. La chambre n'avait guère changé depuis son enfance. Le papier peint était légèrement fané. Son grand-père l'avait posé lui-même lorsqu'elle était venue habiter avec eux.

Au début, elle avait détesté les petites fleurs roses, symbole de la gaieté et de la fraîcheur, alors qu'en elle tout était mort.

Elle s'assit sur son lit, qui grinça.

Elle trouva ce bruit réconfortant, rassurant.

Elle savait ce qu'elle voulait : une famille, des enfants. Certains auraient qualifié ce genre de rêve de banal. Et à une époque, elle l'avait pensé elle aussi.

Mais aujourd'hui… Elle en avait envie. Besoin, même.

Peut-être s'était-elle leurrée ? Peut-être n'avait-elle pas été tout à fait honnête ? Ni avec Cameron ni avec elle-même. Elle n'avait pas cherché à le piéger mais, au fond, n'avait-elle pas espéré qu'il partagerait un peu ses rêves ?

Peut-être méritait-elle d'être aussi malheureuse aujourd'hui.

Certainement pas ! se dit-elle en se redressant brusquement. Elle n'avait pas à culpabiliser. D'un pas décidé, elle s'approcha de sa coiffeuse et rajusta son maquillage.

Un jour, elle aurait ce dont elle rêvait. Un homme fort, qui l'aimerait, la respecterait et lui ferait confiance. Un homme qui la considérerait comme une partenaire, pas comme une ennemie. Elle aurait une maison au bord de l'eau, des enfants, et même un chien.

Ce ne serait pas avec Cameron Quinn, voilà tout.

20

Cameron découvrit à ses dépens qu'une semaine pouvait être terriblement longue.

Il se défoula en se disputant tour à tour avec Phillip puis avec Ethan. Et il se concentra sur la construction de la coque du bateau.

Anna hantait ses pensées.

Il avait eu quelques moments durs quand il l'avait imaginée sur une plage des Caraïbes, dans son bikini bleu, en train de se laisser masser par un surfeur trop bronzé...

Ensuite, il s'était dit qu'elle avait dû se réfugier dans une obscure chambre d'hôtel pour panser ses blessures tous rideaux tirés, un paquet de mouchoirs à portée de la main.

Cette image ne le consola guère.

Lorsqu'il rentra ce samedi-là, épuisé après une journée entière passée au chantier, il avait très envie d'une bière, tout comme Ethan. Ils se précipitèrent vers le réfrigérateur. Ils avaient déjà ouvert leurs bouteilles, lorsque Phillip surgit.

— Seth n'est pas avec vous ?

— Il est chez Danny, répondit Cameron avant de boire longuement. Sandy le déposera un peu plus tard.

— Tant mieux, répliqua Phillip en prenant lui aussi une bière. Asseyez-vous.

— Qu'est-ce qu'il y a ?

— J'ai reçu une lettre de la compagnie d'assurances ce matin, expliqua Phillip en prenant une chaise. En résumé, ils bloquent l'argent. Ils emploient toute une série de termes légaux et citent toutes sortes de clauses, mais la conclusion, c'est qu'ils poursuivent l'enquête.

— Qu'ils aillent au diable ! Ces radins ne veulent pas payer, c'est tout, grogna Cameron en donnant un coup de pied dans la table.

— J'ai pris contact avec notre avocat, enchaîna Phillip. D'après lui, nous avons plusieurs choix possibles : nous pouvons attendre, ou alors les traîner devant le tribunal pour non-remboursement de police d'assurance.

— Qu'ils gardent leur argent, je n'en veux pas !

— Non, intervint Ethan tout bas en secouant la tête, ce n'est pas juste. Papa a payé ses primes année après année. Il a ajouté une clause pour Seth. Ce n'est pas normal qu'ils refusent de nous rembourser. De plus, notre silence pourrait impliquer que nous admettons la thèse du suicide... Jusqu'ici, ce sont eux qui nous ont poussés dans nos retranchements. À nous de jouer, maintenant.

— L'affaire pourrait prendre une mauvaise tournure, prévint Phillip.

— Et alors ? Est-ce une raison pour ne pas se battre ? Qu'ils aillent se faire cuire un œuf !

— Cameron ?

— Au fond, je crois que je suis prêt au combat, moi aussi.

— Dans ce cas, nous sommes d'accord.

Phillip porta un toast.

— À notre lutte.

— À notre victoire ! rectifia Cameron.

— Évidemment, reprit Phillip, cela risque de nous coûter un peu d'argent. Or, la plus grosse part de notre capital est investie dans notre entreprise.

Il soupira.

— Nous allons devoir racler les fonds de tiroirs.

Sans grand regret, Cameron pensa à sa Porsche. Après tout, ce n'était qu'une voiture.

— Je peux obtenir un peu de liquide. Cela prendra quelques jours.

Ethan haussa les épaules.

— Je veux bien vendre ma maison. On m'a fait plusieurs propositions. Elle ne sert plus à grand-chose.

— Non, protesta Cameron. Il n'en est pas question. Loue-la si tu veux. Nous allons nous en sortir.

— J'ai encore quelques actions, souffla Phillip. Je vais dire à mon banquier de les vendre. Nous ouvrirons un compte joint lundi, nous l'appellerons le Fonds de défense légitime des Quinn !

Tous trois ébauchèrent un sourire.

— Il faudrait mettre le petit au courant, suggéra Ethan après quelques instants de silence.

Cameron leva les yeux et sentit le regard de ses frères posé sur lui.

— Ah, non, pourquoi moi ?

— Tu es l'aîné, argua Phillip avec une pointe d'humour. Et puis, pendant ce temps-là, tu penseras un peu moins à Anna.

— Je ne pense pas à elle.

— Tu parles ! bougonna Ethan. Tu as fait la tête toute la semaine. Ça me sidère.

— De quoi te mêles-tu ? Nous avons eu un petit différend, c'est tout. Je lui laisse le temps de réfléchir.

— La dernière fois que je l'ai vue, j'ai eu la nette impression qu'elle était furieuse. C'était il y a une semaine.

— Laisse-moi régler mes problèmes tout seul.

— Bien sûr. Si jamais tu romps avec elle, préviens-moi, d'accord ? Elle est…

Phillip se tut lorsque Cameron bondit littéralement par-dessus la table et le saisit à la gorge. Les bouteilles de bière volèrent. Résigné, Ethan passa une main dans ses cheveux. Cameron et Phillip se retrouvèrent par terre à se battre comme des chiffonniers. Ethan s'approcha de l'évier pour remplir une carafe. Posément, il versa l'eau froide sur ses frères… qui se figèrent.

Phillip avait la lèvre entrouverte, les côtes de Cameron étaient douloureuses, et tous deux saignaient. Trempés, haletants, ils s'observèrent.

— Désolé, marmonna enfin Phillip en s'essuyant la bouche. J'ai été maladroit. Je ne savais pas que c'était sérieux à ce point entre vous.

— Je n'ai jamais dit cela.

Phillip s'esclaffa, puis grimaça de douleur.

— Jamais je n'aurais imaginé que tu tomberais amoureux le premier.

Le cœur de Cameron se mit à battre follement.

— Qui te dit que je suis amoureux d'elle ?

— Ce n'est pas pour rien que tu t'es jeté sur moi, mince !

Il se leva et tendit la main à son frère.

— Anna est une femme formidable. J'espère que ça s'arrangera entre vous.

— Il n'y a rien à arranger, bredouilla Cameron, au comble du désespoir. Tu n'as rien compris.

— Si tu veux. En attendant, je vais me changer.

Il sortit en boitant légèrement.

— Ce n'est pas moi qui vais nettoyer par terre, clama Ethan.

— C'est lui qui a commencé, marmonna Cameron.

— D'après moi, c'est plutôt toi, en fâchant Anna.

Ethan ouvrit un placard, en sortit un balai qu'il lança en direction de Cameron.

— Il y a plus qu'à...

Il sortit.

— Vous vous croyez très forts, tous les deux, grommela Cameron en donnant un coup de pied furieux dans une chaise. Je sais mieux que vous ce qui se passe dans ma vie. S'il me restait un soupçon de bon sens, je serais en Australie en ce moment, en train de préparer la course de l'année. Cette femme me rend dingue. Je ferais mieux de la rayer de ma vie.

Il renversa une seconde chaise.

— Qui s'est disputé ? lança Seth.

Cameron se retourna brusquement.

— C'est moi qui m'en suis pris à Phillip.

— Pourquoi ?

— Parce que j'en avais envie.

Seth opina, contourna la flaque et sortit un Coca du réfrigérateur.

— Si c'est toi qui t'en es pris à lui, pourquoi saignes-tu ?

— Parce que ça m'amuse, riposta Cameron. Quel est le problème ?

— Moi ? Je n'ai aucun problème.

Cameron poussa le seau. Phillip n'aurait qu'à le vider. Il alla se planter devant l'évier et entreprit d'enlever les éclats de verre de son bras. Puis il sortit le whisky, ramassa une chaise et s'attabla devant sa bouteille et un verre.

Seth se détourna. Cameron versa délibérément deux doigts d'alcool dans son gobelet.

— Ce n'est pas parce qu'on boit qu'on s'enivre forcément, murmura-t-il. Et quand bien même je déciderais de me soûler, ce n'est pas pour autant que je battrais un enfant.

— Je ne comprends pas comment on peut boire ça. C'est dégoûtant.

Cameron avala sa dose d'un trait.

— Parce que nous sommes faibles, stupides, et que sur le moment ça fait du bien.

— Tu vas partir pour l'Australie ?

Cameron remplit de nouveau son verre.

— Je n'en ai pas l'impression.

— Tu peux y aller, tu sais, je m'en fiche. Je me fiche pas mal d'où tu iras.

La violence contenue dans la voix de Seth les surprit tous les deux. Écarlate, l'enfant se précipita dehors.

Nom de nom ! pensa Cameron. Il se leva d'un bond et partit à la poursuite de Seth, qui se dirigeait vers les bois.

— Attends !

Seth ne ralentit pas.

— Attends, je te dis !

Cette fois, le gamin s'immobilisa. Tous deux se firent face.

— Reviens ici tout de suite.

Seth obéit, les poings crispés et les dents serrées. Ils savaient l'un comme l'autre qu'il n'avait nulle part où aller.

— Je n'ai pas besoin de toi.

— Tu parles ! Comment peux-tu être à ce point stupide. Tout le monde prétend que tu es intelligent mais, par moments, j'ai des doutes. Assieds-toi, à présent. Là... sur cette marche. Et si tu ne m'obéis pas, tu auras mon pied quelque part.

— Je n'ai pas peur de toi, riposta Seth en s'installant au bas de l'escalier.

— Je te fais une peur bleue, c'est donc moi le plus fort, rétorqua Cameron en s'asseyant lui aussi.

Le chiot s'approcha d'eux.

— Je ne vais nulle part, annonça-t-il.

— Je t'ai dit que je m'en fiche.

— Très bien, mais je te réponds tout de même. J'avais pensé repartir, une fois que tout serait organisé ici. J'avais besoin de le croire.

Jamais je n'avais imaginé revenir ici pour toujours.

— Alors qu'est-ce que tu attends pour repartir ?

Cameron le gratifia d'une tape dans le dos.

— Tais-toi donc, que je puisse m'exprimer, d'accord ?

L'ordre impatient et la tape sans méchanceté réconfortèrent davantage Seth que mille promesses.

— Voilà. J'ai découvert récemment qu'en fait, j'en avais assez de courir. Tant que j'ai mené cette existence, elle m'a plu, mais c'est du passé. Je suis bien ici, on a monté une affaire et j'ai même peut-être trouvé une femme.

— Donc, tu restes pour travailler et sortir avec une nana.

— Ce sont des raisons valables, il me semble. Et puis, il y a toi, ajouta Cameron en s'appuyant sur ses coudes. Au début, je l'avoue, tu m'agaçais un peu avec tes grands airs. En plus, tu es laid comme un pou. Mais on finit par s'attacher.

Soulagé, Seth ricana.

— Tu es plus laid que moi.

— Normal, puisque je suis plus grand. Donc, je pense que je vais traîner encore un moment, histoire de voir si tu embellis avec le temps.

— Je n'avais pas vraiment envie que tu t'en ailles, finit par admettre Seth.

— Je sais, soupira Cameron. Maintenant que ce problème est réglé, passons au suivant. Il n'y a pas de quoi s'inquiéter, mais, bon, il se peut qu'en ville tu entendes des choses pas très sympas.

— C'est-à-dire ?

— Certaines personnes, des imbéciles, affirment que papa s'est tué, suicidé.

— Ouais, et il y a ce détective de la compagnie d'assurances qui interroge tout le monde.

Cameron émit une sorte de sifflement.

— Tu es au courant ?

— Bien sûr. Il a discuté avec la mère de Danny et de Will. D'après Danny, elle l'a insulté. Il paraît que cette nouille de Chuck, au Dairy Queen, a raconté au détective que Ray était sorti avec une de ses élèves et qu'il s'était ensuite suicidé après une crise de mauvaise conscience.

— Chuck Kimball ? répéta Cameron. Il a toujours été odieux, celui-là. Il paraît qu'il a été pris en flagrant délit de tricherie pendant son examen de littérature et qu'il a été renvoyé de l'université. Si je me souviens bien, Phillip s'est battu avec lui, une fois. Je ne sais plus pourquoi.

— C'est une vraie face de carpe.

Cameron s'esclaffa.

— Bien vu ! Papa... Ray... n'a jamais touché une étudiante, Seth.

— Il a été franc avec moi. Ma mère...

— Vas-y, l'encouragea Cameron.

— Ma mère m'a dit qu'il était mon père. Un autre jour, elle a dit que c'était quelqu'un d'autre. Et une fois, complètement ivre, elle m'a avoué que mon vieux était un certain Keith Richards.

Cameron ne put s'empêcher de rire.

— Le musicien des Stones ?

— Qui ?

— Je m'occuperai de ton éducation musicale plus tard.

— Je ne sais pas si Ray était mon père, reprit Seth en levant les yeux. Elle, c'est une menteuse, je ne la crois pas. Mais lui, il m'a recueilli. Je sais qu'il lui a donné de l'argent, beaucoup, même. Il paraît qu'il avait des trucs à m'expliquer, mais qu'il voulait d'abord résoudre certains problèmes. Je sais bien que vous, ça ne vous arrangeait pas d'apprendre qu'il était mon vrai père.

Au fond, songea tout à coup Cameron, ça n'avait aucune importance.

— Le souhaites-tu, toi ?

— Ray était un homme bon.

Cameron posa un bras sur ses épaules, et Seth se blottit contre lui.

— Oui.

Tout avait changé. Tout était différent. Il voulait désespérément le lui dire. Une fois de plus, la vie lui avait joué un tour et, sans même s'en rendre compte, il s'était retrouvé exactement où il voulait être.

Il ne lui manquait qu'Anna.

Il décida de se rendre à son appartement. C'était samedi soir, elle reprenait son travail lundi matin. Avec son esprit pratique, elle avait sans doute gardé son dimanche pour faire la lessive et son courrier.

Si elle n'était pas chez elle, il s'installerait devant sa porte et attendrait son retour.

Lorsqu'elle lui ouvrit, fraîche et ravissante, il faillit tomber à la renverse. Elle s'était préparée toute la semaine à cette rencontre. Elle savait exactement comment elle allait s'y prendre.

— Cameron ! Quelle surprise ! Tu as de la chance de me trouver.

— De te trouver ? bredouilla-t-il stupidement.

— Oui, j'ai encore quelques minutes. Tu veux entrer ?

— Euh... oui. Où diable étais-tu ?

Elle haussa les épaules.

— Je te demande pardon ?

— Tu es partie comme ça, sans prévenir.

— Pas exactement. J'ai demandé quelques jours de congé, j'ai averti mes voisines, qui ont arrosé mes plantes pendant mon absence. Je n'ai pas été enlevée par une bande d'extraterrestres, j'ai pris un peu de temps pour moi, c'est tout. Veux-tu du café ?

— Non.

Très bien, se dit-il. Si elle voulait se montrer distante, il pouvait en faire autant.

— Je veux te parler.

— Tant mieux, parce que moi aussi, j'ai des choses à te dire. Comment va Seth ?

— Très bien. Nous avons résolu de nombreux problèmes. Pas plus tard qu'aujourd'hui...

— Qu'as-tu au bras ?

Il jeta un coup d'œil impatient sur les égratignures.

— Ce n'est rien. Écoute, Anna...

— Assieds-toi. Je suis désolée si j'ai été un peu dure, le week-end dernier.

Tiens ! Elle s'excusait. Magnanime, il s'installa sur le divan.

— Oublions tout cela, veux-tu ? J'ai beaucoup à te raconter.

— Je tiens à mettre les points sur les *i*, insista-t-elle en se plaçant en face de lui. Je n'aurais jamais dû sortir avec toi. Un différend comme celui de la semaine dernière était inévitable. Cependant, comme nous avons tous deux à cœur d'agir pour le bien de Seth, cela m'ennuierait que nous restions fâchés.

— Tant mieux. Moi aussi.

Il voulut lui prendre la main, mais elle s'esquiva.

— Voilà qui est dit. À présent, il va falloir m'excuser, je suis pressée. J'ai un rendez-vous.

— Un quoi ?

— Un rendez-vous... Si ça continue, je vais être en retard. Je dois me changer.

Il se leva lentement.

— Tu as un rendez-vous ? Ce soir ?

Elle cligna innocemment des paupières.

— Oh, excuse-moi, Cameron. Je pensais m'être clairement exprimée. On reste amis mais on ne sort plus ensemble.

Cameron eut l'impression d'avoir reçu une gifle.

— Écoute, si tu m'en veux encore...

— En ai-je l'air ?

— Non. Non, mais tu me jettes.

— Ne sois pas aussi dramatique. Nous rompons une liaison que nous avons entamée l'un et l'autre en toute liberté, sans promesses. Ce fut vraiment très agréable, et je ne regrette rien. En ce qui concerne l'aspect professionnel, je continuerai de vous soutenir pour la garde de Seth. Je te demande simplement de me fournir toute information susceptible de m'intéresser.

Il attendit.

— C'est tout ?

— Je ne vois rien d'autre... et puis, je suis pressée.

— Pressée ? C'est dommage, parce que moi, je n'ai pas terminé.

— Je suis navrée de t'avoir blessé.

— Blessé, oui, c'est ça. J'ai mal partout. Comment peux-tu me faire ça après ce que nous avons vécu ensemble ?

— Je ne nie pas qu'au lit, c'était formidable. Nous ne coucherons plus ensemble, c'est tout.

— Quoi ? s'emporta-t-il en lui prenant la main. Tu veux dire que ce n'était rien d'autre pour toi ?

— Pour nous deux, non ?

Ça ne se passait pas du tout comme elle l'avait prévu. Elle s'était attendue qu'il se fâche et s'en aille.

— Lâche-moi.

— Sûrement pas. Je tourne comme un fou depuis une semaine à attendre ton retour. Ma vie est sens dessus dessous.

— C'est fini, Cameron. Tant pis pour toi, tant pis pour nous. Lâche-moi.

Il s'écarta.

— Nous n'avons pas les mêmes ambitions, reprit-elle. Nous n'allions nulle part, quels que soient mes sentiments pour toi.

— Quels sont-ils, tes sentiments ?

— J'en ai assez ! hurla-t-elle. Assez de toi, assez de nous, assez de me dire que ce n'est qu'un jeu. Ça ne l'est pas. Sors d'ici.

— Tu... Tu m'aimes, n'est-ce pas ?

Jamais il n'avait vu une femme à ce point furieuse. Elle s'empara d'une lampe et la lança. Elle visait parfaitement. Il eut le réflexe de se baisser à temps.

— Espèce de goujat, de monstre arrogant et égocentrique ! hurla-t-elle en saisissant un vase.

— Anna ! s'exclama-t-il, admiratif, en attrapant le vase avant qu'il ne se fracasse par terre. Tu dois être complètement folle de moi.

— Je te hais !

Cherchant un autre objet à lui jeter à la figure, elle avisa le compotier. D'abord, les fruits. Les pommes.

— Je te déteste !

Les poires.

— Je te hais !

Les bananes.

— Je ne sais pas comment j'ai pu te laisser me toucher !

La coupe. Cette fois, Anna fut plus maligne : elle feignit de l'envoyer dans une direction, puis le visa.

Le compotier l'atteignit juste au-dessus de l'oreille. Il vit trente-six chandelles.

— Bon ! Ça suffit ! Le jeu est terminé ! aboya-t-il en plongeant vers elle... Ressaisis-toi, sinon tu vas finir par me tuer.

— Je veux te tuer.

— Crois-moi, je l'ai bien compris.

— Tu n'as rien compris ! hurla-t-elle en se dégageant de son étreinte.

— Nom de nom ! Ça suffit ! hurla-t-il, fou de rage, en la jetant par-dessus son épaule. Où est ta valise ? Tu l'as déjà défaite ? Un rendez-vous, qu'elle me dit ! Tu parles ! Tout est fini, qu'elle me dit ! Non, mais je rêve...

Il entra dans la chambre, vit son sac sur le lit, s'en empara.

— Qu'est-ce que tu fais ? Pose-moi. Laisse ça !

— Je ne te lâcherai plus tant que nous n'aurons pas atteint Las Vegas.

— Las Vegas ? balbutia-t-elle. Je n'irai nulle part avec toi, surtout pas à Las Vegas !

— C'est pourtant là que nous partons. C'est le seul endroit où l'on peut se marier tout de suite, et je suis pressé.

— Parce que tu t'imagines pouvoir me mettre dans un avion alors que je crie comme une folle ? En moins de cinq minutes, ils t'auront collé derrière les barreaux.

Soudain, il la posa par terre.

— Nous allons nous marier, un point c'est tout.

— Tu peux aller te faire... Nous marier ? répéta-t-elle, prenant subitement conscience de ce qu'il venait de dire. Tu ne veux pas te marier avec moi, non ?

— Crois-moi, j'ai failli changer d'avis en recevant le compotier sur la tête ! Alors, tu te décides à venir gentiment ou je dois te mettre sous sédatif ?

— Ne plaisante pas, s'il te plaît.

— Anna, je ne peux pas vivre sans toi. Prenons le risque, jetons les dés. Parcourons un bout de chemin ensemble.

— Tu es furieux et blessé, répliqua-t-elle, tremblante. Tu t'imagines que le fait de s'enfuir à Vegas va tout arranger.

Elle avait les larmes aux yeux, et il en fut bouleversé.

— Ne me dis pas que tu ne m'aimes pas. Je ne te croirai pas.

— Oh, je t'aime, Cameron, mais je survivrai, tu sais. Tu m'as brisé le cœur.

— Je sais, soupira-t-il en appuyant son front contre celui de la jeune femme. Je sais. Je me suis comporté comme un égoïste, j'ai été stupide. J'avais peur, figure-toi. De moi, de toi, de ce qui se passait autour de moi. J'ai tout gâché, et maintenant tu refuses de me laisser une chance.

— Il ne s'agit pas de cela. Il s'agit d'être raisonnables et d'admettre que nous avons des ambitions différentes.

— J'ai enfin compris aujourd'hui ce que je voulais. Et toi, dis-moi ce que tu veux.

— Une maison.

Il en avait une à lui offrir.

— Le mariage.

Ne venait-il pas de le lui proposer ?

— Des enfants.

— Combien ?

Elle le repoussa légèrement.

— Je ne plaisante pas.

— Moi non plus. J'avais pensé à deux, avec une option sur un troisième… Tiens ! À présent, c'est toi qui es effrayée parce que tu te rends compte que je suis sérieux !

— Tu… Tu retourneras à Rome ou ailleurs dès que tu le pourras.

— Nous irons à Rome pour notre voyage de noces. Sans l'enfant. Là, je pose des conditions. Oui, de temps en temps, j'aurai peut-être envie de participer à une course par-ci, par-là, histoire de ne pas perdre la main. Pour l'heure, je m'intéresse au chantier. Évidemment, si l'entreprise capote, tu risques de te retrouver avec un homme au foyer qui déteste ça.

Elle pressa le bout de ses doigts sur ses tempes.

— Je n'arrive plus à réfléchir.

— Tant mieux. Écoute. En partant, tu m'as complètement déstabilisé, Anna. Je ne voulais pas me l'avouer, mais c'est la vérité. Sais-tu ce que j'ai fait, aujourd'hui ? J'ai travaillé à la construction d'un bateau et j'y ai pris plaisir. Je suis rentré chez moi je m'y suis senti bien. J'ai eu un conseil de famille au cours duquel nous avons décidé de traîner la compagnie d'assurances en justice et d'agir pour le bien de notre père. À propos, j'ai discuté avec lui.

Elle écarquilla les yeux.

— Avec qui ?

— Mon père. Nous avons eu plusieurs conversations, tous les deux, depuis sa mort. Il est en pleine forme.

Elle eut l'impression qu'elle ne respirait plus.

— Cameron…

— Oui, je sais, j'ai besoin de consulter un thérapeute. Nous en reparlerons plus tard… Mais revenons à nos moutons. Je racontais ma journée... Après la réunion, Phillip m'a lancé une pique et nous nous sommes battus. Avec joie. Ensuite, j'ai bavardé avec Seth, comme j'aurais dû le faire auparavant, et je l'ai écouté. Nous sommes restés ensemble l'un à côté de l'autre un moment, dans le silence. Nous étions bien, Anna.

— J'en suis heureuse.

— Ce n'est pas tout. J'ai su, alors, que je me trouvais là où je voulais être. Il ne manquait que toi. Je suis donc venu te chercher pour te ramener chez moi, Anna.

— Je crois que je ferais mieux de m'asseoir.

— Non. Je veux que tes jambes flageolent quand je te dirai que je t'aime. Tu es prête ?

— Mon Dieu !

— Tu sais, jusqu'ici, j'ai toujours été très prudent. Je n'ai jamais dit à une femme que je l'aimais, sauf à ma mère. Si tu veux de moi, Anna, je suis prêt à te le répéter autant de fois que tu voudras bien l'entendre.

Elle retint son souffle.

— Je ne veux pas me marier à Vegas.

— Tu n'es pas drôle ! protesta-t-il en riant... Anna, tu m'as tellement manqué ! Ne t'en va plus jamais.

Elle s'accrocha à son cou, grisée de bonheur.

— Cela aura au moins servi à te ramener à la raison. Cameron, je crois que je suis prête...

— Je t'aime. J'ai perdu trop de temps.

— Nous nous connaissons depuis moins de trois mois.

— Nous nous rattraperons.

— Je veux que tu me ramènes à la maison. Plus tard.

— Plus tard ? murmura-t-il en la prenant dans ses bras.

Il enjamba les débris, faillit glisser sur une peau de banane.

— C'est curieux, je ne comprends pas pourquoi je m'imaginais que la vie de couple pourrait être ennuyeuse.

— La nôtre ne le sera pas, murmura-t-elle en lui embrassant l'oreille. Je te le promets.

Du même auteur aux Éditions J'ai lu

Les illusionnistes (n° 3608)
Un secret trop précieux (n° 3932)
Ennemies (n° 4080)
L'impossible mensonge (n° 4275)
Meurtres au Montana (n° 4374)
Question de choix (n° 5053)
La rivale (n° 5438)
Ce soir et à jamais (n° 5532)
Comme une ombre dans la nuit (n° 6224)
La villa (n° 6449)
Par une nuit sans mémoire (n° 6640)
La fortune des Sullivan (n° 6664)
Bayou (n° 7394)
Un dangereux secret (n° 7808)
Les diamants du passé (n° 8058)
Coup de cœur (n° 8332)
Douce revanche (n° 8638)
Les feux de la vengeance (n° 8822)
Le refuge de l'ange (n° 9067)
Si tu m'abandonnes (n° 9136)
La maison aux souvenirs (n° 9497)
Les collines de la chance (n° 9595)
Si je te retrouvais (n° 9966)
Un cœur en flammes (n°10363)
Une femme dans la tourmente (n° 10381)
Maléfice (n° 10399)
L'ultime refuge (n° 10464)
Et vos péchés seront pardonnés (n° 10579)
Une femme sous la menace (n° 10545)
Le cercle brisé (n° 10856)

Lieutenant Eve Dallas
Lieutenant Eve Dallas (n° 4428)
Crimes pour l'exemple (n° 4454)
Au bénéfice du crime (n° 4481)
Crimes en cascade (n° 4711)
Cérémonie du crime (n° 4756)
Au cœur du crime (n° 4918)
Les bijoux du crime (n° 5981)
Conspiration du crime (n° 6027)
Candidat au crime (n° 6855)
Témoin du crime (n° 7323)
La loi du crime (n° 7334)
Au nom du crime (n° 7393)
Fascination du crime (n° 7575)
Réunion du crime (n° 7606)
Pureté du crime (n° 7797)
Portrait du crime (n° 7953)
Imitation du crime (n° 8024)
Division du crime (n° 8128)
Visions du crime (n° 8172)
Sauvée du crime (n° 8259)
Aux sources du crime (n° 8441)
Souvenir du crime (n° 8471)
Naissance du crime (n° 8583)
Candeur du crime (n° 8685)
L'art du crime (n° 8871)
Scandale du crime (n° 9037)
L'autel du crime (n° 9183)
Promesses du crime (n° 9370)
Filiation du crime (n° 9496)
Fantaisie du crime (n° 9703)
Addiction au crime (n° 9853)
Perfidie du crime (n° 10096)
Crimes de New York à Dallas (n° 10271)
Célébrité du crime (n° 10489)
Démence du crime (n° 10687)
Préméditation du crime (n° 10838)

Les trois sœurs
Maggie la rebelle (n° 4102)
Douce Brianna (n° 4147)
Shannon apprivoisée (n° 4371)

Trois rêves
Orgueilleuse Margo (n° 4560)
Kate l'indomptable (n° 4584)
La blessure de Laura (n° 4585)

Les frères Quinn
Dans l'océan de tes yeux (n° 5106)
Sables mouvants (n° 5215)
À l'abri des tempêtes (n° 5306)
Les rivages de l'amour (n° 6444)

Magie irlandaise
Les joyaux du soleil (n° 6144)
Les larmes de la lune (n° 6232)
Le cœur de la mer (n° 6357)

L'île des Trois Sœurs
Nell (n° 6533)
Ripley (n° 6654)
Mia (n° 8693)

L'hôtel des souvenirs
Un parfum de chèvrefeuille (n° 10958)

Les trois clés
La quête de Malory (n° 7535)
La quête de Dana (n° 7617)
La quête de Zoé (n° 7855)

Le secret des fleurs
Le dahlia bleu (n° 8388)
La rose noire (n° 8389)
Le lys pourpre (n° 8390)

Le cercle blanc
La croix de Morrigan (n° 8905)
La danse des dieux (n° 8980)
La vallée du silence (n° 9014)

Le cycle des sept
Le serment (n° 9211)
Le rituel (n° 9270)
La Pierre Païenne (n° 9317)

Quatre saisons de fiançailles
Rêves en blanc (n° 10095)
Rêves en bleu (n° 10173)
Rêves en rose (n° 10211)
Rêves dorés (n° 10296)

En grand format

L'hôtel des souvenirs
Un parfum de chèvrefeuille
Comme par magie
Sous le charme

Les héritiers de Sorcha
À l'aube du grand amour

Intégrales
Les frères Quinn
Les trois sœurs
Le cycle des sept
Magie irlandaise
Affaires de cœurs

5106

Composition
NORD COMPO

Achevé d'imprimer en Espagne
par CPI *(Barcelone)*
le 4 janvier 2015.

Dépôt légal janvier 2015.
EAN 9782290103203
OTP L21EPLN001745N001

ÉDITIONS J'AI LU
87, quai Panhard-et-Levassor, 75013 Paris

Diffusion France et étranger : Flammarion